KB171118

왕이 된 남자

2

드라마 원작 소설

왕이 된 남자

❷

김선덕 지음

북라이프

왕이 된 남자 ❷

1판 1쇄 인쇄 2019년 4월 4일
1판 1쇄 발행 2019년 4월 10일

지은이 | 김선덕
발행인 | 홍영태
발행처 | 북라이프
등 록 | 제313-2011-96호(2011년 3월 24일)
주 소 | 03991 서울시 마포구 월드컵북로6길 3 이노베이스빌딩 7층
전 화 | (02)338-9449
팩 스 | (02)338-6543
e-Mail | bb@businessbooks.co.kr
홈페이지 | http://www.businessbooks.co.kr
블로그 | http://blog.naver.com/booklife1
페이스북 | thebooklife
ISBN 979-11-88850-51-8 04810
        979-11-88850-49-5 04810 (세트)

일러두기

이 책의 대사와 표현 중 일부는 읽는 맛을 살리기 위하여, 한글맞춤법과 다른 부분
이라 해도 입말을 따랐습니다. 사투리 또한 작가의 의도를 반영하였습니다.

궁궐은 단 한 사람의 안위를 위해 모두가 정성을 바치는 곳이었다. 하여 하선이 장무영과 호위무관들, 내시부와 상궁나인들의 눈과 귀를 피해 오롯이 중전 소운을 만날 수 있는 기회는 흔치 않았다. 대전과 중궁전을 제외하고는 서고 정도가 하선이 소운과 함께할 수 있는 장소였다.

하선이 눈치를 준 신시, 소운은 서고에 미리 와서 보자기에 싼 필낭을 보고 있었다. 푸른 비단으로 만든 필낭에 금사로 한 땀 한 땀 무언가 정성스럽게 새겨져 있었다. 하선이 헐레벌떡 서고에 들어서자 소운은 얼른 필낭을 뒤로 숨기고 하선을 맞이했다.

"전하……!"

"역시 내 말을 찰떡같이 알아들었구려. 많이 기다렸소? 좀 더 일찍 오려 했는데, 오늘따라 윤대가 많아……."

"괜찮습니다. 전하를 기다리는 일도 즐겁습니다."

"그럼 이제 그만 주시오."

"예? 그게 무엇을 말입니까?"

"중전이 정성으로 준비한 선물 말이오."

"그걸 어찌 아셨습니까?"

하선은 소운이 진작에 무언가를 당의 안에 숨기고 있다는 것을 눈치채고 있었다.

하선이 다가가자 소운은 수줍은 얼굴로 조심스럽게 보자기에 싼 필낭을 내밀었다.

"……중전이 직접 만든 거요?"

소운은 살짝 미소를 지으며 고개를 끄덕였다.

"필낭입니다. 전하께선 달필이시니 붓을 넣고 다니시면 좋을 것 같아서……."

순간 하선의 표정이 살짝 굳어졌다. 하선은 달필은커녕 이제 막 더듬더듬 한문을 베껴 쓰는 수준이었다.

소운은 그런 하선을 의아하게 보다가 조심스럽게 말했다.

"붓이 마땅치 않으시면 윤도를 넣으셔도 좋을 듯합니다."

하선은 말없이 필낭에 쓰인 한자를 매만졌다.

與郎千載相離別 一點丹心何改移

여랑천재상이별 일점단심하개이

"그대와 천년을 이별한들, 사랑하는 마음이 어찌 변하리이까. 고르고 골라 새겨 넣은…… 제 마음입니다."

필낭에 쓰인 글을 읽는 소운의 목소리에 하선의 심장이 쿵 떨어졌다. 하선은 소운에게 성큼 다가섰다. 소운은 설레는 마음으로 하선을 올려다보았다.

"고백할 게 있소. 탕약을 한 재나 먹었소. 별이나 달을 보듯 중궁전을 오래 보곤 하오. 후원이며 서고며……, 하루에도 몇 번씩 달려오고 싶소."

다 듣고 계셨구나. 혼자만의 마음이 아니었구나. 소운은 서고에서 고백했던 때가 떠올라 순간 두 손으로 입을 막았다. 하선이 소운을 바라보며 떨리는 마음으로 말했다.

"더는 피하지 않겠소. 도망치지도 않겠소. 그냥…… 그냥 중전만 보고 중전만 생각하겠소."

지아비의 마음을 마침내 확인한 소운이 행복으로 눈물을 글썽였다. 하선이 말을 이었다.

"중전을 연모하고 있소. 이 심장이 터질 만큼……, 터져도 좋을 만큼 연모하오."

어느새 날이 저물어 있었다. 서고에서 나온 하선과 소운은 중궁

전으로 향했다. 눈도 마주치지 못할 정도로 긴장하여 서로에게 촉
각을 기울이고 있었다. 나란히 걷는 하선과 소운의 사이는 멀어지지
도 가까워지지도 않은 채 일정한 간격을 유지했다. 스치듯 지나치는
서로의 손과 팔목, 어깨의 움직임이 살짝 느껴졌다. 그러다 하선의
손이 소운의 손에 닿았고 불에 덴 듯 두 사람이 동시에 화들짝 놀라
멈춰 섰다. 하선이 소운의 손을 잡았다.

"손이 어찌 이리 찬 것이오."

하선은 두 손으로 소운의 손을 감싸며 말했다.

"곧 따뜻해질 게요."

소운은 하선의 말에 수줍은 미소를 지었다.

"……벌써 따뜻합니다."

하선은 소운의 손을 깍지 끼어 잡고는 천천히 걷기 시작했다. 소
운은 행복한 마음으로 하선에게 이끌려 걸어갔다.

"아무래도 중전이 준 윤도가 고장이 난 것 같소."

하선은 소운의 손을 잡지 않은 손으로 소맷자락에서 윤도를 꺼내
보여주었다. 소운이 놀라 윤도를 바라보자 하선이 씩 웃으며 말을 이
었다.

"항상 저절로 중궁전으로 향하게 되니 말이오."

순간 소운의 두 볼이 치자 꽃처럼 발그레해졌다. 하선은 소운의
두 볼에 핀 꽃이 영원히 지지 않기를 소망하며 그녀를 사랑스럽게
바라보았다.

중궁전으로 돌아온 소운은 꿈꾸는 듯 아련한 미소를 지은 채 애영의 수발을 받으며 침소의대로 갈아입었다. 하선을 떠올리니 자기도 모르게 슬그머니 웃음이 나왔다.

"중전마마, 어찌 그러십니까?"

소운의 표정을 살피던 애영이 슬쩍 물었다.

"아무것도 아니다. 그냥……."

"그냥…… 전하 때문이지요?"

애영은 이미 다 안다는 듯 소운의 말을 이었다.

"그리 티가 났느냐?"

소운은 환하게 웃으며 말했다.

"예전엔 중전마마께서 전하를 뵙고 오실 때마다 저도 모르게 가슴을 졸였었는데 이젠 이리 환히 웃으시니 참으로 신기합니다."

"그랬느냐?"

"대전 나인들 말로는 전하께서 다시 태어나신 것 같답니다."

"어찌 그리 웃는 게냐? 무슨 소릴 들었길래."

"그게 전하의 똥 냄새도 달라졌다고……."

애영은 큽 하고 비어져 나오는 웃음을 손으로 막으며 고개를 숙였다. 소운은 살짝 눈을 흘겨보며 말했다.

"그런 소리들을 하다니 경을 쳐야겠구나."

"송구하옵니다. 중전마마."

애영이 눈치를 살피며 말하자 소운은 살짝 웃었다. 애영도 같이 웃었다.

그 시각 신이겸은 아버지 신치수에게 눈물로 읍소하고 있었다.

"아버지, 저 정말 이대로 임지로 가야 합니까? 거긴 돌밖에 없는 섬이라고요! 제가 풍토병에 걸려 죽으면 누가 가문의 대를 잇겠습니까, 예?"

신치수는 아무 말도 하지 않은 채 생각에 잠겨 얼마 전 진사가 덜덜 떨면서 했던 말을 떠올리고 있었다.

— 근자에 제가 집으로 광대들을 부른 적이 있습니다. 헌데 그 광대 놈 중 하나가 전하의 용안과 똑같이 생겼습니다!

"아버지! 제 말 듣고 계십니까?"

신이겸은 아무 반응이 없는 신치수를 향해 외쳤다. 신치수는 그제야 생각이 끝난 듯 신이겸을 향해 싸늘하게 말했다.

"교첩을 받아놓고 아니 갈 수는 없는 법이다."

실망하며 자신을 바라보는 아들에게 신치수는 말했다.

"임지로 가는 배는 타지 말고 나주에서 조용히 기다리거라."

"나주요? 알겠습니다. 헌데 아버지, 전하께는 뭐라 하실 겁니까? 무슨 방책이라도 있으신 겁니까?"

"하늘이 무너지고 땅이 꺼졌으니 나도 솟아날 구멍을 찾아야지."

아버지의 얼굴이 너무도 평온해 보였기에 신이겸은 확실한 방책이 있는 것이려니 여겼다. 신치수의 뇌리에 수많은 얼굴이 스쳐 지나갔다. 그는 어느 손을 잡아야 자신에게 이득인지를 세심하게 따지고 살피며 하나둘씩 얼굴을 지워나가고 있었다.

궁수(弓手, 활을 쏘던 군사)들은 화살이 활을 떠나 바람을 가르는 소리만 들어도 사수(射手, 활을 쏘는 사람)의 상태가 어떠한지 알 수 있다. 한일회는 주군 진평군의 심기가 편치 못하다는 것을 화살이 바람을 가르는 소리로 알아챘다. 붉은 과녁을 향해 화살을 겨누는 진평군의 눈빛은 매우 날카로웠지만 어찌 된 일인지 화살은 과녁의 중심을 약간 빗나가 꽂혔다. 연이어 날린 화살도 빗나갔다.

화살이 빗나갈수록 진평군의 뇌리에서는 얼마 전 대비전에서 마주쳤던 주상의 얼굴이 떠나질 않았다. 덫에 걸린 기분이 들었다. 예서 또다시 섣불리 움직였다가는 아버지와 형님처럼 찬역(簒逆, 임금의 자리를 빼앗으려고 반역함)으로 몰려 죽임을 당할 것이 뻔했지만 조급한 마음을 누를 길이 없었다. 진평군이 활을 겨누었다가 살을 놓는 순간이 점점 빨라졌다. 그의 미간이 점점 더 깊은 골을 만들며 일그러졌다.

"제대로 과녁을 맞힐 방도를 알려드릴까요?"

짜증이 난 채로 다시 활을 겨누는 진평군에게 누군가 말을 건넸다. 활을 내리고 돌아보니 신치수였다. 진평군은 그를 매섭게 노려보았다.

"일단, 바람이 거칠게 불 땐 활을 들지 말아야지요."

매서운 눈길을 천연덕스럽게 받아치며 신치수가 말했다.

"정 활을 들어야 할 때는 과녁을 크게 만드는 겁니다. 반드시 중심을 꿰뚫을 수 있게 말입니다."

"이렇게 말인가?"

아무 말도 하지 않은 채 신치수를 노려보던 진평군은 순식간에 활을 들어올려 신치수를 겨냥했다. 모두가 놀라 숨을 멈춘 채 지켜보았다.

"주상이 버린 사냥개가 어디 감히 내게 와서 이리 시끄럽게 짖는 게냐?"

"진평군과 대비전이 나를 원수로 여긴다는 것은 잘 알고 있소이다. 허나 나도 억울하오. 사냥개라는 게 그저 주인의 말을 들을 뿐 의지란 게 없지요. 그러니 이리 토사구팽을 당한 게 아니겠소?"

진평군은 당장이라도 활을 쏠 듯 활시위를 당기며 말했다.

"마지막 유언이라면 들어주겠다. 무슨 생각으로 여기까지 날 찾아온 게냐?"

"내 진평군을 임금의 자리에 올려드리려 왔소이다."

"왜 하필 나인가?"

진평군은 한 치의 흐트러짐 없이 활시위를 당긴 채 물었다.

"적의 적은 나의 동지란 말이 있지 않소. 내 충심을 다해 섬겨왔지만 버림을 받았소. 해서 나만큼 금상을 증오하는 자를 곰곰이 생각해보니 진평군밖에 떠오르지 않더이다."

"아버지와 형님 모두 그 손에 죽은 것과 진배없는데, 어찌 믿고 손을 잡는단 말인가?"

"반정(反正, 나쁜 임금을 폐하고 새 임금을 세움)의 명분, 그것이면 되겠습니까?"

신치수의 말에 진평군은 금방이라도 활시위를 놓아버릴 듯 더욱 팽팽하게 잡아당겼다.

"내게 과녁을 만들어주겠다?"

"예, 바로 그겁니다."

진평군은 그제야 몸을 돌려 과녁을 바라보며 말했다.

"아주 큰 과녁을 만들어야 할게요."

진평군이 쏜 화살이 과녁을 향해 날아갔다.

"관중이오!"

그제야 진평군의 미간이 다림질한 것처럼 매끈하게 펴졌다. 신치수와 손을 잡고 용상을 찬탈할 수만 있다면 하늘에 계신 아버지와 형님도 자신을 책망하지 않을 거란 확신이 생겼다. 신치수에게 복수하는 일은 용상에 앉은 후에 해도 늦지 않을 터였다.

그날 밤 어느 어둡고 으슥한 곳간 안에서 어진화사 송지상이 두루마리 하나를 누군가에게 건넸다. 어둠 속에 앉은 이는 바로 신치수였다. 그가 끈을 풀고 두루마리를 펼치자 금상의 얼굴이 드러났다. 지난해 어명을 받아 어진을 그렸던 송지상이 그때의 기억을 떠올려가며 그려낸 것이었다. 생생하게 재현된 금상의 얼굴에 신치수는 만족스러운 미소를 띠었다.

장무영은 도승지의 집무실에 들어가 사직상소와 허리춤에 차고 다니던 나무로 만든 부험(符驗, 호위무관들이 성문을 통과할 때 쓰는 증표)을 이규의 책상 위에 놓았다.

장무영이 훌륭한 성적으로 대과를 통과하여 처음 제수받은 자리는 청요직(淸要職)인 홍문관 정6품 수찬이었다. 청렴함을 요구하는 자리라 하여 청요직이라 불렸지만, 청(淸) 자를 붙인 것은 숨은 뜻을 감추기 위한 포장에 불과했고 실은 말 그대로 요직(要職)이었다. 학식과 인품이 뛰어난 명문가의 자제들에게만 허락된, 삼정승으로 가는 지름길 중 하나였다. 하지만 장무영은 그 지름길을 마다하고 스스로 무관의 길로 들어선 별종이었다. 헌데 지금 그 굳은 결심을 스스로 무너뜨리려 하고 있었다.

궐내각사에서 나와 편전으로 향한 장무영은 예를 갖춰 고개를 숙인 후 한 치의 망설임도 없이 등을 돌려 궐을 떠났다.

밤이 되자 법천사 대웅전 안에는 정생이 목탁을 두드리는 소리가 울려 퍼졌다. 이규는 이름이 없는 빈 위패를 불상 앞에 놓았다. 그리고 정성으로 향을 피워 올리고 큰절을 두 번 올렸다. 이규가 절을 마치고 자리에 앉자 정생의 목탁도 멈췄다.

"내 자네가 이렇게까지 할 거라곤 상상도 못 했네. 정녕 감당할 수 있겠는가?"

정생의 말에 이규는 가슴속 깊이 숨겨두었던 하선과의 기억을 떠올렸다.

— 내 말하지 않았느냐, 조정의 일은!

— 하나를 받으면 하나를 내줘야 한다, 이 말씀을 하시려는 겁니까? 때로는 하나를 위해서 열이고 백이고 내줘야 할 때도 있는 겁니다!

이규는 그때의 떨림을 되새기며 정생에게 말했다.

"때로는 하나를 위해 열이고 백이고 내줘야 할 때가 있는 걸세."

"자네를 어찌 도우면 되겠나? 방도를 알려주게."

"날 도울 방도는 없네. 내 죄이니 내가 온전히 책임질 것이네."

정생은 이규를 바라보았다. 이규가 말을 이었다.

"사십구재 되는 날 다시 오겠네. 그때까지 부탁하네."

"알겠네."

날이 밝기 전에 법천사를 떠나온 이규가 도성 문에 들어선 시각은 동살 걷힌 아침이었다. 하선을 오랫동안 혼자 두었기에 이규의 발걸음은 저도 모르게 빨라지고 있었다. 도성 문 앞에 사람들이 모여 있었지만 신경 쓸 틈이 없어 그냥 지나치려는데 이때 이규의 귓가에 차마 생각지도 못한 말소리가 들려왔다.

"이 얼굴을 한 광대가 나라의 임금 노릇을 하고 있다……. 이게 무슨 해괴망측한 소리야?"

가던 발길을 돌린 이규가 다급하게 사람들이 모여 있는 쪽으로 다가갔다. 그곳에 낯익은 얼굴이 보였다. 하선의 얼굴이 그려진 벽서(壁書, 벽에 글을 써서 붙이는 방의 일종)가 붙어 있었다. 하선의 얼굴 아래에는 언문으로 '이 얼굴을 한 광대가 나라의 임금 노릇을 하고 있다'라고 쓰여 있었다. 이규는 충격으로 온몸이 얼어붙었다.

"말도 안 되는 소리! 웃기려고 붙인 거 아녀?"

"거짓이 아닐지도 모르지. 오랑캐들이 쳐들어올지도 모른다는 소문이 시전에 짜하던데?"

"다시 변란이 일어난다고? 그런 끔찍한 소리 하지 말어!"

이규는 미처 알아채지 못했지만 사람들 틈에는 운심의 기루에서 일을 보던 중노미도 끼어 있었다. 달래를 신이겸에게 데려갔던 자였다. 그는 벽서를 보자마자 낫으로 자신의 목을 쳐 죽이려 했던 그 광대 놈의 얼굴을 떠올렸다. 방상시 탈을 쓴 채 낫을 들고 서 있던 하선, 그 광대의 얼굴을.

"저건 분명 그 빌어먹을 광대 놈 얼굴인데……!"

누군가 벽서를 확 뜯어냈다. 이규였다. 이규는 벽서를 손에 쥔 채 급히 의금부로 향했다.

벽서는 도성 사방에 나붙어 있었다. 저잣거리 너른 마당에도 마찬가지였다. 사람들이 와자지껄 시끄럽게 모여 있는 걸 본 갑수와 달래가 지나가다가 멈춰 섰다. '뭔 좋은 구경 있는갑다!' 하며 사람들을 헤치고 앞으로 간 갑수와 달래는 벽서에 그려진 하선의 얼굴을 보고 화들짝 놀랐다. 갑수는 불안한 표정으로 말했다.

"달래야, 니가 잔 읽어봐라. 쩌그 뭣이라고 써 있냐?"

달래는 황망한 표정으로 벽서를 읽었다.

"이 얼굴을 한 광대가 나라의 임금 노릇을 허고 있……. 우리 오라바니가 임금이라고?"

해선 아니 될 말을 입 밖으로 내뱉은 달래의 입을 눈치 빠른 갑수가 얼른 막았다.

"이 광대를 아시오?"

벽서를 구경하던 아낙이 이상한 기색을 느끼고 캐물었다. 그러자 다른 이도 옆에서 거들었다.

"아는 자면 바른대로 대! 당장 나라님께 발고하게!"

"아는 얼굴이냐고!"

사람들이 갑수와 달래를 향해 한 발씩 좁혀들었다. 갑수는 달래를 등 뒤로 숨기듯 하고 사람들에게 맞섰다.

"모르지라. 우덜이 뭣을 알겠소잉?"

갑수는 도리질을 치며 말했다. 오라버니를 모른다고 해야 하는 상황에 달래는 울상이 되었다.

"암말 말어."

갑수는 나직하게 말하며 달래를 끌고 급히 자리를 뜨려다가 봇짐을 메고 지나가던 장무영과 부딪힐 뻔했다. 장무영은 사람들의 웅성거림에 수상함을 느끼고 벽서로 다가섰다가 전하의 얼굴, 아니 광대의 얼굴을 알아보고 흠칫 놀랐다. 생각지도 못한 상황에 굳은 표정으로 벽서를 노려보던 장무영은 이 모든 일을 외면하듯 단호하게 돌아섰다. 궐문을 나서던 순간 도성을 떠나는 대로 지난 일들은 모두 잊으리라 다짐했던 것을 떠올릴 필요도 없었다. 장무영은 광대 하선에 대해서는 더 이상 아무 생각도 하고 싶지 않았고, 하여 자신의 마음이 명하는 대로 했다.

한편 의금부 마당에 급히 들어선 이규를 금부도사가 맞았다.

"도승지 영감! 의금부엔 어쩐 일이십니까?"

"도성 안에 해괴한 벽서들이 붙었네. 당장 나졸들을 시켜 모조리 떼어내게!"

"예? 예! 여봐라! 당장 나를 따르라!"

금부도사는 급히 나장들과 나졸들을 이끌고 나갔다.

의금부를 나선 이규는 이번엔 운심의 기루로 향했다. 운심도 벽서를 본 모양이었다.

"나으리, 벽서 보셨습니까? 무슨 일입니까? 하선이는 혹시 어디 있습니까?"

"운심아, 사실대로 말해다오. 하선의 누이는 지금 어디 있느냐?"

이규는 다급하게 물었다.

"법천사에 맡겨놓았었는데 얼마 전 사라져 지금은 행방이 묘연합니다."

낭패였다. 이규는 운심의 말을 듣자마자 바로 돌아나갔다.

"나으리?"

이규의 뒷모습을 보며 운심은 불안해지기 시작했다.

그날 아침, 편전에는 무거운 기운이 감돌았다. 평소와 다르지 않은 상참 자리였지만 하선은 몹시 불안했다. 하선이 어좌에 앉으며 조내관에게 나직이 물었다.

"도승지는 아직인가?"

"예, 아직……."

하선이 어좌에 앉자마자 호판 이한종이 앞으로 나와 말했다.

"전하, 도성에 해괴한 벽서가 붙어 가져왔습니다. 보시옵소서!"

조내관은 이한종에게 벽서를 건네받아 서안 위에 펼치다 흠칫 놀
랐다. 자기 얼굴과 마주친 하선의 심장도 철렁 내려앉았다.

"이건……!"

"송구하옵게도 전하의 용안을 빼닮은 얼굴을 광대라 칭하는 벽서
이옵니다!"

예판 서장원이 참담한 심정으로 고한 후 말을 잇지 못하자 호판
이한종이 나섰다.

"망극하게도 백성들 사이에 전하의 얼굴이 광대의 얼굴과 같다는
소문이 급속도로 퍼지고 있습니다. 곧 나라에 변란이 일어날 거라는
둥 하늘이 노해 세상이 망할 거라는 둥 말들이 무성한 모양입니다."

하선은 다부진 표정으로 마음속 불안함을 감추려 애썼지만 허사
였다. 정신이 혼미해져 명해지는 바람에 손이 떨리지 않는 것이 그나
마 다행이었다. 이때 공판이 앞으로 나와 매서운 목소리로 고했다.

"전하, 우선 광대들부터 잡아들이라 명을 내리시어 민심을 다잡으
심이 옳을 줄로 아옵니다!"

'광대'라는 단어가 명해진 하선의 머리를 한 대 내리쳤다. 흠칫 놀
란 하선이 날카로운 목소리로 공판에게 되물었다.

"민심을 다잡는데 어찌 광대를 잡아들여야 한다는 게요?"

"벽서에 광대가 언급되었으니 광대들을 잡아들이면 백성들이 두려워 소문이 잦아들 것이고, 벽서를 붙인 자들에게도 엄중한 경고가 될 것입니다."

형판의 말에 하선은 뱃속 깊은 곳에서부터 분노가 치밀어 오르는 것을 느꼈다.

"그걸 말이라고 하는 거요? 광대들에게 무슨 죄가 있다고! 허락할 수 없소!"

하선의 분노에 놀란 것도 잠시, 형판은 기세를 꺾지 않고 말을 이었다.

"하오나 전하, 본시 광대란 소문을 가지고 놀고 소문을 무성하게 만드는 일을 합니다. 죄가 없다고만 하기는 어렵지 않습니까? 사안이 시급하니 부디 가납하여주십시오!"

형판의 말이 맞았다. 하선은 자신도 그러고 놀았기에 뭐라 할 말이 없었다.

형판과 공판을 비롯한 신치수 쪽 신료들이 '가납하여주시옵소서!' 하며 청하자 하선은 분노와 혼란으로 즉답을 하지 못했다. 서장원과 이한종도 딱히 반박하지 못하고 동의하듯 서 있었다. 조내관만이 안절부절못하고 안타까운 듯 하선을 바라보았다. 마음으로는 아니 된다, 불허한다를 외치고 싶으나 조정의 기세가 이미 기울어진 것을 느낀 하선은 고개를 숙이고 머뭇거렸다. 하선의 표정을 살피던 형판이 때를 놓치지 않고 소리쳤다.

"전하, 소문을 가라앉히기 위한 방도이니 윤허하여주십시오!"

"그는 아니 될 일입니다!"

익숙한 목소리에 하선은 일말의 안도를 느끼며 시선을 들었다. 도승지 이규가 편전 안으로 들어서고 있었다.

"도승지!"

"전하, 송구하옵니다. 벽서 일을 처리하고 오느라 조금 늦었습니다."

이규가 다가와 예를 갖추며 말했다.

"이제라도 왔으니 되었네."

"전하, 소신이 한 말씀 올려도 되겠습니까?"

"그리하게."

슬쩍 편전 문을 향해 몸을 돌린 이규는 말로는 하선에게 고한다 하면서 대신들을 향해 말하기 시작했다.

"삿된 벽서 하나에 도성이 순식간에 혼란에 빠진 것은 그만큼 이 나라 조정이 백성들의 신망을 얻지 못하고 있다는 뜻입니다. 이것만으로도 대소신료 모두 석고대죄하고 전하와 백성들 앞에 죄를 청해 마땅합니다!"

순간 형판과 공판, 신치수 쪽 신료들의 표정이 굳어졌다. 이규는 아랑곳없이 말을 이었다.

"그런데도 반성은커녕 죄 없는 백성들에게 책임을 전가할 생각만 하다니! 참으로 후안무치한 작태에 소신, 이 나라 조정의 한 사람으로서 전하께 송구하고 백성들 앞에 부끄럽습니다."

형판과 공판은 어이없다는 듯 이규를 바라보았고 서장원과 이한종은 그제야 잘못을 깨닫고 고개를 숙였다.

"전하, 이 벽서는 분명 역심을 품은 자의 소행입니다. 전하를 능멸하고 민심을 호도하려는 역당을 발본색원하여 환란의 싹을 자르심이 옳을 것입니다!"

"도승지의 말이 옳소. 이 벽서로 인해 백성들이 불안과 두려움에 떨게 해선 아니 될 것이니 서둘러 벽서의 배후를 찾도록 하시오!"

"예, 전하!"

이규의 일갈에 누구 하나 제대로 반박을 하지 못한 채 상참이 마무리되었다. 하선은 두려운 순간 나타나 상황을 정리해준 이규가 너무나 믿음직스러웠다. 형판과 공판은 금상과 도승지 이규의 사이가 전보다 더 공고해졌음을 느꼈다. 그 생각은 예판 서장원과 호판 이한종도 하고 있었다. 신료들 모두 하선에게 고개를 숙여 명을 따르겠다 답함으로써 이 사실을 받아들였다.

대전 침전으로 돌아온 하선은 자신의 얼굴이 그려진 벽서에서 눈을 떼지 못했다. 이규는 하선의 불안을 짐작하고도 남았으나 섣불리 먼저 말을 꺼내지 않고 기다렸다.

"이 벽서…… 제 정체를 아는 자의 짓일까요?"

"그랬다면 벽서를 붙이는 정도로 끝나지 않았을 게다."

하선은 긴장감에 휩싸여 멍해졌다. 그러다 달래 생각이 났다.

"아, 달래! 이 벽서를 보면 내가 잘못되는 건 아닌가 걱정할 텐데…… 운심 누이에게 달래를 잘 챙겨달라 연통을 보내주십시오!"

"알았다."

이규의 답에도 하선의 불안은 쉽사리 가라앉지 않았다. 이규가 조내관을 향해 돌아섰다.

"대전 지밀들을 단속해주시오. 특히 김상궁은 앞으로는 지밀에 들지 못하게 하시오."

"나도 그 생각을 하던 참이었소. 그리하리다."

조내관만 조심하는 것으론 부족했다. 이규는 하선의 불안을 키우는 일이 될지 모르겠다 염려하면서도 결국 하선에게 말을 꺼냈다.

"당분간 윤대만 하고 상참은 피하도록 하거라. 혹시 모르니 주의하고 조심해야 할 것이다."

하선이 고개를 끄덕이며 답했다.

"……예."

이때 밖에서 하급내관의 목소리가 들렸다.

"전하! 고성군 신치수가 뵙기를 청하옵니다."

하필 이 상황에 신치수가 미리 고하지도 않고 입궐을 하다니! 우연이라 하기엔 너무나 절묘했다. 하선이 놀라 이규를 바라보았다. 이규의 표정도 굳어졌다.

새벽녘 행랑아범과 그 수하들을 시켜 도성 안팎에 벽서를 붙인 신치수는 벽서로 도성이 발칵 뒤집어졌으며 그 사실이 상참에서 논의되었다는 보고를 받고는 한달음에 궐로 달려왔다. 충신을 토사구팽한 죄업을 받게 된 금상의 낭패한 얼굴을 제 눈으로 확인하고 싶었기 때문이다.

"대감, 대궐엔 어인 발걸음이십니까."

이규가 나오는 순간 오늘 알현은 물 건너갔다는 사실을 짐작했지만 신치수는 짐짓 근심 어린 표정으로 말문을 열었다.

"벽서 소식에 전하가 걱정되어 달려왔네. 내 전하를 뵙고 긴히 고할 것이 있으니 알현을 청해주게."

"전하께서 오늘은 누구의 알현도 받지 않겠다 하시니 이만 물러가시지요."

이규의 말에 신치수의 표정이 매섭게 변했다.

"내 전하께 도움을 드릴 수 있는데 어찌 막는 건가?"

"죄를 짓고 자리에서 물러나신 분이 뭘 도울 수 있단 말입니까? 나랏일은 조정에서 알아서 할 것이니 대감은 자중하십시오."

돌아서는 이규에게 신치수가 미끼를 던졌다.

"아까 편전에서 가관도 아니었다면서."

이규가 멈춰 서서 신치수를 돌아보았다.

"마치 임금이라도 된 양 호통을 쳤다 들었네. 광대를 잡아들이는 게 제일 빠르고 확실한 방도거늘 그걸 못하게 막고 조정 신하들만 책망하는데도 전하께선 그저 자네 말만 따르려고 하시니, 전하의 눈과 귀를 가리고 무슨 짓을 하려는 건가?"

"그건 대감이 하던 짓거리지요. 전 전하 뒤에서 몰래 제 잇속이나 탐하는 아귀 같은 짓은 안 합니다. 걱정 마십시오."

말이 끝남과 동시에 돌아서 가는 이규를 신치수는 그저 노려볼 뿐이었다.

　잠시 후 궁궐 행랑각 안에서 신치수와 김상궁이 은밀하게 이야기를 하고 있었다. 그곳은 낮인데도 이상하게 어두웠다. 김상궁이 먼저 입을 뗐다.

　"대감, 그간 격조했습니다."

　"내 끈이 떨어졌으니 자네가 날 찾아올 이유가 없었던 게지. 나도 이해하네. 그나저나 해괴한 벽서로 다들 떠들썩한데 자넨 별로 놀란 것 같지 않구먼."

　"놀랄 일이 무에 있겠습니까? 전하를 모시다 보면 이상하고 해괴한 일들이 한도 끝도 없이 생기는데."

　"근자에도 전하께 이상한 일이 있었는가?"

　김상궁이 잠시 고민하다가 말했다.

　"……하룻밤 사이에 전하의 귀에 흉한 상처가 생겼다가 사라졌습니다."

　김상궁의 말에 신치수는 내심 떨렸지만 애써 태연하게 물었다.

　"확실한 게야?"

　김상궁이 고개를 끄덕였다.

　"내 호기심이 생겨 그러는데, 전하의 상흔을 좀 확인해보게."

　"말이 되는 소릴 하십시오! 전하께 들키는 날엔 제 목이 날아갈 것인데 어찌 그런 위험을 감수하겠습니까?"

　"전하의 후궁에게 독을 먹이고 사술을 행한 죄가 드러나면 어짜

피 대역죄로 죽을 목숨 아닌가?"

"선화당 일은 대감께서 시키신 것이 아닙니까!"

신치수의 말에 김상궁이 매섭게 쏘았다.

"내가 시켰다는 증좌가 있는가? 내겐 자네가 했다는 증인과 증좌가 충분하네."

"지금 절 겁박하시는 겁니까?"

"서로 돕자는 말을 하는 걸세. 자, 이제 할 마음이 생겼는가?"

분한 마음에 이를 악물고 노려보던 김상궁은 이내 시선을 떨어뜨렸다.

"잘 생각하셨네. 내 자네 공은 잊지 않겠네."

신치수가 싸늘한 미소를 지었다.

자신의 집무실로 돌아온 이규는 자리에 앉으려다가 장무영이 남긴 사직서와 부험을 발견했다.

전하를 보필하는 소임을 다하지 못했으니 사직을 청합니다.

'결국 떠나버렸구나.'

이규는 무거운 표정으로 사직서를 접었다. 그때 이한종과 서장원이 안으로 들어왔다.

"도승지."

"어서 오십시오. 두 분과 의논할 일이 있어 뵙자 했습니다."

이규는 두 사람을 보고 표정을 다잡았다.

"그간 조정의 논박 때문에 미뤄두었던 시급한 현안들을 이제는 시행할 때가 됐습니다."

"대동법을 말함인가?"

이한종이 묻자 고개를 끄덕이며 이규가 대답했다.

"대동법은 물론 양전(量田, 토지조사) 사업도 행하여 경작지를 넓혀 국가 재원을 확충할 것입니다!"

서장원과 이한종은 이규의 의지에 고무돼 표정이 밝아졌다. 이때 호위무관이 급히 안으로 들어왔다.

"영감, 의금부에서 연통이 왔습니다! 어진화사 송지상이 간밤에 시신으로 발견되었다 합니다."

호위무관의 말에 자리에 있던 모두가 경악했다. 이규의 표정이 굳어졌다.

시신들 사이에 누워 있는 송지상의 얼굴은 모든 시름을 잊고 잠든 사람처럼 보였다.

"가슴에 칼을 맞고 절명한 것 같습니다. 한적한 길에서 발견되었고 증좌도 증인도 찾을 수 없는 것으로 보아 살해당한 듯합니다."

금부도사의 말에 이규는 송지상보다도 더 평온한 표정으로 고개를 끄덕였다.

누군가 확실한 의도를 가지고 벽서를 붙였으며 그자가 하선의 존재를 알고 있다는 사실이 분명해졌다. 허나 용상의 주인이 바뀌었다는 사실까지 알아챈 것인지는 확실하지 않았다. 적에 대한 두려움이나 분노보다 그자를 알아내 섬멸할 날카롭고 뜨거운 계책이 필요했다. 차가운 이성으로 판단해야 할 상황에 다다르면 언제나 이규의 마음은 평상시보다 고요해졌다. 이규는 그 어느 때보다 평온하고 담담한 심정으로 보이지 않는 적을 노려보았다.

그 시각, 하선은 주호걸과 함께 대전 침전에 있었다. 마음을 다잡아보려고 주호걸이 올린 보고서를 펼쳐보았지만 아무것도 눈에 들어오지 않았다.

"전답 한 결에 쌀 열여섯 말씩을 징수하되 그중에 열네 말은 호조에 올리게 하고 두 말은 군현에 두어 경비로 쓰면 될 것입니다."

주호걸은 하선이 미동도 않고 앉아 있자 '전하, 제 말씀 듣고 계십니까?' 하고 조심스럽게 물었다.

"아…… 뭐라 하였는가?"

주호걸은 풀이 죽어 고개를 푹 숙였다.

"아, 아니다. 계속하거라!"

하선은 집중하려 눈을 더 크게 뜨며 귀를 기울였다. 주호걸은 다시 신이 나 말하기 시작했다.

"가뭄이나 한파가 와서 흉작이 들 때도 잦으니 전세 부과는 정해진 율로 하되……."

이때 대전으로 조내관이 급히 들어왔다.

"전하, 말씀 중 송구하오나 대비전에서 다과를 청하는 연통이 왔습니다."

"이 와중에 갑자기 무슨 다과란 말이오?"

"전하와 중전마마 두 분을 함께 청하셨다 합니다."

"그럼 가야지요."

하선은 보고서를 내려놓고 고민 없이 일어섰다.

"전하……."

대전엔 당황해하는 주호걸만 홀로 남았다.

"아직 설명 안 끝났는데……."

주호걸은 이내 실망을 지우고 대전을 나섰다. 전하를 뵙고 서계(書啓, 임금의 명을 받아 일을 처리한 신하가 결과를 보고하던 문서)를 올리고 설명하는 일은 언제 해도 늦지 않을 것이었다. 그 일을 기대하는 것만으로도 주호걸의 입가에는 미소가 걸렸다.

하선과 소운이 지켜보는 가운데, 대비는 직접 녹차와 백화차를 만들었다. 최상궁이 녹차는 하선의 다과상에, 백화차는 소운 앞에 내려놓았다. 하선과 소운이 차 마시는 모습을 잠시 바라보고는 대비도 찻잔을 들었다. 대비는 하선의 얼굴을 유심히 보다가 픽 웃으며 말했다.

"이제 보니 주상의 얼굴이 참으로 잘났소. 이 잘난 얼굴이 또 있다니, 신기하지 않소?"

"제 얼굴을 이리 좋아하실 줄 몰랐습니다."

언제 근심했냐는 듯 하선은 여유롭게 대꾸했다. 소운의 옆에 서면 하선의 심장은 두서없이 뛰었지만 그 마음은 담대해졌다. 이 여인을 지킬 사람은 나밖에 없다는 생각이 하선의 심장을 뜨겁고 대범하게 만들었다. 생각보다 여유로운 하선의 대처에 대비의 시선이 날카롭게 변했다.

"좋아하는 게 아니라 근심하는 게요! 나조차도 이런데 뭣 모르는 백성들은 오죽이나 떨리고 두렵겠소? 아니 그렇소, 중전?"

"백성들이 소문을 듣고 부화뇌동하는 건 그만큼 삶이 고단하고 힘들기 때문입니다. 허나 조정과 왕실은 다르지요. 감히 전하를 능멸하는 풍문에 주견 없이 휘둘리는 것은 적절치 못한 처신이라 사료되옵니다."

소운의 대답에 대비는 순간 말문이 막혔다.

"이럴 때일수록 왕실이 나서서 백성들에게 바른 본을 보여야 할 것입니다. 내명부의 수장으로 신첩이 대책을 마련할 것이니 대비전에서도 힘을 보태주십시오."

대비는 화를 누르며 억지 미소를 지었다.

"이를 말이오. 그리하겠소."

하선은 소운의 대처에 마음이 든든해졌다.

"헌데 중전, 그보다 먼저 신경 써야 할 일이 있지 않소?"

"무슨 말씀이신지요?"

소운이 물었다.

"정녕 모르는 게요? 이렇게 민심이 흉흉할 때 주상에게 대통이 있었다면 얼마나 좋았겠소? 중전이 소임을 다하지 못하여 주상이 고통을 겪는단 생각은 안 해봤소?"

소운은 그 말에는 대꾸를 하지 못하고 시선을 내렸다.

"그게 어디 중전의 탓이겠습니까?"

소운을 대신해 하선이 대답했다.

"설마 그게 주상의 탓이란 말은 아니겠지요?"

"자식은 하늘이 점지해주시는 것이라는 말씀을 드리려 했습니다. 정 걱정이 되신다면 진평군을 양자라도 삼을까요? 그걸 바라시는 겁니까?"

"주상이 또 내 뜻을 곡해하시는구려."

대비가 싸늘한 미소를 보이며 답했다.

"그런가요? 허긴 생각해보니 진평군을 양자로 삼는 건 아니 되겠습니다. 밉상에 늘 굳은 표정이라 별 재미가 없을 듯합니다."

하선의 유연한 대처에 소운은 슬그머니 미소를 지었다.

"전하, 정녕 괜찮으신 겁니까? 편전에서 벽서의 일로 말들이 많았다 들었습니다."

대비전에서 나와 함께 걷던 소운이 하선을 바라보며 말했다. 하선은 멈춰 서서 소운을 바라보았다.

"날…… 걱정했소?"

"제가 만약 그 자리에 있었더라면 전하의 손을 붙잡고 나왔을 것입니다. 지난번 저잣거리에서 절 구해주셨던 것처럼요."

소운은 생각만 해도 화가 나는 것 같았다. 그런 소운을 달래듯 하선이 손을 잡으며 말했다.

"이렇게 말이오?"

소운은 눈이 동그래져 뒤를 따르는 상궁나인들을 살폈다.

"전하……."

"갑시다."

하선이 씩 웃으며 소운의 손을 잡고 이끌었다. 소운은 부끄럽지만 행복했다.

다정하게 걸어가는 두 사람을 먼발치에서 누군가가 보고 있었다. 대비전에 문안을 온 진평군이었다.

"누군지 아주 좋은 꾀를 내었소. 내 주상보다 먼저 그자를 찾아내 상을 주고 싶을 정도요."

대비의 말에 진평군이 웃으며 말했다.

"이리 기뻐하시니 다행입니다."

"진평군이 한 게요?"

짐짓 놀라는 대비를 보며 진평군은 미소로 수긍했다. 대비가 환하게 웃었다.

"진작 이리 좀 하시지. 그랬다면 내 속이 이리 꺼멓게 타들어가진 않았을 것 아니오. 소문의 멱살이라도 잡아 가두지 않는 한 주상도 이번 일을 타개할 방도를 찾긴 어려울 게요. 중전이 대통이라도 생산하면 모를까."

"대통이요?"

"놀라지 마세요. 그런 일은 일어나지 않을 것이니."

"모를 일입니다. 들어오다 보니 주상과 중전의 사이가 유난히 좋아 보였습니다."

"내 장담하지요. 주상이 내 목숨 같은 자식을 거둬갔는데 중전이 그 뱃속에 자식을 품는 기쁨을 누릴 수는 없을 게요."

대비는 의미심장하게 차를 마셨다.

하선과 소운은 서고 안 책상에 마주 앉았다. 하선이 턱을 괸 채 소운을 빤히 쳐다보자 소운은 괜히 부끄러웠다.

"전하, 편전에 가보셔야 하는 것 아닙니까?"

"가봐야 하오."

가봐야 한다는 말에 놀라 움직이는 건 소운뿐이었다. 하선의 모든 것은 그저 소운에게 멈춰 있었다. 소운이 타이르듯 말했다.

"허면 어서 일어나셔야지요."

"잠시만 앉으시오. 내 지금 아주 중한 일을 하고 있는 중이니."

서둘러 일어나려는 소운의 손목을 하선이 붙잡았다.

"그게 무슨?"

소운은 하선의 말에 영문도 모른 채 다시 앉으며 말했다.

"힘을 받고 있는 중이오. 중전을 이리 보아야 내 다시 힘을 내 정무를 볼 수 있을 것 같소."

소운은 그제야 알겠다는 듯 미소를 지었다.

"언제든 신첩을 불러주십시오. 신첩이 전하의 곁에서 힘이 되어드리겠습니다."

 항상 자신을 바라봐주는 소운의 다정한 말에 하선은 가슴이 따뜻해졌다. 둘은 그렇게 한참을 마주보며 앉아 있었다.

❀

그날 밤 진평군의 은신처인 숲속 나무 움막 앞으로 사내들이 모여들었다. 각자의 주군을 호종하기 위해 만난 자들이었다.

초롱 불빛이 새어나오는 움막 안에서 신치수는 커다란 함을 진평군에게 열어 보였다. 진평군은 눈이 휘둥그레졌다. 함 안에는 은자가 가득했다.

"이게 다 뭐요?"

"진평군께 사병이 있다 하나 주상과 맞서기엔 아직 많이 부족하지 않습니까? 자, 이 재물로 변방의 장수들을 규합하십시오. 저는 조정의 대신들을 포섭하겠습니다."

신치수의 말에 진평군은 비웃음이 났다.

"조정에서 밀려난 대감의 말을 대신들이 듣겠소?"

"제가 다시 조정으로 들어가야지요."

"도승지 그자가 가만히 있겠냔 말이오. 좌상 자리를 노리는 모양 새던데."

빈정거리는 진평군의 말에 신치수는 싸늘한 분노가 올라왔다.

"도승지 따위가 감히 제 상대가 될 수는 없지요. 곧 명나라에서 병부우시랑(兵部右侍郎, 명나라의 병조참판) 범차가 올 것입니다. 조정에서 범차를 상대할 사람은 저밖에 없으니 주상도 저를 아니 부를 수 없을 겁니다."

신치수의 말을 곧이곧대로 믿을 진평군이 아니었다. 신치수의 처지며 상황이 말과는 너무나 상반되었기 때문이다. 그럼에도 불구하고 진평군이 신치수를 쳐내지 않은 것은 그의 이상한 자신감 때문이었다. 신치수에게는 이미 금상 이헌을 용케 용상에 앉힌 경험이 있었다. 그의 수완과 계책이 진평군에게는 절실히 필요했다. 믿어본다 해서 손해 볼 것은 없지. 그렇게 진평군은 자신이 신치수보다 한 수 앞서 있다고 생각했다. 신치수가 진평군의 생각을 이미 제 손바닥처럼 파악하고 있다는 것은 깨닫지 못한 채.

어진화사가 죽었다는 소식을 들은 하선은 놀라서 이규에게 되물었다.

"어진을 그렸던 화공이 칼을 맞고 죽다니……. 벽서를 붙인 자가 죽인 걸까요?"

"어진의 얼굴을 모사(模寫)하게 한 후 입막음으로 죽였겠지."

"그럼 벽서의 배후가 누군지 이제 찾을 수 없는 겁니까?"

"심증이 가는 자가 몇 있긴 하다만 확증이 없다. 증좌든 자백이든 확실한 것 하나만 있으면 되거늘……."

묵묵히 듣던 조내관이 조심스럽게 입을 열었다.

"영감, 장무관에게 명해 종친들부터 살펴보시지요."

"무영인 사직을 청하고 떠났소이다."

장무영의 소식에 하선은 놀람과 동시에 마음이 복잡해졌다.

"허허…… 하필 이럴 때 사직을 청하다니! 송구하옵니다, 전하. 제가 미리 알았더라면 말렸을 것인데."

"조내관 탓이 아니니 자책 마시오."

하선은 조내관을 위로했지만 씁쓸함을 감출 수 없었다. 장무영이 결국 하선을 받아들이지 못하고 떠났다는 사실에 이규 역시 마음이 무거워졌다.

조정의 신료들을 만나고 다니던 신치수 앞에 예상치 못한 일이 일어난 것은 그로부터 며칠 후였다. 남여(의자와 비슷하고 뚜껑이 없는 작은 가마)를 타기 위해 행랑아범과 수하들을 거느리며 대문을 나서던 신치수 앞으로 한 사내가 뛰어들었다.

"웬 놈이냐?"

"소인, 벽서 일로 긴히 드릴 말씀이 있습니다요!"

"벽서?"

"예, 제가 그 벽서에 있는 광대 놈을 압니다요!"

심드렁했던 신치수는 광대라는 말에 흠칫 놀라며 중노미를 쳐다봤다. 곧 신치수는 중노미를 곳간 안으로 들였다. 중노미는 엉거주춤 선 채로 이야기를 시작했다.

"제 얘기는 은자 열 냥 값어치는 됩니다요."

신치수가 눈짓하자 행랑아범이 품에서 재물 주머니를 꺼내 보였다. 주머니를 보자 중노미는 침을 꿀꺽 삼켰다.

"아무래도 열두 냥은 받아야겠습니다."

"오냐. 들어보고 괜찮으면 네놈이 달라는 대로 얼마든 줄 것이니 어서 고해보거라."

신치수의 말에 중노미가 조심스럽게 이야기를 꺼냈다.

"그게…… 그때 그놈입니다요. 그 개 값 두 냥."

"개 값 두 냥?"

"벌써 잊으셨습니까? 일전에 작은 마님 일로 방상시 탈에 낫 들고 이 댁으로 쳐들어왔던 놈 말입니다!"

불현듯 그때가 떠올랐다. 어느 날 밤 뜬금없이 사랑채 마당에 쳐들어왔던 광대 놈. 자신의 누이는 개가 아니라고 외치며 부들부들 떨던 그 광대 놈.

"기억이 나셨습니까요?"

"그놈이 벽서의 광대 놈이라고 어찌 확신하느냐?"

"얼굴이 똑같습니다요! 쌍생도 그리 닮지는 못할 것입니다."

"그럼, 그놈이 지금 어디 있는지 아느냐?"

"화개동 기루에서 놀았지만 지금은 떠나고 없을 겁니다. 허나 거기 운심이란 기녀는 알 겁니다. 하선이랑 그 누이 달래를 기루에 들여 놀게 했으니."

"화개동 기루, 기녀 운심이? 어디서 많이 들어봤는데……."

"운심이는 도승지가 아끼는 기녀입니다요."

신치수는 순간 소름이 돋았다.

"도승지? 허면 그 광대 놈이 도승지가 자주 드나드는 기루에 있었다, 이 말이냐?"

"예……. 그렇습니다요."

신치수의 표정에 중노미는 겁을 먹고 대답했다.

"이리 좋은 이야기를 들었으니, 네게 큰 상을 내려야겠다."

"아유, 뭘……."

중노미의 눈에 기대감이 차올랐다. 신치수는 미소를 짓다가 행랑아범에게 눈짓을 주었다. 순식간에 행랑아범의 단검이 중노미의 가슴을 파고들었다. 중노미의 얼굴이 고통으로 일그러졌다.

"어찌……?"

"네놈이 말한 건 나 외에 누구도 알면 아니 되거든."

잠시 후 화개동 기루에 행랑아범과 그 수하들이 들이닥쳤다.

"신치수 대감께서 나를 부르시는 연유가 무엇인가?"

행수와 중노미들이 지켜보는 가운데 운심이 행랑아범에게 말했다. 운심을 데려오라는 신치수의 명을 받고 행랑아범이 기루로 온 것이었다.

"부르시는 데 연유가 필요한가? 당장 따르게!"

"귀한 분을 모실 때 법도가 있듯이 기녀를 부를 때도 절차가 있는 법일세. 대감마님께 그리 고하게."

운심이 돌아서려 하자 행랑아범과 그 수하들이 운심을 둘러섰다. 운심은 행랑아범들을 차갑게 노려보았다. 옆에서 행수가 끼어들었다.

"운심이는 궁중진연에 들어가는 예기(藝妓, 가무와 서화 등에 능한 기생)다. 함부로 오라 가라 할 수 없다!"

행수의 말에 지켜보던 중노미들도 행랑아범과 수하들에게 맞서듯 나섰다.

"뭣들 하느냐! 어서 끌어내지 않고!"

"한 치도 물러서지 마라!"

금방이라도 칼부림이 날 듯 날이 선 대치 상황에 운심이 나섰다.

"행수어른, 제가 다녀오겠습니다."

"하지만, 운심아."

"별일 없을 겁니다."

행수를 안심시켰지만 운심이라고 겁이 안 나는 것은 아니었다. 하지만 여기서 더 소란을 일으키는 것만은 막아야 했다. 어쨌든 이 기루는 도승지 영감과 대동계원들이 머무는 장소였다. 운심은 행랑아범을 따라 신치수의 집으로 향했다.

"하선이란 광대를 아느냐?"

신치수의 직설적인 하문에 운심은 자신이 아는 바를 답하기로 마음먹었다.

"예, 기루에서 놀던 자입니다."

"그 광대가 지금 어디 있는지 네가 안다던데?"

"누가 그런 소릴 대감마님께 고했는지 모르겠으나 소인은 그 광대가 어디 있는지 모릅니다."

"정녕 모르느냐?"

"소인은 소인이 아는 바만 말씀드릴 뿐입니다."

"그래, 알겠다."

운심은 절을 하고 나가려고 일어섰다.

"여봐라. 밖에 아무도 없느냐?"

신치수가 부르자 행랑아범이 사랑채로 들어왔다.

"대감마님, 부르셨습니까?"

"당장 이년을 끌고 나가 주리를 틀어라."

운심은 순간 표정이 굳어지며 신치수를 노려보았다.

"바른대로 고할 때까지 고신을 하되 말을 듣지 않으면 그냥 죽여도 좋다!"

"예, 대감마님."

운심은 자신을 끌고 나가려는 행랑아범을 뿌리쳤다. 기세는 좋았으나 여인의 힘으로 사내를 당할 재간은 없었다. 행랑아범이 운심의 뺨을 치자 운심은 쓰러지고 말았다. 맞는 순간 입술을 깨물어 피를 흘린 운심이 행랑아범에게 끌려 나가 변을 당하려는 그 순간 방문이 와락 열리며 이규가 안으로 들어섰다. 집무실에서 사령에게 연통을 받자마자 숨이 차게 달려온 터였다.

"죽고 싶지 않으면 그 손 놔라."

운심의 입술에서 피가 나는 것을 본 이규의 눈빛이 무섭게 타올랐다. 이규의 위세에 눌린 행랑아범은 잠시 머뭇거리다 신치수를 쳐다보았다. 신치수는 이규를 노려보다가 행랑아범에게 눈짓했다. 행랑아범이 운심을 놓고 뒤로 물러서자 이규가 신치수를 쏘아보며 운심에게 말했다.

"밖에 호위무관들이 기다리고 있다. 기루로 가거라!"

운심이 잠시 이규를 바라보다 밖으로 나갔다. 이규는 운심의 뒷모습을 놓치지 않고 계속 바라보았다. 이규의 시선을 놓칠 리 없는 신치수가 비웃는 투로 말했다.

"자네가 아끼는 기생이라 해서 불렀더니 역시 예상대로 득달같이 쫓아왔구먼."

"어찌 이런 시전 무뢰배 같은 짓거리를 하신 겁니까?"

"억울하면 자네도 나처럼 하게."

비열하게 웃으며 신치수가 말을 계속했다.

"용상을 가까이 하다 보면 욕심이 생기는 게 인지상정이야. 내 그걸 뭐라는 게 아닐세. 깨끗한 척 고고하게 구는 꼬락서니에 구역질이 나는 게지."

"고작 그런 푸념이나 지껄이려고 부르신 겁니까?"

"벽서의 광대, 그놈이 자네가 머무는 기루에서 놀았다던데 혹시 보았는가?"

"광대란 본시 탈을 쓰고 노는 업이 아닙니까? 누군가 벽서를 보고 놀라 지어낸 헛소문이겠지요."

이규의 흔들림 없는 대답에 신치수는 한 번 더 미끼를 던졌다.

"내 똑같이 생긴 자를 찾아내면 어쩔텐가?"

"벽서를 붙인 자가 대감이라고 실토하시는 겁니까?"

이미 서로의 속내를 너무나 잘 알고 있음에도 이규의 질문은 신치수를 얼어붙게 만들었다. 허나 신치수는 노회한 사내였다. 놀라는 대신 미소를 지으며 말했다.

"날이 선 것을 보니 내가 제대로 짚은 것도 같은데."

"조심하십시오, 대감. 함부로 넘겨짚다가는 손목이 날아가는 수가 있습니다."

신치수에게 경고의 말을 던지고 돌아서 밖으로 나온 이규는 대문 밖에 서 있는 운심을 발견하고 멈춰 섰다.

"어찌 아직도 여기 있는 게냐."

"나으리께서 무사하신 것을 보고 가려고 기다렸습니다."

"괜찮은 게냐?"

"전 아무렇지도 않습니다."

찢어진 운심의 입술을 보자 이규의 마음이 아려왔다.

"많이 아팠겠구나."

이규에게 걱정을 끼쳤다는 생각에 운심은 잠시 고개를 숙였다가 들었다.

"신치수 대감이 저에게 하선이에 대해 캐물었습니다. 누군가 벽서의 얼굴이 하선이와 닮은 것을 보고 고한 모양인데, 아무래도 이상한 느낌이 듭니다. 나으리, 대체 무슨 일입니까?"

"조정에서 쫓겨난 게 나 때문이라 여기고 널 미끼로 덫을 놓으려 한 게다."

"그걸 아셨다면 오시지 말았어야지요!"

"오지 않을 수 없었다."

언제나 이런 식이었다. 미련을 두지 말라, 다가서지도 말라는 말로 밀어내기만 하다가 어느 순간 마음을 파고드는 말과 행동으로 여인을 무너지게 만드는 사내. 원망인지 미련인지 모를 마음으로 운심은 자신을 구하러 달려온 이규를 바라보았다.

"고생 많았다. 나 때문에."

이규가 호위무관 쪽을 쳐다보자 다가와 섰다.

"기루까지 안전하게 모셔라."

운심이 호위무관들과 기루로 가는 모습을 바라보던 이규는 인근 집 담장에서 지켜보고 있는 그림자에게로 다가갔다.

"연통을 보낸 게 누군가 했더니 너였구나."

이규의 말에 그림자가 한 발 앞으로 나섰다. 장무영이었다.

"벌써 고향으로 돌아갔을 거라 생각했는데 아직 도성 안에 있었더냐?"

"그러려고 했는데, 벽서를 보니 발이 떨어지지 않았습니다."

"사직까지 청하고 떠난 놈이 뭐가 마음에 걸려서?"

"그러게 말입니다. 저도 스스로에게 묻고 있는 중입니다. 무슨 미련이 남아서 이러는지."

"신치수를 쭉 감시하고 있었던 게냐?"

"처음엔 진평군을 살폈습니다. 헌데 자꾸 신치수가 신경 쓰여서……."

"네 짐작이 맞다. 신치수 그자가 뭔가 눈치를 챈 것 같구나."

그길로 이규는 장무영을 데리고 궁궐로 향했다.

같은 시각, 침소의대를 챙겨 들고 대전 마당으로 들어서는 김상궁을 조내관이 막아섰다.

"이제부터 내가 침수 수발을 들 것이니 자넨 침전에 들지 말게."

"침수 수발을 드는 게 제 소임인데 그걸 하지 말라니, 설마 대전 지밀에서 나가란 말입니까? 대체 누구의 명입니까?"

"전하의 명일세."

"전하께 직접 들어야겠습니다!"

김상궁은 지지 않고 전각으로 향하려고 했다.

"무엄하게! 끌어내야 말을 듣겠는가!"

조내관이 단호하게 김상궁을 막아섰다. 어명이라는 말에 할 수 없이 조내관에게 침소의대를 뺏기고 돌아선 김상궁의 표정이 차갑게 굳었다. 신치수 대감에게 시작도 해보지 못하고 실패했다는 말을 꺼낼 수는 없으니 무슨 수를 내야만 했다.

김상궁을 대신하여 하선을 수발들게 되었지만 조내관은 자신의 소임이 늘어난 것에 불만이 없었다. 그러나 나이를 속일 수는 없었다. 의복 수발은 생각보다 잔손이 가고 힘이 드는 일이었다. 하선이 힘들어 보이는 조내관을 걱정하며 말을 걸었다.

"나 때문에 고생이 많소. 좀 쉬다 오시오."

"정녕 괜찮으시겠습니까?"

"괜찮소. 두 시진만 눈을 붙이고 오시오."

"그리 말씀하시니 따르겠습니다."

마지못한 듯 하선의 명을 따르기로 한 조내관이 복도로 나와 엄한 표정으로 하급내관에게 단속했다.

"내가 없다고 경계를 게을리 해선 절대 아니 되네!"

"여부가 있겠습니까. 심려 마시지요."

조내관이 모퉁이를 돌아나가고 하급내관이 홀로 되자 김상궁이 반대편 끝에서 자리끼 소반을 들고 다가왔다. 미리 약조가 된 듯 하급내관이 김상궁에게서 자리끼 소반을 받아 들었다. 김상궁은 소매에서 약봉지를 꺼내 자리끼 물그릇에 약을 탔다. 무색무취의 약은 금방 물에 녹아들어 흔적도 없이 사라졌다.

하선은 침소의대 차림으로 서안 앞에 앉아《시경》을 읽고 있었다. 하급내관은 서안 옆에 자리끼 소반을 내려놓고 물러났다. 복도로 나가 방문을 닫으며 하선 쪽을 보자 막 물그릇을 들어 마시고 있었다. 하급내관은 '됐다' 하는 표정으로 방문을 닫았다.

얼마나 지났을까. 문이 열리고 버선발이 방으로 들어왔다. 김상궁이었다. 촛불 하나만 밝혀져 있는 방 안에서 하선은 보료에 쓰러져 곤히 자고 있었다. 김상궁은 자리끼 물그릇을 먼저 확인했다. 비어 있었다. 이번에는 하선의 곁으로 가 조심스럽게 숨소리를 확인했다. 잠든 게 확실했다. 김상궁은 긴장감에 손이 덜덜 떨렸지만 더욱 조심스럽게 하선의 침소의대를 벗기기 시작했다. 하선의 의대가 벗겨지며 가슴이 드러났다. 김상궁은 순간 숨을 멈췄다. 지난 변란 때 왜적과 싸우다 생긴 상흔이 선명하게 보였다. 진짜 전하셨다니! 이미 예상한 일이었지만 신치수 대감이 바라는 결과는 아니란 생각에 김상궁은 멍해졌다. 이때 하선이 눈을 감은 채로 김상궁의 오른쪽 손목을 홱 낚아채고는 서서히 눈을 떴다. 하선과 눈이 마주친 김상궁은 경악했다.

"저, 전하……!"

"무슨 짓이냐?"

하선이 김상궁의 손목을 밀쳐내고 일어나 앉으며 소리쳤다. 김상궁이 얼른 뒤로 물러나 엎드렸다.

"저, 전하…… 그것이……, 자리끼를 챙기러 들어왔다가 숨소리가 답답하신 듯하여……."

하선은 일어나 물그릇을 던져버렸다. 박살나는 그릇을 보자 김상궁은 더욱 겁에 질렸다. 지옥의 야차가 이런 표정일까. 너무도 무서운 표정으로 하선이 김상궁에게 다가섰다. 김상궁은 두려움에 휩싸인 채 하선을 바라보았다.

"네년이 내 손에 죽고 싶어 환장을 한 게로구나."

무표정인 듯 묘하게 뒤틀린 표정으로 하선이 물었다.

"내 분명 침전에 들지 말라 명했거늘. 감히 내게 약을 먹이고 상흔을 확인하려들어?"

하선의 목소리는 무섭도록 섬뜩했지만 나직하고 서늘했다.

"전하……, 소인은 그런 것이 아니오라……."

"닥쳐라!"

겁에 질린 김상궁은 두 눈을 질끈 감았다.

"이런 일을 너 혼자 했을 리는 없고, 누구의 사주를 받은 게냐!"

"매, 맹세코 그런 것이 아니옵니다! 부디 소인을 믿어주십시오!"

김상궁은 애써 침착하려 했지만 계속 말을 더듬었다.

"누가 명을 하지도 않았는데 기어 들어와 내 상흔을 확인하려 했다? 이제 보니 내가 뱀 같은 계집을 곁에 두고 있었구나."

"죽을죄를 졌습니다! 부디 소인의 죄를 용서해주십시오!"

"죽을죄를 졌다 하면서 어찌 용서를 구하느냐. 조내관!"

하선이 명하자 문이 열리며 조내관을 필두로 호위무관들이 들어왔다.

"끌어내라!"

이규와 하선이 놓은 덫에 김상궁이 제대로 걸려들었다. 하선의 얼굴이 그려진 벽서가 붙던 날, 이규는 직감했다. 벽서를 붙인 자가 하선의 정체를 확인하려들 게 분명했다. 그날 대전에서 이규는 하선에게 당부했다.

─ 쥐덫을 놓아야겠다. 벽서를 붙인 자는 분명 하선이 네 정체에 의심을 품고 있는 자다. 사람을 시켜 확인을 하려들 게야. 그때를 노려 놈의 꼬리를 잡아야 한다. 할 수 있겠느냐?

─ 판 가리며 놀면 광대가 아니지요. 해보겠습니다!

이헌에게 죽을 뻔했던 기억이 도움이 되었다. 하선은 자신이 진짜 임금이고 그걸 의심하는 자가 나타난다면 어떤 기분이 들까를 생각했다. 첫 감정은 두려움이었지만 이내 분노가 치솟았다. 상대를 항복시키거나 죽이기 전까지는 사라지지 않을 분노였다.

김상궁이 끌려 나가는 모습을 본 하선은 이내 표정이 달라졌다. 누군가에게 계속 분노를 품고 있는 일은 그에게 힘겨웠다. 안도의 한숨을 내쉬는 하선을 조내관이 가만히 지켜봤다. 두 시진 쉬고 오라는 말을 하면 자리를 비켜주기로 미리 약조가 되어 있었지만 조내관의 마음은 편치 않았다. 혹시나 하선이 정말 들키면 어쩌나 하는 두려움 때문이었다. 하지만 결국 하선은 스스로의 힘으로 자신의 안위를 지켜냈다. 조내관은 어찌해야 이 광대 전하를 제대로 지킬 수 있을지 더는 고민하지 않기로 했다.

행랑각으로 끌려간 김상궁은 금방이라도 임금이 들이닥쳐 자신을 죽일지도 모른다는 두려움에 하얗게 겁에 질렸다. 이때 삐걱 행랑각 문이 열리며 도승지 이규가 들어섰다.

"제가 어찌하면 살 수 있겠습니까?"

"전하께선 신치수가 벽서를 붙인 배후라고 생각하고 계시네."

그 사실까진 몰랐던 김상궁은 자신이 신치수의 덫에 빠졌다는 생각에 절망했다. 김상궁의 표정을 읽은 이규가 미끼를 던졌다.

"그자에게 가서 자네가 확인한 것을 고하게. 그리고 벽서를 붙였다는 자백을 받아와. 그리하면 전하께 자네 구명을 청해봄세."

살길을 열어준 것만도 감읍할 일이었으나 또 다른 위기가 될 수도 있는 일이었다. 허나 살기 위해서는 선택의 여지가 없었다. 김상궁은 체념한 표정으로 고개를 끄덕였다.

김상궁은 신치수에게 가서 이규가 시킨 대로 고했다. 그녀의 눈은 조금도 흔들림이 없었다. 신치수가 깜짝 놀라 되물었다.

"전하의 가슴팍에 상흔이 있었다? 분명히 보았는가?"

"예, 제 두 눈으로 똑똑히 확인했습니다."

김상궁이 평시와 다를 바 없는 침착한 태도로 답하자 신치수는 뭔가 생각이 많아진 표정으로 시선을 돌렸다. 신치수의 반응을 살피며 김상궁은 긴장한 티를 내지 않으려고 애쓰며 입을 열었다.

"그렇게 제게 먼저 확인을 받으신 다음에 벽서를 붙이시지 그러셨습니까?"

"내가 했다는 걸 어찌 알았는가?"

"대감께서 전하의 상흔을 확인하라 하셨을 때 이미 눈치챘습니다. 어진화사의 일도 대감께서 하신 일이지요?"

"입을 막으려면 어쩔 수 없었네."

신치수가 순순히 자백하자 김상궁은 이제 살았다는 생각에 여유로운 미소로 말을 이어갔다.

"어쨌든 전 소임을 다했습니다. 제 공은 잊지 마십시오."

"여부가 있겠나."

"그럼 전 이만 환궁해야겠습니다."

"잠깐!"

장옷을 챙겨 나가려는 김상궁을 신치수가 멈춰 세웠다. 순간 혹시 눈치를 챘나 싶어 긴장한 김상궁이 돌아섰다.

"어찌 그러십니까?"

"자네가 확인해줘야 할 일이 있어. 들어오시게!"

신치수의 말이 끝나자마자 방문이 열리며 하급내관이 들어왔다. 놀란 김상궁은 하급내관을 보고는 급히 신치수에게 시선을 돌렸다.

"전하께 들켰다는 건 어찌 말하지 않은 겐가! 학산 그자가 내게 자복을 받아오라 하던가?"

당황으로 얼어붙은 김상궁이 풀썩 엎드리며 말했다.

"전하께서 절 죽이겠다 하시는데 어쩝니까!"

"난 자네를 살려줄 것 같고?"

김상궁은 사색이 된 채 아무 말도 하지 못했다.

"내 자네를 믿었는데, 실망일세."

잠시 후 신치수 집 대문이 열리며 장옷을 써 얼굴이 보이지 않는 여인이 밖으로 나왔다. 근처에서 기다리고 있던 장무영이 급히 그 여인의 뒤를 쫓아갔고 어두운 골목길에서 여인의 어깨를 잡아 세웠다. 허나 여인은 김상궁이 아니었다. 급히 신치수의 집으로 되돌아간 장무영은 날이 밝을 때까지 김상궁을 기다렸으나 끝내 그녀는 나오지 않았다.

이규가 자신을 의심하고 있음을 깨달은 신치수는 행랑아범을 시켜 김상궁의 옷을 태우게 하고는 하선이란 광대와 그 누이 달래를 찾으라는 명을 내렸다.

"그 하선이란 광대 놈과 누이 달래를 찾아라. 운심이란 계집과 가까이 지내는 자들을 쫓으면 뭔가 나올 게다."

"예."

행랑아범이 고개를 숙이며 답했다.

이규가 김상궁이란 미끼를 던지면 신치수를 잡을 수 있을 것이라는 확신으로 일을 벌인 건 아니었다. 신치수가 겁을 집어먹고 하선을 찾는 일을 멈추게 하는 것으로 족했다. 허나 김상궁까지 잃게 될 줄은 몰랐다. 덫을 놓았지만 절반의 성공도 이뤄내지 못했다는 생각에 이규의 마음은 바빠졌다. 이규가 하선에게 말했다.

"김상궁이 신치수의 집으로 들어갔다가 사라졌다."

"김상궁에게 재물을 받았던 내관은요? 그자를 증인으로 삼으면⋯⋯."

"그 하급내관도 궁을 나가 행방이 묘연하다. 그자도 신치수가 대전에 심어놓은 첩자였던 것 같다."

"그럼 신치수에게 죄를 물을 수 없는 겁니까?"

하선이 답답하다는 듯 물었다.

"김상궁이 무사히 돌아와 신치수의 자백을 증언했다면 가능했겠지만 심증뿐이니 신치수의 죄를 물을 수 없다. 허나 김상궁이 네게 상흔이 있다고 전했을 것이니 더는 네 정체를 의심하지 않을 게다."

"좌상 자리에서 쫓겨났는데도 이렇게 할 수 있다니. 신치수를 가만두어선 아니 됩니다!"

"신치수가 가진 힘은 재물에서 나온다. 내 이제부터 그자가 가진 재물을 끊어낼 것이다."

이규의 말에 하선은 기대감이 차올랐다.

다음 날, 하선은 편전으로 대소신료들을 불렀다.

"내 선혜청(宣惠廳)을 만들고 대동법 시행을 앞당기려 하오. 어찌들 생각하오?"

"전하, 호조는 전하의 하교를 따를 준비가 되어 있습니다."

"소신도 전하의 뜻에 따르겠습니다."

이한종과 서장원이 차례로 대답했다. 그러자 공판과 형판이 말도 안 된다는 표정으로 반박에 나섰다.

"전하, 대동법 시행은 이미 한 차례 실패를 겪지 않았습니까? 신중하게 결정하심이 옳을 줄로 아옵니다!"

"공판의 말이 옳습니다! 이런 불안한 시국에 대동법까지 시행하면 지주들의 반발이 극심할 것입니다!"

이규가 그런 형판과 공판을 겨누어 보았다. 답답해진 하선이 말했다.

"땅 열 마지기 가진 이에게 쌀 열 섬을 받고, 땅 한 마지기 가진 이에게 쌀 한 섬을 받는 게 뭐가 문제요? 지주들의 반발은 근심하면서 어찌 굶주린 백성들 염려는 하지 않는 게요? 가진 만큼 세를 내게 한다! 이것이 내 뜻이오. 왕실과 종친들 또한 예외는 없을 것이오."

"전하, 선대왕께서 하사하신 땅에 세를 매기다니요? 여지껏 그런 법은 없었습니다!"

"옥음으로 한번 내뱉은 말은 돌이킬 수 없네."

어처구니가 없다는 투로 이의를 제기하는 진평군에게 하선이 단호하게 말했다. 이규는 순간 하선을 흘끔 쳐다보았다. 임금이 한 일은 돌이킬 수 없다는 의미로 이규가 했던 말이었다. 하선이 말을 이었다.

"내 말했으니 이제 그것이 법일세."

그 말을 기억해내고 자신의 뜻을 관철시키는 데 써먹을 정도로 하선은 성장해 있었다.

한편 소운 역시 중궁전 수라간 상궁나인들에게 자신의 뜻을 전하고 있었다. 아주 작은 것이라도 전하의 치세에 도움이 되고 싶다는 소운의 의지였다.

"전하께서 백성들을 위해 대동법을 시행하고 종친들에게도 세를 걷겠다 천명하셨으니 내명부에서도 전하께 힘을 실어드리고자 하네. 내 감선(減膳, 음식 가짓수를 줄이는 일)을 할 것이니 그리들 알고 따라주게."

나중에 서고에서 글 공부를 하다 이 소식을 전해 들은 하선은 놀라고 기쁜 마음에 조내관과 나눠 먹던 밤참과 야식을 줄이겠다고 천명하여 조내관을 근심하게 했다.

"전하, 이 정도는 그냥 드시지요. 얼마 되지도 않는데."

조내관의 염려에도 아랑곳없이 서책을 보던 하선이 문득 생각난 듯 입을 뗐다.

"조내관, 내 궁금한 게 있소."

"하문하십시오."

"땅을 가진 자에게 세를 걷겠다, 대동법의 뜻이 참으로 좋은데 이전엔 어찌 실패했던 거요?"

"조정의 신료들 대부분이 땅을 가지고 있습니다. 그중 땅을 가장 많이 가진 자가 신치수 대감이었으니 잘될 턱이 없지요."

"그래서 저리들 난리를 치는구려. 이참에 대동법을 뿌리내리게 해야겠소."

고개를 끄덕이던 하선은 조내관에게 한자가 쓰여진 종이 한 장을 건넸다.

"관상감에서 올린 문서요. 대신 좀 읽어주시오."

"지난밤 먹구름이 하늘을 덮어 별을 하나도 살필 수 없었다. 지평선이 뿌연 탁기에 싸여 천기(天氣, 날씨)가 어수선하니 당분간 근신하시기를 조언하라."

"거기 눈이 온다는 말은 없소?"

"눈이요? 관상감도 그것까진 모를 겁니다. 허나 제 무릎이 이리 쿡쿡 쑤시는 걸 보니……, 오늘 밤 눈이 올 듯합니다."

"그거…… 확실한 게요?"

하선은 못 믿겠다는 듯 되물었다.

"제 도가니를 한번 믿어보시지요."

조내관의 확신에 찬 말에 용기를 얻은 하선은 중궁전으로 물건 하나를 보내라 명했다.

소운은 애영이 서안 위에 올려놓은, 보자기로 싼 것을 보고 있었다.

"이게 무엇이냐?"

"전하께서 보내신 선물이라 합니다. 풀어보십시오."

"전하께서?"

소운은 떨리는 손길로 보자기를 폈다. 서책이었다. 애영은 실망스런 표정을 지었다.

"전하께선 여인의 마음을 모르시는 듯합니다. 이런 서책을 선물이라 보내시고."

"이거면 됐다. 헌데 이 서책은 상권이구나. 하권도 있는 모양인데 어찌 아니 보내셨을까."

애영은 실망했지만 소운은 기뻤다. 이미 관심이 사라진 애영은 차를 내오겠다며 물러갔다. 소운이 서책을 펼치자마자 쪽지가 하나 나왔다.

이 서책의 하권을 보고 싶다면 밤에 서고로 오시오.

깊은밤, 소운은 두근두근 떨리는 마음을 안고 혼자 서고로 향했다. 서고 안에 들어서자마자 안을 살폈지만 하선은 보이지 않았다.

소운의 얼굴에 실망감이 감돌았다.

소운은 힘없이 책장을 둘러보면서 서책들을 살폈다. 하선이 보낸 서책의 나머지 하권이 보였다. 소운이 서책을 꺼내 펼치니 종이 한 장이 툭 떨어졌다. 언문으로 글씨가 적혀 있었다.

《맹자》 진심(盡心) 편을 보시오.

소운은 떨리는 마음으로《맹자》 진심 편 서책을 꺼냈다. 거기서도 종이가 툭 떨어졌다. 반쯤 펼쳐보니 또 언문이 적혀 있었다.

중전의 얼굴에 뭐가 묻었소.

소운은 놀라 얼굴을 매만졌다. 접혀진 쪽지를 마저 펼쳤다.

어여쁨이 묻었소.

소운이 활짝 웃었다. 하선의 마음이 고스란히 전해졌다.

소운은 책장의 다른 책들을 꺼내 들었다. 다른 책에도 여지없이 쪽지가 끼워져 있었다.

평생 그리워하다 죽는다 해도, 그대를 알게 된 것으로 난 행복하오. 보고 싶소. 보아도 보아도 계속 보고 싶소. 궁에서 제

일 높은 곳으로 오시오. 중전을 기다리고 있겠소.

소운은 쪽지를 하나씩 챙겨들었다. 장난스러운 표정으로 서책 사이에 쪽지를 끼웠을 지아비의 모습이 눈에 선했다. 수많은 고백을 선물받은 소운은 충만한 마음으로 궁에서 제일 높은 곳을 향해 숨차게 달려갔다.

뒷짐을 지고 있던 하선이 돌아보며 소운을 향해 미소 지었다. 소운은 그대로 달려가 하선에게 안겼다. 하선은 잠시 놀랐다가 소운을 따뜻하게 안아주었다.

"어찌 이리 달려온 것이오. 넘어지면 어쩌려고."

하선의 말에는 다정한 걱정이 넘쳤다.

"그 많은 선물을 받고 도저히 걸어올 수가 없었습니다."

"미안하오. 내가 중전에게 해줄 수 있는 게 그런 것뿐이라."

"어찌 그런 말씀을 하십니까. 신첩, 세상에서 가장 귀한 것을 받았습니다. 전하의 마음을 받지 않았습니까."

소운이 수줍게 미소를 지으며 하선을 바라보았다. 더 많은 것을 주지 못한다는 사실에 마음이 편치 않았던 하선의 마음을 꽉 채우고도 남을 미소였다. 그때 하늘에서 눈이 내리기 시작했다.

"전하, 눈입니다!"

소운의 눈동자가 반짝였다.

"오늘 첫눈이 내릴 거라 하더니 사실이었구려."

"눈이 온다는 걸 알고 계셨습니까?"

"내 중전과 함께 첫눈을 보고 싶었소."

소운은 미소로 하선을 보고는 아이처럼 좋아하며 허공에 손을 뻗어보았다.

"그리 좋소?"

소운이 손바닥에 내려앉은 눈을 하선에게 보이며 말했다.

"예, 이것 좀 보십시오! 하얗고 투명한 것이 꼭 하늘의 별 같지 않습니까?"

소운은 말갛게 웃었다. 하얗고 투명하며 별 같은 것……. 그것은 바로 소운이었다. 사내가 사랑스러운 여인에게 가만히 다가섰다. 어떤 힘이 하선을 소운에게로 끌어당기는 것만 같았다. 하선의 입술이 소운의 입술에 겹쳐졌다. 하선의 입맞춤에 놀라 동그래졌던 소운의 눈이 스르르 감겼다. 온 세상이 하얗게 변해가고 있었다.

연
모
하
지

않
을
방
도

눈이 그치고 영원 같은 떨리는 순간도 지나갔다. 하지만 하선과 소
운의 마음은 그 영원 속에 머물러 있는 듯했다. 두 사람은 감히 서로
의 얼굴을 바라보지 못하고 떨리는 마음으로 서고 창가에 앉았다.
하선이 심장의 떨림을 견디며 먼저 입을 열었다.

"감선한다고 진상품을 줄여 힘들지 않소?"

"전혀 힘들지 않습니다. 신첩, 전하께 도움이 되는 일이라면 무엇
이든 기쁘게 할 것입니다."

소운이 환한 미소를 띠며 답하자 하선은 순간 이 여인에게 하늘
의 별을 따다 줄까, 달을 따다 줄까 심각하게 고민이 되었다.

"말해보시오, 중전이 원하는 걸. 내 뭐든 줄 것이니."

"가장 소중한 것을 주시지 않았습니까. 전하의 마음 말입니다."

소운은 손에 든 쪽지를 보며 미소를 지었다.

"그것 말고 다른 건 없소?"

소운은 잠시 머뭇거렸다.

"그리 물어보시니 하나 생각나는 게 있긴 합니다."

"그게 뭐요?"

"실은…… 지난번 대비께서 하신 말씀 중 마음에 걸리는 게 있습니다."

소운은 차마 하선을 보지 못하고 시선을 아래로 내린 채 조심스러워했다.

"그것이…… 그러니까……, 전하의 뒤를 이을 대통이 있었다면 벽서로 민심이 흉흉할 때 전하께 큰 힘이 되었을 것이라는 말씀 말입니다."

순간 하선의 표정이 굳어졌다. 소운이 무슨 말을 하려는지 알 것 같았다.

"신첩…… 전하의 아이를 갖고 싶습니다."

용기 내어 간절하게 말하는 소운의 모습에 하선은 마음이 무거워졌다. 그리고 깨달았다. 자신은 소운의 청에 답할 수 없다는 것을. 하선에게는 소운의 소원을 들어줄 방도가 없다는 것을.

하선이 자리를 비운 대전 침전에선 조내관이 바닥에 종이를 놓고 붓으로 뭔가를 그리고 있었다. 하선을 닮은 신선 그림 밑에 한자로 하선(夏仙)이라고 쓰고는 소맷자락에서 하선이 그려준 자기 얼굴 그림을 꺼내보며 웃었다. 그때 이규가 들어왔다.

"도, 도승지 영감, 이미 퇴청하신 줄 알았소이다."

이규는 한심한 듯 그림을 보다가 말했다.

"내일 편전에 나가 읊어야 할 왕명을 일러주러 왔소이다. 헌데 하선이는 어디 있는 거요?"

"아, 그게……"

조내관은 말을 하지 못하고 머뭇거렸다. 순간 이상함을 느낀 이규가 캐물었다.

"하선이 지금 어딨소?"

소운에게 답을 못하고 굳은 표정으로 서고를 나서던 하선은 소운이 먼저 손을 잡자 그제야 겨우 미소를 지었다. 그때 복도 끝을 돌아서 급히 걸어오고 있는 이규가 보였다. 하선은 순간적으로 놀라 소운의 손을 놓았다. 이규 뒤로 조내관도 헐레벌떡 쫓아오고 있었다. 하선은 나쁜 짓을 하다 들킨 사람처럼 말문이 막혔다.

"도, 도승지……"

"전하, 급히 고할 것이 있어 왔습니다."

한껏 예를 갖춰 고하는 이규의 말과 행동에서 한기가 느껴졌다.

"……꼭 지금 들어야 하는가?"

"당장 들으셔야 합니다. 목숨이 걸린 시급한 일입니다."

이규의 눈빛이 날카롭게 쏘고 있었다.

"신첩, 전하께서 아직 정무가 남으신 줄 몰랐습니다. 이만 물러가 겠습니다."

소운이 가려 하자 하선이 붙잡았다.

"중전도 같이 듭시다."

순간 소운이 의아한 표정으로 하선을 보다가 미소 지으며 말했다.

"아닙니다. 제가 낄 자리 같지 않으니 말씀 나누십시오."

"중전마마, 제가 모시겠습니다."

조내관이 나서자 소운은 하선에게 예를 갖추고 이규에게도 목례 를 하고는 물러갔다.

하선이 소운을 따라가려 하자 이규가 하선의 뒷덜미를 잡아챘다. 그리고 서고 안으로 끌고 들어갔다.

"언제부터냐, 중전마마와 이리 가까워진 것이?"

이미 다 알고 들이닥친 듯한 이규에게 하선은 차마 답을 하지 못 하고 바라보았다.

"소중한 사람을 지킬 힘을 가지고 싶다, 임금이 되고 싶다 한 것도 중전마마 때문이었던 것이냐?"

"온전히 중전마마 때문만은 아닙니다. 허나…… 예, 그렇습니다."

"정신 나간 놈!"

이규의 표정이 매섭게 변했다.

"넌 중전마마를 속이고 있는 거다. 그분이 보고 계신 건 네가 아 닌 다른 이의 그림자니까. 넌 진짜 임금은 될 수 있어도 중전마마께 는 영원히 가짜다!"

이규의 말이 날카로운 검이 되어 하선의 심장을 찔렀다. 쐐기를 박는 이규의 말에 억장이 무너진 하선이 맞서듯 답했다.

"그렇다면 차라리 중전마마께 사실을 고백하겠습니다."

"사실대로 고백하면, 너를 받아주실 것 같으냐? 그분은 그런 분이 아니다. 누구보다 올바르고 곧은 분이시다! 네 정체를 밝히는 순간 너도, 그분도 천 길 낭떠러지로 떨어질 게야! 네가 대궐에서 도망쳤다가 어찌 되돌아왔는지 떠올려보거라. 네 누이 때문이 아니었더냐. 누이를 그리 만든 자들을 단죄하고 세상을 바꾸고자 임금이 되려 했던 게 아니었느냔 말이다!"

이규의 말이 옳았다. 하선의 눈동자가 마구 흔들렸다.

"우리 앞에는 산적한 일들이 태산이다. 네가 마음 하나 자르지 못하고 머뭇거리는 사이, 중전마마는 물론 이 나라와 백성들이 위급에 처하게 될 것이다! 마음을 자르는 것. 그것이 네가 선택할 수 있는 유일한 방도다."

하선이 고통스러운 표정으로 고개를 떨구었다. 이규도 마음이 편치 않았다. 하지만 지금 다잡지 않으면 모든 일이 어그러질 수 있다는 생각에 이규는 따로 조내관에게도 다짐을 받았다.

"처음엔 나도 막아보려 했었소. 헌데 마음들이 오고 가는 것을 인력으로 어찌 막겠소?"

"정녕 하선이를 위한다면 무슨 수를 써서라도 막았어야지요. 이제라도 늦지 않았소. 하선이를 강하게 다잡아야 하오. 그게 하선이와 중전마마, 우리 모두에게 최선의 길이오. 아시겠소?"

"……알겠소이다."

이규의 근심과 조내관의 한숨 속에 침전에 든 하선은 소운이 선물했던 윤도를 손에 쥐고 서고에서 했던 소운의 말을 떠올렸다. 자신의 아이를 갖고 싶다며 간절하게 말하던 여인에게로 향하는 마음을 어찌 잘라낸단 말인가. 허나 이규의 말이 옳았다. 알고 있음에도 하선의 번뇌는 쉬이 끝나지 않았다.

화개동 기루 앞에 갑수와 달래가 나타난 것은 그로부터 한 시진 뒤였다. 갑수가 기루 안쪽을 살피고는 손님이 없는 틈을 노려 안으로 들어가려는데 달래가 뒤에서 갑수의 옷자락을 잡아챘다.

"안 되겠소. 기냥 갑시다. 그 중노미 만낼게비 무수버라."

"하선이 워딨는지 아는 사램은 운심이뿐이여. 가자!"

갑수의 말에 달래가 겨우 용기를 내어 한 발 내디뎠을 때, 정생과 함께 기루로 오던 주호걸이 갑수와 달래를 알아보았다.

"어, 너네 그때 그 용무늬, 맞지?"

갑수와 달래가 정생과 저잣거리에서 만났던 주호걸을 알아보고 멈춰 섰다.

"어디에들 있다 이제 오는 겐가?"

옆에 있던 정생이 걱정스런 얼굴로 말했다.

"울 오라바니 워디다 감췄소!"

달래가 정생을 노려보며 소리쳤다.

"그게 무슨 소리냐? 네 오라비를 감췄다니……."

"워디서 시치미여! 나가 다 봤는디!"

정생이 둘과 아는 사이라는 데 놀란 주호걸이 어이없다는 표정으로 앞으로 나섰다.

"허! 파리 한 마리 못 죽이는 정생 형님이 사람을 가뒀다고? 내 장담하는데 네가 잘못 본 걸 게다."

"난 나가 본 것만 믿응께!"

"암만! 야가 무달러 그짓말을 허겄소?"

갑수가 달래의 말을 거들었다. 이때 안에서 운심이 나왔다.

"달래야!"

달래는 얼른 운심에게 달려가 안겼다. 운심은 달래를 따뜻하게 안아주었다.

"어찌 이제 왔느냐? 걱정 많이 했다!"

"이 땅중 땀시 이제 안 왔소! 울 오라바니를 가둬놨었당께요."

"정생 나으리께서?"

"아무래도 뭔가 오해가 있는 모양이다."

정생의 말에 달래가 울먹이며 물었다.

"그라믄 울 오라바니 워디 갔는데요? 야?"

"달래야. 일단 안으로 들어가자."

운심이 달래를 어르며 안으로 들어갔다. 그렇게 기루 앞에서의 실랑이가 마무리될 무렵, 퇴청한 이규가 기루 앞에 천천히 당도했다.

어두운 밤이었지만 이규는 운심이 안고 들어가는 계집아이가 달래라는 것을 바로 알아챘다.

운심이 달래와 갑수를 행랑방에 머물게 하고 나오는데, 이규가 다가섰다. 운심이 그를 보고 먼저 말을 꺼냈다.

"이제 퇴청하십니까, 나으리."

"지금 방에 있는 아이가 하선이 누이냐?"

"예, 벽서를 보고 놀라 하선일 찾아 헤매다가 결국 제게 온 모양입니다. 나으리, 이제 달래와 하선이를 만나게 해줘야 할 것 같습니다. 하선이 어디 있는지 아시지요?"

"그건 알려줄 수가 없다. 내 말해봤자 누구도 믿지 않을 것이고 알아봤자 달래 저 아이만 위험해진다."

"허나 나으리……."

"나를 믿는다면 더 이상 묻지 말거라."

단호한 이규의 말에 운심은 한숨과 함께 시선을 내렸다.

"중노미 중에 하선이를 기억하는 이들이 있을 것이니 저 두 사람을 기루에 머물게 하는 건 위험하다. 다시 법천사로 보내는 게 좋겠다. 네가 함께 다녀오거라."

하지만 이규의 의도와는 달리 갑수와 달래는 법천사로 가라는 운심의 말에 울컥 화를 냈다.

"거그 절로는 안 갈 것이구만이라!"

"달래야. 여기 있으면 누군가 벽서의 얼굴을 하선이라 여기고 너와 갑수 아재를 해코지하려들 수도 있다. 그리되면 네 오라비 마음이 얼마나 아프겠느냐?"

"울 오라바니가 워디 있는지 아시는 게라?"

"내 잘 있다는 소식은 받았다. 네 오라비는 무사하니 걱정하지 말 거라."

운심의 말에 달래는 어느 정도 안도하고 수긍했지만 갑수는 달랐다. 하선이 어디에 있으며 어찌 오지 않는지 갑수는 걱정이 되어 미칠 지경이었다.

"헌디 우째 안 온당가? 긍께 나가 운심이 자네 말을 못 믿는다는 것이 아니고……. 참말로 환장허겄다!"

"법천사에 가 있으면 하선이가 그리로 연통을 할 게요. 날 믿고 가 있으시오."

운심의 말에 겨우 의심을 떨친 갑수와 달래가 정생을 따라 법천사로 향한 것은 삼경(三更, 밤 11시에서 새벽 1시 사이)이 넘어서였다. 주변의 시선을 피하느라 늦은 밤을 택한 것인데, 그 노력이 무색하게도 기루 중노미 하나가 세 사람이 기루를 떠나자마자 신치수의 집으로 연통을 보냈다.

"대감마님, 기루에서 연통이 왔습니다. 그 광대의 누이가 정생이란 자가 주지로 있는 법천사로 갔답니다."

행랑아범이 신치수에게 고했다.

"법천사? 그게 어디냐? 들어본 적이 없는데."

"주지만 있는 작은 절인 모양입니다. 곧 찾아내겠습니다."

"서둘러라!"

날이 밝자 소운은 애영에게 생강차 소반을 들려 대전 마당으로 들어섰다.

"전하께서 드실 생강차를 가져왔네."

"예, 중전마마."

미소 짓는 소운을 막지 못한 채 조내관이 대답했다.

하선은 굳은 표정으로 생강차와 편강(생강을 얇게 저며 설탕에 졸여 말린 것)이 놓인 소반을 내려다보았다. 생강차를 보니 지난밤 이규가 했던 말이 떠올라 마음이 괴로웠다. 하선이 마실 생각을 않고 굳은 표정으로 생강차만 바라보고 있자 소운이 다정하게 말했다.

"전하, 식기 전에 드십시오."

하선이 조심스럽게 생강차 한 모금을 마셨다. 참을 수 있을 거라 여겼는데 결국 구토를 참지 못하고 토악질을 하고 말았다.

"전하, 어찌 그러십니까?"

놀란 소운의 얼굴을 보자 하선은 순간 진실을 털어놓자는 충동적인 생각이 들었다.

"중전……, 사실 난 생강을 싫어하오."

"예? 그게 무슨 말씀이신지요? 갑자기 생강이 싫어지신 것입니까? 아니면 신첩이 만든 것이 입에 맞지 않으신 것입니까?"

용기를 내어 진실은 털어놓으려던 하선은 이내 겁이 났다. 사실을 알게 된 소운이 받을 상처, 그런 소운을 보며 자신이 받게 될 상처를 생각했다. 비겁하다 욕해도 어쩔 수 없었다. 하선은 이내 변명조로 답했다.

"아니오. 요사이 몸이 피곤하여 입맛이 조금 변한 모양이오. 신경 쓰지 마시오."

"나랏일도 중하지만 전하의 옥체도 살피며 하십시오."

소운의 걱정 가득한 눈빛에 하선이 겨우 고개를 끄덕였다.

대전에서 나온 소운은 대기하고 있던 조내관에게 명했다.

"전하께서 정무에 너무 몰두하시지 않게 잘 살펴주시오."

"심려 마십시오, 중전마마."

소운은 다시 한번 하선이 있는 방을 보고는 중궁전으로 돌아갔다. 대전 안으로 들어간 조내관은 하선의 침울한 얼굴을 보며 조심스럽게 말을 꺼냈다.

"전하, 마음을 정리하기로 결정하신 겁니까?"

"모르겠소. 내 어찌해야 할지……. 정녕 모르겠소."

조내관은 안타깝게 하선을 바라보았다.

"분명 나으리 말이 맞는데……. 나으리의 말대로 해야 마땅한데……. 머리털 나고 처음이오, 이런 마음. 이제 막 연모하는 방도를 알게 되었는데…… 연모하지 않을 방도는 도통 모르겠소. 차라리 누가 좀 알려주면 좋겠소."

하선이 울먹이며 말했다. 이때 '전하, 도승지 입시이옵니다!' 하고 아뢰는 목소리가 들려왔다. 이규가 대전 방 안으로 성큼성큼 들어섰다.

"상참에 나가 할 말을 일러주겠다."

이규가 언문으로 쓴 종이를 건넸다. 하선은 소운에 대한 말이 아니라는 것에 긴장을 풀고 종이를 받았다.

"경기도부터 차근차근 대동법을 시행할 것이다. 그전에 양전 사업부터 행해야 하니 호걸이를 정5품 호조정랑으로 승차시키거라. 또한 앞서 횡령의 죄를 지은 지방 관아의 수령 자리가 많이 비어 있으니 별시도 앞당겨 시행할 것이라 명하거라."

"대동법으로 신치수의 돈줄을 막는다는 건 알겠는데, 별시를 치르는 걸로 뭐가 달라지는 건지는 잘 모르겠습니다."

"이번 별시는 특별할 것이다. 양반과 양인뿐 아니라 서얼(庶孼)들에게도 응시 자격을 줄 것이니."

잠시 하선의 침울한 얼굴을 보던 이규가 말이 이었다.

"내 너에게 이런 이야기를 해도 되는 게냐? 마음을 다잡지 못했다면 편전에는 나가지 말거라."

"아닙니다. 제가 하겠습니다."

이규가 하선을 밀어붙이는 이유는 하나였다. 제대로 임금 노릇 하게 하려는 것. 하선 역시 그런 이규의 뜻을 알기에 거부할 수 없었다. 지금 할 수 있고 해야 하는 일에 몰두하는 것이 하선에게도 나았다.

"전하, 아니 되옵니다!"

별시 소식을 들은 대소신료들은 핏대를 높이며 반발했다.

"지근거리에서 전하를 보필하는 신료를 조정에 들이는 일입니다! 헌데 천인들에게 과거를 개방하다니요! 하늘이 노하고 땅이 놀랄 일입니다!"

예상했지만 격렬한 형판의 반대에 이규의 표정이 굳어졌다.

"게다가 궁노 출신의 종9품 산원에게 정5품 벼슬을 내리시다니요. 이 또한 국법에 어긋나는 일이옵니다. 부디 그 망극한 명을 거두어주십시오!"

공판까지 기세를 더했다.

"내가 내린 명을 거부하겠단 게요?"

"옳지 않은 일이니 반려하여주실 것을 청하는 것이옵니다."

하선은 이규를 슬쩍 보았다. 이규는 살짝 고개를 끄덕였다.

"그리할 수 없소."

"전하! 호조에는 뛰어난 인재가 많습니다. 어찌 주호걸만을 적임자라 하십니까?"

형판이 다시 반발했다. 하선이 군은 표정으로 호판에게 물었다.

"호판이 답해보시오. 호조에 주호걸보다 뛰어난 자가 있소?"

"양전 사업은 아무리 짧아도 2년 이상이 걸립니다. 전하께서 원하시는 만큼 빨리 일을 해낼 자로…… 주호걸을 따를 자는 없습니다."

진평군이 쓴웃음을 지으며 이한종과 하선을 차례로 보았다. 하선이 단호한 얼굴로 명을 내렸다.

"주호걸을 호조정랑에 임명할 것이니 유사(有司, 해당 관원)는 그리 알고 시행하라!"

"예, 전하!"

이한종이 대답했다. 대소신료를 내려다보는 하선을 지켜보는 진평군의 눈빛이 번뜩였다.

그날 밤 신치수를 만난 진평군은 편전에서 표현하지 못한 분노를 토해냈다.

"갈수록 가관이오. 주상이 정녕 미쳐가는 모양이오. 왕실과 종친들에게 세를 걷게 하더니 이제 지엄한 반상의 법도를 깨부수기라도 할 것처럼 구니."

"이 모든 것이 도승지 그자에게서 나온 계략일 겁니다. 땅을 가진 자에게 세를 걷겠다, 재능 있는 자를 널리 쓰겠다……. 겉으로 내세운 명분은 그럴싸하지만 제가 가진 재물과 사람을 끊어내고 자기쪽 사람들로 조정을 채우려는 거겠지요."

신치수의 말을 듣자 진평군은 두 주먹으로 탁자를 내리치며 말했다.

"이제 어찌할 생각이오?"

"일단 두고 보시지요. 사대부와 유생들이 반대해도 주상과 도승지가 제멋대로 할 수 있을지."

"내의원에서 보내온 백화차입니다. 따뜻할 때 드십시오."

애영이 올린 백화차를 마시며 소운은 전하를 생각했다. 요사이 정무에 너무 몰두하시는 듯하여 마음이 무거웠다. 서안 위에 곱게 정리해놓은 하선의 선물이 눈에 들어왔다. 한 자 한 자 정성을 담아 언문으로 적어주신 마음. 소운은 전하를 위해 뭔가를 해야겠다고 생각했다.

"전하께서 정무에 너무 골몰하시는 것 같아 근심이다. 전하를 위해 뭔가 해드리면 좋겠는데…… . 하다못해 위로라도 될 수 있는 일 말이다."

"연서를 받으셨으니 답서를 쓰시면 어떨까요?"

"답서? 전하께서 좋아하실까?"

"중전마마의 고운 필체로 답서를 적어 보내시면 전하께서도 좋아하실 겁니다."

받은 것에 비하면 보잘것없을지 몰라도 마음에는 마음으로 보답하는 것이 정답일 듯 싶었다. 소운의 얼굴에 그제야 미소가 번졌다.

소운이 하선을 위해 마음을 전하고자 하던 그 시각, 하선은 소운에 대한 마음을 접기로 결심했다. 그 결심의 증표로 소운에게서 받아 늘 지니고 있던 윤도와 필낭을 떼어내기로 했다. 필낭에 윤도를 넣어 함에 넣었다. 그 사소한 행동만으로도 하선은 마음이 찢어질 듯 아파 차마 함에서 손을 뗄 수가 없었다.

"전하, 마음을 정하셨으면 결단하십시오."

하선은 어쩔 수 없이 함에서 손을 내렸다. 조내관이 함을 가져갔다.

하선이 고통스런 표정으로 잠시 고개를 숙이고 있다가 기운을 내어《시경》을 펼쳐 붓글씨 연습을 시작했다. 하선의 글씨는 삐뚤빼뚤 엉망이었다. 함을 들고 나가려던 조내관이 하선을 보고서는 함을 내려놓고 서책 하나를 꺼내왔다.

"이건 예전에 전, ……그분께서 직접 필사하신 《성학집요》(聖學輯要, 이이가 쓴 책)입니다. 교본 삼아 연습하시면 여러모로 도움이 되실 것입니다."

하선은 머뭇거리다가 《성학집요》 필사본을 펼쳐봤다. 이헌의 글씨는 유려했다.

"글씨가 참으로 멋지구려. 내가 아무리 애를 써도 따라갈 순 없을 것 같소."

그렇지 않다고 말하는 대신 조내관은 하선을 바라보았다.

"그래도 해봐야겠지요?"

조내관의 예상대로 하선은 그대로 무너지지 않았다. 기운을 내어 붓을 들어 필사를 하는 하선이 애처로웠지만 동시에 대견했다. 함을 들고 조내관이 나간 후에도 하선은 엉망진창이지만 열심히 이헌의 글씨를 따라 써보려고 노력했다. 옆에는 수없이 연습한 종이가 쌓였다. 하선은 마음대로 되지 않는 글씨 연습에 지쳐버렸다. 어쩌면 누군가를 흉내 낸다는 것에 진저리가 난 것인지도 몰랐다. 붓을 내려놓고 창밖을 바라보니 어느새 달빛이 이울고 동살이 잡혀오고 있었다.

홀로 연무장에 나선 융복 차림의 하선이 굳은 표정으로 짚더미에게 화풀이를 하듯 검을 들어 베었다. 이때 뒤에서 누군가의 목소리가 들렸다.

"그런 근본 없는 검법은 어디서 배운 겁니까?"

생각하지도 못한 목소리에 놀라 하선이 뒤를 돌아보니 장무영이 있었다.

"때려치웠다 들었는데 어찌 돌아온 건가?"

"그러려고 했는데……, 돌아가는 형세가 영 꺼림칙해 보여서 말입니다."

장무영이 슬쩍 시선을 피하며 말했다. 하선은 그런 그가 반갑고도 의아했다.

"헌데 갑자기 말은 왜 높이나?"

"궁궐은 사방에 눈과 귀가 붙어 있는 곳입니다. 존대를 해야 저도 안전하고 전하의 안위도 보장될 것입니다."

'장무영이 나를 '전하'라는 부르다니, 이게 어찌된 일이지?'

의심이 들려던 찰나 하선의 입가에 미소가 걸렸다.

"이제 알겠네! 자네도 나한테 반한 게로군?"

장무영은 황당하고 어이없었다. 하선이 능청스럽게 말을 이었다.

"뭐, 아니라고 하고 싶겠지. 내 모르는 척함세."

"허!"

"헌데 내 검법이 근본 없다니, 그게 무슨 말인가? 내 조선에서 제일가는 광대에게 검무를 배우면서 익힌 것인데!"

하선이 장난스럽게 인상을 쓰며 말했다.

"보법이며 자세며 한심하기 짝이 없습니다."

장무영이 자신을 너무 얕보는 것 같은 생각이 들자 울컥한 하선이 대꾸했다.

"그럼 한 수 가르쳐주든가."

장무영은 하선의 말이 끝나기도 전에 자신의 검을 빼 들고 성큼성큼 걸어가 짚더미를 모두 단숨에 베어버렸다. 유려하면서도 한 치의 군더더기도 없는 동작에 하선의 눈이 커졌다.

"격검(擊劍, 장검을 익히는 일)은 쉬이 익힐 수 있는 게 아닙니다. 우선 검을 잡는 자세부터 배우고 나서……."

"거 참, 말 많네!"

하선은 장무영의 말을 자르고 공격해 들어갔다. 장무영은 갑작스러운 하선의 공격에도 놀라지 않고 방어한 후 공격했다. 검과 검이 부딪혔다. 하선은 어설프지만 제법 능수능란하게 장무영의 공격을 받아내고 받아쳤다. 하선이 의외로 잘 막아내고 공격하자 점차 장무영도 정색하고 공격하기 시작했다. 하선은 광대였을 때 놀던 가락으로 잽싸게 몸을 놀려 피했지만 결국 넘어지며 검을 놓쳤고, 그 순간 장무영의 검이 하선의 귀를 스치고 지나갔다. 하선은 놀라며 귀가 제자리에 붙어 있나 만져보았다.

"한 번 더 하세!"

하선이 진땀을 흘리면서도 호기롭게 말했다.

장무영이 하선에게 검을 건넨 그 순간 하선은 다시 장무영을 향해 기습 공격을 감행했다. 하지만 장무영을 당해내는 건 쉬운 일이 아니었다. 하선은 장무영의 살벌한 눈빛에 움찔하여 잠시 멈칫하다 검을 들고 도망치고 그 뒤를 장무영이 쫓아갔다. 그렇게 서로 쫓고 쫓기다가 다시 검을 수련하기를 한 시진 더 하고 나서야 비로소 하선과 장무영의 첫 격검 수련이 끝났다.

"와! 이게 다 무엇이냐?"

주호걸은 운심에게서 곱게 접힌 청관복을 받고 놀라 되물었다.

"나으리의 승차를 감축드리기 위해 제가 지은 것입니다."

"고맙다."

주호걸은 감동 어린 눈빛으로 운심에게 인사하고 얼른 관복을 들어 걸쳐보았다.

"옷이 날개로구나."

이규가 주호걸을 보며 말했다.

"내가 선녀요? 날개는 무슨! 맵시의 완성은 얼굴이오."

잘난 얼굴을 깎아먹는 주호걸의 가볍고 방자한 말투에 이규가 입꼬리를 올리며 웃었다.

"내 먼저 등청할 것이니 시간 맞춰 오너라. 늦지 말고."

"에이, 오늘 같은 날 늦을까 봐? 걱정 붙들어 매쇼!"

주호걸이 운심이 지어준 새 관복을 입고 등청한 것은 진시(眞時, 오전 7시에서 9시 사이)를 훌쩍 넘긴 때였다. 신이 나서 힘찬 발걸음으로 궁궐 인정문으로 향하는 주호걸 앞을 답호(조끼)에 유건을 쓴 성균관 유생들 몇이 막아섰다. 주호걸이 유생들을 비켜서 가려는데, 다른 쪽에서 성균관 유생들이 와서 또 주호걸을 막아섰다. 주호걸은 유생들에게 둘러싸이다시피 하며 몰렸다. 그제야 이상함을 느꼈다.

"뭐야!"

호기롭게 소리쳤으나 성균관 유생들은 한 발씩 더 주호걸에게 다가섰다. 주호걸이 겁에 질려 물었다.

"니들……, 뭐냐?"

마침 그때 이규와 조내관을 거느리고 편전으로 향하던 하선의 귀에 '전하! 통촉하여주시옵소서!' 하는 소리가 들려왔다. 하선이 흠칫 놀라 멈춰 섰다.

"이게 대체 무슨 소리냐?"

"전하, 인정문 앞에서 성균관 유생들이 주호걸의 등청을 막고 있습니다."

장무영이 급히 뛰어와 고했다.

"뭐라?"

인정문 너머에 성균관 유생들이 열을 맞춰 서 있었다. 유생들 뒤로 황망한 표정의 주호걸이 보였다. 이한종과 서장원 등 몇몇 신료가 인정문 앞에서 근심스런 표정으로 보고 있다가 하선이 오자 예를 갖추고 한 발 물러났다. 저 멀리 숙장문(肅章門)으로 소운이 오다가 하선을 보고 멈춰 섰다. 유생들 소식을 듣고 한걸음에 달려왔으나 내명부는 숙장문 밖으로 나갈 수 없기에 소운은 그저 안타까워하며 하선을 지켜보았다.

성균관 유생 하나가 나아와 하선에게 상소문을 올리고 울부짖듯 외쳤다.

"전하! 반상의 법도가 지엄한데 천인에게 과거 응시 자격을 주시다니요. 아니 될 일입니다! 속히 어명을 거두시어 나라의 기강과 법도를 바로 세우셔야 할 것입니다! 통촉하여주시옵소서!"

"통촉하여주시옵소서!"

유생들이 일제히 외쳤다.

하선은 성균관 유생이 올린 상소문을 펼쳤다. 끝을 알 수 없이 긴 상소문이었다. 두루마리에 적혀 있는 빼곡한 이름들을 보며 하선은 분노의 마음이 이는 것을 누를 수가 없었다. 이때 다른 문으로 신치수를 필두로 공판과 형판 등 대소신료들이 하선에게 다가왔다.

"전하, 소식을 듣고 달려왔사옵니다."

하선은 굳은 표정으로 신치수를 노려보며 말했다. 이 모든 일을 획책한 자는 신치수임이 분명했다. 이 사실을 깨달은 이규도 신치수를 노려보았다. 하선이 분노하며 신치수에게 물었다.

"재주 있는 자들을 조정에 들이겠다는 것이 그리 잘못된 거요?"

"전하를 보필하는 중한 직책은 저런 비천한 자에겐 당치 않습니다! 조정의 기강이 문란해져 종국엔 나라의 환란으로 이어질 것입니다! 원컨대 종묘사직을 보존하고 도리를 바로 세우려는 소신들의 충심을 외면하지 마시옵소서!"

신치수는 하선에게 한껏 예를 갖춰 고하고는 허리를 깊이 숙이며 말을 이었다.

"이 나라의 동량지재(棟梁之材, 한 나라의 기둥이 될 만한 인재)들의 뜻을 가납하여주시옵소서!"

형판과 공판, 신치수 쪽 다른 신료들도 함께 허리를 숙이고 가납을 청했다.

"가납하여주시옵소서!"

"전하! 통촉하여주시옵소서!"

대소신료들과 유생들 모두 한목소리로 하선을 압박해왔다. 인정문 너머 주호걸을 보던 하선의 표정이 매섭게 변했다.

"신분이 비천한 자는 중한 일을 할 수 없다? 기회는 줘봤소? 저들이 중한 일을 잘하는지 못하는지 시켜보기는 했소?"

"전하를 보필하여 한 나라를 다스리는 일이옵니다. 하늘의 뜻을 살펴 바른 정치를 하고자 함이옵니다! 저들에게 함부로 기회를 내어주면 나라의 기강과 질서를 무너뜨리는 패착이 될 것이옵니다!"

신치수가 물러서지 않고 더욱 목소리를 높였다.

"바른 정치? 하늘의 뜻? 개똥 같은 소리 하지 마시오!"

임금의 입에서 떨어진 거친 말에 신치수가 흠칫 놀라 하선을 보았다.

"천한 놈은 무조건 안 된다는 게 하늘의 뜻이라면 내 그 뜻을 따르지 않을 것이오! 맞서 싸울 것이오!"

대소신료들 모두 경악했다.

"물러들 서라!"

하선은 유생들을 향해 나섰다.

"아니 되옵니다!"

유생들이 달려와 엎드리며 하선을 압박했다. 하선은 그들을 매섭게 보았다.

"정녕 아니 된다?"

"예! 정 가셔야겠거든 소인들의 등을 짓밟고 가시옵소서!"

유생의 말이 끝나고 잠시 후 아무도 예상치 못한 일이 일어났다. 임금이 엎드려 있는 성균관 유생들의 등을 밟고 주호걸을 향해 뛰어가기 시작한 것이다. 유생들과 대소신료들은 물론 이규까지도 놀라 입을 벌리고 하선을 쳐다보았다. 유생들의 등을 밟고 주호걸이 선 곳까지 달려간 하선이 주호걸의 손을 채뜨려 잡고 인정문을 향해 달려왔다. 대소신료들과 유생들 모두 이 황망하면서도 이상한 장면을 넋이 빠진 듯 바라보았다. 오로지 신치수만이 날카로운 눈으로 하선의 모습을 좇을 뿐이었다. 숙장문 쪽에 있던 소운은 낭군의 장한 모습에 심장이 뛰는 것을 느꼈다.

"중전마마, 소인이 여태 전하를 오해하고 있었나 봅니다. 전하께서 비천한 궁노를 위해 저렇게까지 하실 줄 몰랐습니다."

감동받은 애영이 달려와 소운에게 말했다. 소운은 '저 사람이 내 낭군이고, 이 나라 임금이시다!' 소리치고 싶었다. 너무도 마음이 벅차 눈물이 날 것만 같았다.

하선의 결단으로 주호걸의 승차가 이루어졌으나 이규의 분노는 가라앉지 않았다. 이 모든 사달을 획책하고 사주한 자가 누군지 아는데 가만있을 이규가 아니었다. 굳은 표정의 신치수가 형판과 공판을 이끌고 궐내각사로 들어서자 이규가 그 앞을 막아섰다.

"먼저들 가보시게."

신치수가 형판과 공판에게 일렀다. 그들은 이규를 겨누어 보더니 물러갔다.

"상갓집 떠도는 개처럼 잘도 돌아다니십니다."

이규의 가시 돋힌 말에 신치수는 썩은 미소를 지었다.

"무슨 말이 하고 싶은 겐가?"

"조정에서 쫓겨났으면 근신하며 반성해야 마땅하거늘 전하의 뜻에 반하는 일을 도모하고 다니다니. 내 대감의 죄를 언제까지 눈감아줄 수 있을지 모르겠소이다."

신치수는 픽 웃었다.

"누가 누구의 죄를 봐준다는 겐지 모르겠구먼. ……그 광대, 전하께서도 아시는가?"

이규의 표정은 변함없어 보였지만 눈빛만은 날카롭게 변했다. 그것을 놓칠세라 신치수가 말을 이어갔다.

"전하와 똑같은 얼굴의 광대가 자네가 자주 드나드는 기루에서 놀다가 사라졌다? 그 소리를 듣게 되면 누구나 나와 똑같은 의문을 품을 걸세. '도승지가 역심을 품었나?' 하고 말일세."

날카롭게 신치수를 보던 이규가 반격에 나섰다.

"저도 묻겠습니다. 김상궁은 어디 있습니까?"

"김상궁에 대해서 어찌 내게 묻는가?"

"김상궁은 궁인이고 전하의 사람입니다. 그런 사람을 사주하여 계략을 획책한 것도 모자라 사사로이 해쳤다는 게 드러나면 그것이야말로 역모와 진배없으니 전하께서 결코 좌시하지 않으실 겁니다."

"내 알지도 못하고 일어나지도 않은 일을 자세히도 말하는구먼."

"대문 밖이 저승이라 했습니다. 목숨을 보전키 원하시면, 문밖 나들이를 삼가시지요."

"자네야말로 그 목, 간수 잘하시게. 늙은 나보다 자네가 살날이 더 많을진대."

유유히 궐을 빠져나가는 신치수를 보며 이규는 마음이 바빠졌다. 신치수가 하선에 대해 더 파고들게 해선 아니 된다. 이규는 신치수를 막을 방도를 모색하기 시작했다.

주호걸의 손을 잡고 달린 일로 하선은 이규를 보기가 두려웠다. 이번에야말로 나으리께서 한 소리 하시겠구나 싶어 마음이 오그라든 채 이규를 기다리고 있는데, 역시나 이규가 무섭게 굳은 표정으로 편전에 들어섰다.

"나으리께서 하지 말라는 일을 제가 또 해버렸습니다."

"잘했다."

예상치 못한 이규의 칭찬에 하선은 입이 쩍 벌어졌다. 처음이었다. 나으리에게 칭찬을 받다니! 내가 헛것을 들었나? 의심이 들려는 찰나에 이규가 말을 이었다.

"군주란 그런 것이다. 남이 하지 못하는 일을 하고 그 책임을 지는 것, 백성의 손을 잡고 그 무게를 짊어지고 가는 것……. 그게 임금의 길이다."

"유생들과 대소신료들이 다 등을 돌리면 어쩝니까?"

"대신 온 백성이 너를 따를 것이다."

이규의 말에 하선의 표정이 묘하게 굳어졌다. 기뻐야 마땅한데, 자신이 진짜 임금의 길로 들어섰다는 사실이 벅차면서도 한편으로는 두려웠다.

며칠 후 도성 거리에 왕명으로 별시가 치러진다는 방이 나붙었다. '계해년 정월 스무아흐렛날. 춘당대에서 별시가 치러진다. 누구든 원하는 자는 신분에 상관없이 시험에 응시하라'는 내용이었다. 임금이 내린 글이라 양반, 평민 할 것 없이 몰려들어 방을 보고 있었다. 그들 중에는 대동계원들도 있었다.

"저기 뭐라 쓰여 있는 겁니까?"

한자로 쓰인 방을 유심히 보던 평민이 묻자 계원 한 명이 답했다.

"과거시험을 치를 것인데 누구든 원하는 자는 신분에 상관없이 시험을 봐도 좋다는 방이오."

"아무나 별시를 보게 하다니! 나라꼴이 어찌 되려고!"

미간을 일그러뜨리며 방을 읽던 중년의 한 양반이 땅바닥에 침을 퉤 뱉고 가버렸다.

"정말이야? 이제 누구든 양반이 될 수 있다고?"

"내 죽기 전에 이런 날이 올 줄은 몰랐네."

"당장 시지(試紙, 과거시험에 쓰던 종이)부터 사러 갑시다!"

양인과 백성들이 신이 나 재잘댔다. 도승지 영감께서 하신 말씀이

86

이것이었나 싶어 계원들의 마음이 새로운 세상에 대한 기대감에 한 없이 부풀어 올랐다.

계해년 정월 스무아흐렛날, 궁궐 후원 춘당대에는 양반들과 짐을 든 하인들, 봇짐을 진 평민들이 각자 시험 볼 자리를 깔고 앉았다. 대동계원 두 명도 앞뒤로 자리를 잡고 앉았다.

"전하, 곧 춘당대에서 별시가 치러질 시각이니 어서 가시지요."

하선은 자신을 기다리고 있을 백성들을 생각하면 서둘러 가야 했 다. 분명 바라던 대로 과거가 치러지는 날이니 기쁜 날임에도 불구하 고 하선의 마음은 우울했다. 춘당대로 간다는 것이 자신도 모르게 중궁전으로 향하는 바람에 조내관이 하선을 멈춰 세웠던 것이다.

"전하, 여기는 중궁전으로 가는 길이옵니다."

"응?"

그제야 멈춰서 보니 중궁전이 보였다. 조내관은 안쓰럽게 하선을 보다가 갑자기 놀랐다.

"전하, 저기 중전마마께서!"

소운이 명상궁과 애영 등 상궁나인을 거느리고 오고 있었다. 하 선은 소운을 보자마자 옆에 있던 전각 뒤로 숨었다. 조내관과 상궁 나인들도 같이 숨었다. 소운은 옅은 미소를 띠며 지나가고 있었다. 하선이 지켜보는 줄도 모른 채. 하선은 숨어서 계속 소운을 바라보 았다.

"전하, 그만 가시지요."

"잠시만……, 잠시만 있다 갑시다."

하선은 소운의 뒷모습을 애잔하게 보았다. 마음을 자르는 일이 이
토록 힘겨운 일임을 예전에는 미처 몰랐다. 하선은 소운에게서 멀어
지려 할수록 끌려가는 자신을 느꼈다. 이제 막 첫사랑을 시작한 소
년에게는 너무나 가혹한 현실이었다.

❖

그날 저녁 궁궐 금호문 앞에는 별시에 합격한 사람들의 이름이 적
힌 방이 붙었다. 문과에 갑과(甲科) 3명, 을과(乙科) 7명, 병과(丙科)
23명이 적혀 있었고, 무과에 갑과 3명, 을과 5명, 병과 20명이 적혀
있었다. 운심과 주호걸, 시험을 치른 계원들을 비롯해 다른 대동계원
들도 함께 방을 보러 궁궐 앞으로 모여들었다.

"어어! 저기! 저기 있다!"

주호걸이 외치자 계원이 감격하며 눈물을 흘렸다.

"살다 보니 이런 날도 오는구먼!"

"자네 이름도 있네!"

합격한 계원들은 서로 감격하며 기뻐했고, 주호걸은 아이처럼 눈
물을 쏟았다.

별시 합격자들에게 나눠 주는 홍패를 만드는 일은 도승지의 소임
이었다. 붉은색 종이에는 별시 합격자들의 이름과 갑과·을과·병과
의 구분, 연월일이 쓰여 있었다. 편전에 홀로 들어 홍패에 어보를 찍

고 있던 이규는 우정림이라는 대동계원의 이름이 적힌 홍패가 나오자 잠시 하던 일을 멈췄다. 그러고는 용상을 바라보며 이헌과의 마지막을 떠올렸다.

― 나 없이 그게 가능할 성싶은가?

이헌의 질문에 답이라도 하듯 이규가 힘을 주어 홍패에 어보를 찍었다.

다음 날 아침 이규는 홍패를 받은 대동계원 두 사람을 불러 하선에게 사은의 예를 갖추게 했다. 연두색에 검은 줄을 두른 단령 차림의 계원 두 명이 편전으로 들어와 하선 앞에 섰다. 관복차림의 주호걸과 장무영도 함께 입시했다.

"전하, 이번 별시에 합격하여 권지(權知, 견습 관원)로 봉직하게 된 자들입니다. 정9품 예문관 검열 우정림."

계원 한 명이 나와 예를 갖춰 절했다.

"종9품 승문원 부정자 서재구."

다른 계원이 나와 예를 갖춰 절했다.

"그대들을 반대한 조정 대신들의 코가 납작해지도록 이제부터 잘들 해보시오."

두 계원은 하선의 말에 놀라 엎드리며 말했다.

"성은이 망극하옵니다, 전하."

"이제 일어나시게."

하선은 웃으며 고개를 끄덕였다. 뒤에서 이 모습을 지켜보던 주호걸이 바보처럼 입을 헤벌쭉 벌리며 하선을 바라보았다. 장무영이 미간을 찌푸리며 주호걸에게 핀잔을 주었다.

"침 떨어지겠소이다."

"자넨 좋겠네. 전하를 지근거리에서 매일 뵈니. 참으로 멋지고 좋은 분이 아닌가?"

좋은 날이었다. 이규는 계원들을 흐뭇하게 바라보았다. 그 모습을 보는 하선 역시 오랜만에 기분이 좋았다.

정무에 몰두하여 웃음을 잃은 듯한 전하를 위로하려는 마음으로 연서에 대한 답서를 쓴 소운은 애영을 거느리고 서고로 향했다.

"중전마마, 제가 숨기고 올까요?"

"괜찮다. 내가 들어가서 놓고 올 것이니 여기서 기다리고 있거라."

소운은 애영을 두고 혼자 서고 안으로 들어갔다. 이때 조내관이 두루마리들 잔뜩 들고 오다가 소운을 보고 멈춰 섰다.

서고 안에서는 하선이 열심히 《성학집요》를 베끼고 있었다. 진짜 이헌이 되겠다는 결심이라도 한 듯 열심히 필사를 하던 하선의 귀에 서고 문이 열리는 소리가 들려왔다. 순간 조내관이 아니라는 느낌이 든 하선이 서둘러 삐뚤빼뚤 글씨로 가득한 종이들을 《성학집요》 사이에 끼워 책상 위에 쌓아놓은 서책 사이에 숨겼다.

하선의 직감이 맞았다. 소운이 조심스럽게 하선에게 다가왔다. 하선이 당황한 표정을 감추느라 다소 냉랭하게 물었다.

"이 시간에 서고엔 어쩐 일이오?"

"아, 혹시 전하께서 계실까 하고 와봤습니다."

"……그랬구려."

하선은 마음을 감추려 가까스로 대답했다. 소운은 한 발 다가서서 하선의 안색을 살폈다.

"전하, 근래 무슨 근심이라도 있으십니까? 얼굴에 수심이 가득하십니다."

"그리 보이오? 아닌데."

하선은 소운에게 들킨 속마음을 애써 미소로 가렸다.

"잘은 모르겠지만 신첩에겐 느껴집니다."

'왜 이 여인은 내 마음을 이리 잘 알까.'

소운의 말을 들은 하선이 슬픈 마음으로 생각했다.

"작은 티끌만 한 것이라도 근심하시는 것이 있으시거든 말씀해주세요. 신첩이 도울 수 있는 일이라면 돕겠습니다."

순간 하선의 마음에 번민이 찾아들었다. 어쩌면 지금이 소운에게 진실을 고백할 기회일지도 몰랐다. 하지만 차마 입이 떨어지지 않았다. 그때 조내관이 들어와 하선과 소운에게 예를 갖췄다.

"전하, 곧 윤대가 시작되오니 편전으로 가시지요."

하선은 아무 말도 하지 않고 소운을 바라보았지만 소운에게는 하선의 망설임이 느껴졌다. 전하께선 분명 뭔가 하실 말씀이 있어 보였다. 소운은 하선의 말을 기다렸다.

"이만 가봐야겠소."

하선은 조내관을 이끌고 갔다. 소운은 하선에게서 듣지 못한 말이 무엇일까 아쉬워하며 하선의 뒷모습을 바라보았다.

화개동 기루에서는 한바탕 잔치가 벌어지고 있었다. 다리가 부러질 듯 맛난 음식이 가득 차려진 상을 사이에 두고 운심과 주호걸, 별시에 합격한 대동계원들과 다른 계원들 그리고 정생까지 서로에게 술을 따라주며 먹고 마셨다. 주호걸이 계원들에게 술을 따라주는 사이 운심이 슬그머니 정생의 등을 떠밀었다. 정생은 바낭을 들고 일어나 운심과 함께 마당으로 나왔다. 운심은 정생에게 작은 보따리를 내밀었다.

"가져가십시오. 음식을 좀 쌌습니다."

"갑수와 달래가 좋아하겠구나. 그만 가보마."

정생은 바낭을 추켜 메고 떠났다. 운심은 그 모습을 보다가 기루로 들어갔다. 잠시 후 담장 뒤에서 지켜보던 행랑아범이 정생의 뒤를 쫓기 시작했다.

정생이 법천사로 돌아온 것은 해가 저물기 전이었다. 마당을 쓸고 있던 갑수가 정생을 맞이했다.

"스님, 이제 오시는 게라?"

"음식을 싸왔네. 달래와 함께 들게."

"아이고 맛나겄네. 달래야! 뭣 허고 있냐. 퍼떡 나와보랑께!"

달래가 나와 갑수와 함께 보따리를 가지고 방으로 들어갔다. 정생의 뒤를 따르던 행랑아범은 달래를 확인하고는 급히 돌아가 제 상전에게 이 사실을 고했다.

"대감마님, 그 광대의 누이가 숨어 있는 법천사를 찾아냈습니다. 지금 가서 끌고 올까요?"

"아니다. 내가 직접 가서 확인하마!"

행랑아범과 수하들을 이끌고 법천사로 들이닥친 신치수는 달래를 찾을 욕심에 부처님의 절을 범하는 죄를 서슴지 않았다.

"쥐새끼 한 마리 빠져나가지 못하게 샅샅이 뒤져라."

"이것 놓지 못하겠느냐! 부처님을 모시는 절에 와서 도대체 이 무슨 행패요!"

정생이 신치수의 행랑아범과 그 수하들이 절을 뒤지는 것을 막아보려 했으나 허사였다. 행랑아범과 수하들은 부엌과 창고로 쓰이는 방으로 들어가 물건들을 뒤집고 사람의 흔적을 찾으며 난리를 피웠다. 신치수는 차가운 표정으로 지켜보고 있다가 짚신 두 짝이 놓인 방 앞에서 행랑아범을 불렀다.

"열어라."

신치수가 말하자 행랑아범이 벌컥 문을 열었다. 하지만 아무도 없었다. 신치수는 매서운 눈빛으로 대웅전 쪽으로 돌아섰다. 대웅전 앞에 선 신치수가 문고리에 손을 대자 예상치 못한 뜻밖의 인물이 불공을 올리고 있는 것을 발견했다. 위패 앞에서 향을 피우고 있던 이규가 신치수를 돌아보았다.

"자넬 여기서 보게 될 줄은 몰랐구먼."

"부처님의 자비를 빌러 오셨습니까?"

이규는 담담히 향을 올리며 말했다. 신치수는 비웃음이 나왔다.

"자비? 그깟 걸로 뭘 할 수 있다고. 난 달래란 계집아이를 찾으러 왔네. 혹시 보았는가?"

"달래라면…… 아! 운심이에게 캐물었다던 그 광대의 누이가 아닙니까? 설마 그 벽서의 광대를 찾고 계신 겁니까? 전하의 용안을 닮은 광대를 이리 열심히 찾으시다니. 누가 보면 대감이 역심을 품었다 생각하겠습니다."

"자네야말로 그 광대를 찾아 여기 온 게 아닌가?"

"전 불공을 올리러 왔습니다."

"자네가 여기서 그리 말하니 더욱더 내 짐작이 맞는 것 같네."

"여우는 꿈에서도 닭만 본다지요? 대감의 마음에 역심이 그득하니 다른 사람도 다 대감 같은 줄 아는 모양입니다."

"자네도 나와 같은 족속이야. 다른 사람은 속여도 내 눈은 속일 수가 없네."

신치수가 가까이 다가서며 나직하게 말했다.

"좋은 말도 계속 들으면 역겨운 법입니다. 제가 전하께 대감의 행보를 상세히 고하기 전에 여기서 멈추십시오."

돌아서려던 신치수의 눈에 이규 앞에 놓인 빈 위패가 걸렸다.

"헌데 이 위패는 누구의 위패인가?"

"구름처럼 바람처럼 왔다간 친우의 것입니다."

신치수는 뭔가를 캐내듯 골똘히 생각하다가 휙 돌아서 나갔다. 이규는 빈 위패를 바라보다가 눈을 감았다. 계속 하선과 달래를 찾으면 가만두지 않겠다는 경고에 신치수가 반응할지는 알 수 없었다. 어쩌면 지금 이 만남이 신치수에게 또다른 확신이 되었을지도 모를 일이었으나 이규로서는 선택의 여지가 없었다. 하선을 지키기 위해서라도 달래와 갑수를 위험에 처하게 둘 수 없었다.

달래와 갑수는 남산골 주호걸의 집으로 피신해 있었다. 주호걸은 어찌하여 달래와 갑수가 자신의 집에 머물러야 하는지 영문을 몰라 당황했다. 달래와 갑수가 자신을 좋아하지 않는 기색을 보이자 의문은 더 커졌다. 주호걸이 두 사람을 데려온 장무영을 붙잡고 물었다.

"이보게, 장무관. 대체 왜 저들이 법천사가 아니라 내 집에 있어야 하는 건가?"

"도승지 영감께서 법천사에는 쥐덫을 놓을 것이니 이곳으로 가라 하셨습니다."

"쥐덫? 그 작은 절간에 무슨 쥐가 들끓는다고."

"믿을 만한 사람에게 두 사람을 맡겨야 한다 하셔서 이곳으로 온 것이니 불편하셔도 당분간 맡아주십시오. 그럼……."

환궁하려는 장무영을 주호걸이 애타게 붙잡았다.

"장무관, 자고 가게."

"……예?"

"저 두 사람 눈빛을 좀 보게."

달래와 갑수가 주호걸을 의심의 눈초리로 노려보고 있었다. 그러나 무심하게도 장무영은 뒤도 돌아보지 않고 가버리고 방에는 주호걸과 달래, 갑수 세 사람이 남았다.

'빌어먹을!'

주호걸이 속으로 내뱉은 말을 듣기라도 한 듯 달래와 갑수의 표정이 더욱 매섭게 변했다. 주호걸은 속말도 하지 말아야겠다고 생각하며 억지로 사람좋게 웃어 보였다.

낮에 연서를 감추지 못했던 소운이 다시 서고를 찾은 것은 늦은 밤이었다. 아무도 없는 것을 확인한 소운은 책상 위의 서책 중 하나를 펼쳐 당의에서 연서를 꺼내 끼워놓고 다시 제자리에 두었다. 전하께서 기뻐하실 것을 생각하며 잠시 책상 위를 둘러보다 이헌이 필사한《성학집요》가 보였다. 낮에 서고에 왔을 때 일이 생각났다. 책상에 앉아 자신이 들어온 줄도 모르고 글을 쓰던 하선이 서둘러 정리하던 그 서책이었다.

《성학집요》를 펼치자 전하의 글씨가 보였다. 미소 지으며 몇 장 더 넘겨보는데 종이 몇 장이 바닥으로 떨어졌다. 종이를 주워 펼쳐보던 소운은 얼어붙었다. 삐뚤삐뚤한 글씨체.《성학집요》의 한 대목이 적혀 있는데 글씨가 엉망이었다. 이헌이 필사한《성학집요》와 비교해

보아도 완전히 다른 글씨체였다.

"이게 대체 어찌된 일이지?"

소운은 다른 종이도 펼쳐보았다. 그곳에는 소운이 하선에게 주었던 필낭의 글귀가 쓰여 있었다.

與郎千載相離別 一點丹心何改移
여랑천재상이별 일점단심하개이

소운은 심장이 내려앉았다.

서고에서 나온 소운이 멍한 표정으로 중궁전을 향해 걸어갔다. 뒤를 따르는 애영은 속도 모르고 신이 났다.

"중전마마, 이번에는 제대로 연서를 숨기고 오신 거지요?"

소운은 애영의 목소리가 들리지 않았다. 그제야 애영은 소운이 심상치 않음을 느꼈다.

"중전마마, 서고에서 무슨 일이 있으셨습니까?"

소운은 애영의 말에 대답도 못 할 정도로 혼란스러웠다.

"중전마마……?"

소운은 서안 앞에 하선이 쓴 종이를 쥐고 앉았다. 머릿속이 복잡했다. 그간 헷갈렸던 것들이 하나둘 떠올랐다.

─중전……. 사실 난 생강을 싫어하오.

소운은 그 기억을 지우려는 듯 굳은 표정으로 고개를 저었다. 그 순간 소운의 뇌를 스치는 목소리가 있었다.

— 뭐가 기쁘고 뭐가 행복이란 게요? 난 아직 중전에게 아무것도 준 것이 없소. 그러니 내가 준 적 없는 기쁨과 행복 따위는 당장 지우시오!

소운은 순간 두 손으로 자기 입을 막았다. 손이 마구 떨렸다.

— 어젯밤과는 다른 분인 것 같습니다. 그래서 좋습니다.

소운은 제 스스로 이상함을 느꼈던 것을 깨닫고 온몸에 힘이 빠졌다. 몸이 벌벌 떨렸지만 마음을 다잡아보려고 애썼다. 순간 비수처럼 대비의 말이 떠올라 소운의 심장을 찔렀다.

— 이제 보니 주상의 얼굴이 참으로 잘났소. 이리 잘난 얼굴이 또 있다니, 신기하지 않소?

소운은 절망감에 눈을 감았다가 이내 결심이 선 듯 일어섰다.

잠이 오지 않아 필체 연습을 하기 위해 서고로 왔던 하선은 서고의 책상 앞에 앉아 서책을 펼치다가 소운의 연서를 발견했다. 하선은 떨리는 마음으로 읽기 시작했다.

전하, 신첩 전하께 고백할 것이 있습니다. 신첩, 실은 중궁전의 주인이 되고 싶지 않았습니다. 저는 이곳에 단 한 번도 마음을 둔 적이 없었습니다. 헌데 어느 날 갑자기 전하께서 달라지셨습니다. 저를 웃게 하셨습니다. 꿈꾸게 하셨습니다. 신첩, 그런 전하를 연모하고 마음 깊이 존경합니다. 하여 이제는 전하와 함께 살아가고 싶습니다. 전하의 곁에서, 전하의 아이를 낳고, 그 웃음소릴 들으며 그렇게 함께, 아주 오래요.

하선은 처음 소운을 보았을 때가 떠올랐다. 궁 안에 갇혀 슬픈 듯 담담했던 모습부터 함께 저잣거리에서 환하게 웃던 모습, 하늘에서 내리는 눈을 보고 좋아하던 모습, 자신만을 염려하던 모습이 스쳐 지나갔다. 하선은 심장이 터질 것 같은 기분으로 벌떡 일어나 서고를 나갔다.

거의 같은 시각, 소운은 대전으로 가기 위해 중궁전 마당으로 나왔다. 상궁나인들이 뒤를 따르려고 하자 소운이 매섭게 말했다.

"아무도 따르지 말거라!"

하선이 쓴 종이를 쥔 채 소운이 중궁전 마당을 빠져나갔다. 애영이 놀라 소운의 엄명에도 불구하고 소운의 뒤를 급히 따라갔다. 잠시 후 하선이 중궁전 마당으로 들어섰다. 상궁나인들이 놀라서 급히 예를 갖췄다.

"중전을 만나러 왔다. 고하라!"

하선은 급하고도 떨렸다.

"송구하오나 중전마마께서는 지금 아니 계십니다."

"그럼 어디 계시냐?"

그때 애영이 뛰어 들어왔다.

"전하, 중전마마께서는 지금 대전에 계십니다."

어찌하여 이 늦은 밤 소운이 대전에 있는 것인지 가늠할 틈도 없이 하선은 대전으로 향했다. 소운의 연서를 본 후 하선의 마음은 다급해졌다. 서둘러 정체를 밝히고 중전마마의 연서에 진실한 답을 해야겠다는 마음이었다.

하선은 급하게 대전으로 들어왔다. 침전 밖을 지키던 나인들을 물린 후, 하선은 떨리는 마음을 애써 진정시키며 문을 열었다. 소운이 침전 한가운데 서 있었다.

"중전, 여기 있는 것도 모르고 내 중궁전으로 갔었소."

소운은 혼란스러운 표정을 감추려 애쓰며 모로 서 있었다.

"연서를 보았소."

하선은 설레면서도 떨렸다. 그때 소운이 하선에게로 돌아섰다.

"나도 중전에게 고백할 것이 있소. 그동안은 차마 입이 떨어지지 않았는데……, 오늘은 꼭 말해야겠소."

"그전에 신첩이 먼저 여쭙고 싶은 것이 있습니다."

돌아선 소운의 표정과 말투는 몹시 차가웠고 하선은 무언가 심상치 않음을 느꼈다. 소운은 손에 쥔 종이를 감추듯 움켜쥐고 뭔가 결심이 선 듯 하선을 보았다.

"전하, 신첩을 처음 만났던 날을 기억하십니까?"

질문은 하선으로서는 결코 답할 수 없는 것이었다. 절망스런 예감으로 하선의 몸이 떨려왔다.

"기억나지 않으십니까?"

고백도 하기 전에 거짓을 말해야 하다니. 하선은 절망스러웠다.

"그게…… 갑자기 물어보니 잘 기억나지 않는구려."

소운 역시 고통스러웠지만 확인하지 않으면 아니 된다는 생각에 고통을 참고 하선을 향해 입을 열었다.

"……그러실 수 있습니다. 신첩도 가끔은 많은 걸 잊곤 하니까요."

하선은 제발 더는 묻지 않기를 바라며 소운을 바라보았다. 하지만 하선의 간절함은 하늘에 닿지 못했다.

"한 가지 더 여쭙겠습니다. 전하, 신첩의 이름이 무엇입니까?"

하선이 얼어붙어 아무 말도 하지 못하자 소운이 한 발 다가서며 간절히 다시 청했다.

"전하, 신첩의 이름을 불러주십시오."

하선은 간절하게 자신을 바라보는 소운에게 아무런 대답도 할 수 없었다. 하선은 한 번도 중전마마의 아명을 들어본 적이 없었다. 소운이 절망으로 뒷걸음질 치다가 쥐고 있던 종이를 떨어뜨렸다. 하선의 눈에 자기가 쓴 글씨가 들어왔다.

"누구냐……."

하늘이 무너지는 절망으로 소운이 하선에게 물었다. 땅이 꺼지는 고통으로 하선이 소운을 바라보았다.

"……누구냐, 넌!"

하늘이 무너지고 땅이 꺼지는 절망과 고통에 휩싸인 두 사람은 더 이상 물러설 수 없는 지옥 속에서 서로를 바라보았다.

살아주십시오,
저를 위해

아무 말도 못하고 소운을 바라보는 하선의 시선이 모든 것을 대변하고 있었다. 참담한 진실 앞에 결국 소운은 눈을 감고 비틀거렸다. 쓰러지려는 소운을 붙잡으려 하선이 다급히 손을 내밀어 붙잡는 그 순간 소운이 눈을 뜨고 낮지만 날카롭게 말했다.

"무엄하다."

중전마마께서 휘두른 말이 하선의 심장을 갈라놓았다. 보이지 않는 피를 흘리며 멍하니 서 있는 하선을 노려보던 소운이 그를 스쳐지나 대전 밖으로 나갔지만 하선은 차마 붙잡지 못했다. 복도로 나온 소운이 비틀거렸다. 숨 쉬기조차 힘든 상태에서 소운은 안간힘을 다해 위엄을 유지하려 애썼다.

대기하고 있던 조내관이 다가서자 소운은 이내 의연하게 자세를 바로잡고 걸어나갔다. 소운의 얼굴과 행동에서 이상함을 느낀 조내관이 급히 방으로 들어섰다. 하선은 눈물을 참으며 고개를 숙인 채서 있었고 바닥에는 종이가 한 장 떨어져 있었다. 낯익은 글씨를 알아본 조내관이 경악하여 물었다.

"중전마마께서 아신 겁니까?"

조내관을 바라보는 하선의 눈에 눈물이 가득했다.

"그런 눈빛은 처음이었소. 난 그저 그분을 웃게 해드리고 싶었을 뿐인데……. 도리어 상처를 드렸소."

조내관은 안타까운 시선으로 하선을 바라보았다.

"애초에 다가가지 말걸, 감히 마음에 품지 말걸……."

"전하……."

하선의 고통이 그대로 느껴지는 것 같았다.

"날 보던 그분의 눈빛이 생강차보다 쓰고 매워, 이 가슴이 너무 아프오. 그래도 그분이 겪을 고통에 비하면 아무것도 아니겠지요. 내가 그분 마음에 지옥을 심었소."

"전하께서 혼자 감당하실 일이 아닙니다. 제가 도승지 영감에게 전갈을 보내겠습니다."

하선이 말 대신 시선으로 대답하자 조내관이 나갔다. 하선은 고통으로 심장이 찢어질 것 같아 가슴을 움켜쥐었다. 목숨을 부지하기위해 운명으로부터 도망쳤던 하선 앞에 죽는 것보다 더 참혹하고 고통스러운 현실이 다가왔다. 참으로 많은 역경과 고난을 거쳐 이 자리, 이 시간까지 달려왔다. 죽을 뻔한 고비를 수없이 넘겼지만 하선은 차라리 그때 죽었더라면 좋았겠다는 참혹한 생각을 할 정도로 절망스러웠다. 소운이 받았을 충격과 고통이 고스란히 하선에게로 돌아오고 있었다.

온몸의 힘이 빠지며 무너져 내린 하선의 눈에서 눈물이 쏟아졌다.

중궁전으로 겨우 돌아온 소운은 넋이 나간 듯 서안 앞에 앉았다. 그 모습에 애영은 걱정이 되어 물었다.

"중전마마? 어디 편찮으십니까? 어의를 불러올까요?"

"……아니다. 그만 물러가거라."

소운은 겨우 담담한 척했다.

"예, 중전마마."

애영이 나가자 소운은 애써 누르고 있던 고통이 가슴에 엄습해 그대로 무너져 내렸다. 흐느낌이 새어나갈세라 두 손으로 입을 막고 하염없이 눈물을 흘렸다.

이규가 조내관이 보낸 연통을 받고 새벽녘에 급히 입시했다. 밤새 이규를 기다린 조내관이 안절부절못하다가 급히 다가섰다.

"대체 어디 계시다 이제 오시는 게요!"

조내관의 기색에서 일이 다급함을 느낀 이규가 물었다.

"무슨 일이오?"

"중전마마께서…… 전하의 정체를 눈치채셨소."

이규는 얼어붙었다.

"어찌하면 좋겠소?"

"곧 날이 밝을 것이니 내 중전마마를 뵙고 말씀드리겠소."

날이 밝자마자 이규는 중궁전으로 갔다. 소운은 초췌하지만 날카로운 시선으로 맞은편에 앉은 이규를 보았다.

"중전마마……, 예를 갖춰 안부를 여쭈어야 마땅하나 죄를 고하러 온 자리이니 인사는 따로 올리지 않겠습니다. 죄를 고하기 전에, 하문하시면 답을 올리겠습니다."

소운의 표정은 평온해 보였지만 그 눈에는 고통이 서려 있었다.

"대전에 있는 자는…… 누굽니까?"

"광대입니다. 전하의 용안을 빼닮은. 제가 발견하여 전하께 고하고 대전에 들였습니다."

예상했던 대로였다. 소운은 두려운 떨림으로 물었다.

"전하는 어디 계십니까?"

"전하께서 용상에 오르신 후 심신이 많이 미령해지셨다는 것은 잘 알고 계실 겁니다. 하여 약을 가까이하게 되셨고, 결국 약 없이는 한시도 버틸 수 없는 지경이 되셨습니다."

소스라치게 놀라는 소운을 보며 이규가 말을 이었다.

"용상을 대리할 자가 나타나자 전하께선 대궐 밖으로 나가 심신을 다잡아보고자 하셨습니다. 허나 때를 놓쳐 환각을 보시고 자해를 하시다가 결국 전하께 유고(有故)가 생겼습니다."

"유고라니……, 허나 내 기억이 맞다면 분명 전하께서는 환궁하신 적이 있습니다!"

"예, 그날 밤 쓰러지시고…… 붕어(崩御, 임금이 세상을 떠남)하셨습니다."

소운은 경악하여 손으로 입을 막았다.

"중전마마! 이 모든 일은 전하를 제대로 보필하지 못한 소신의 죄입니다. 당장 그자를 대전에서 물리라 하시면 그리할 것이고 소신의 죄를 벌하겠다 하시면 벌을 받을 것입니다. 허나 그리되면 전하의 유고가 밖으로 알려질 것이고, 용상을 둘러싸고 피바람이 불 것이 자명합니다."

순간 소운의 표정과 눈빛이 싸늘하게 변했다.

"……도승지."

"예, 중전마마."

"나도 모르는 사이 전하께서 붕어하셨습니다. 앞날을 빌미 삼아 나를 겁박하고 좌지우지하려들지 마세요."

자신의 속내를 꿰뚫어 본 중전마마의 날카로운 지적에 이규는 더는 물러설 곳이 없음을 깨달았다. 하여 진심을 다해 소운 앞에 엎드려 고하기 시작했다.

"겁박이 아니라 애원이고 간청입니다! 무슨 말씀을 드려도 변명에 지나지 않는다는 것 잘 알고 있습니다! 어떤 결정을 내리셔도 소신 따를 것이나, 부디 소신의 죄만 보지 마시고 더 멀리 더 깊이 생각하시어 결정하시길 청하나이다!"

이규의 말이 거짓이 아니라 진실이라는 것을 소운은 의심치 않았다. 소운의 고통은 더욱 극심해졌다.

이규가 대전으로 돌아오자 죽을 듯한 절망 속에 기다리고 있던 하선이 다급하게 물었다.

"중전마마께서 뭐라 하십니까?"

"내 죄를 청했으니 처결을 내리실 게다."

"안 되겠습니다. 제가 직접 중전마마를 뵙고 죄를 청하겠습니다."

"침착하거라."

나가려는 하선을 이규가 막아서며 나직하게 말했다.

"하지만……!"

"중전마마의 처결이 무엇이든 내가 감당할 것이다. 하선이 넌 용상을 지켜낼 생각만 하면 되느니라. 알겠느냐!"

아무것도 할 수 있는 일이 없다는 것을 하선도 알고 있었다. 그 무력함에 하선의 마음은 무너졌다. 초췌하고 힘없는 하선의 표정에 이규가 물었다.

"상참을 받을 수 있겠느냐?"

하선은 겨우 고개를 끄덕였다.

"오늘 상참에선 명나라 사신에 대한 이야기가 나올 게다. 접빈(接賓)은 중한 일이나 명나라 사신은 특히 중하다."

오늘 상참의 일이 중하다는 것을 하선은 이미 들어 알고 있었다.

하선은 붙잡아지지 않는 마음을 애써 다잡고 편전으로 향했다.

　애영은 찬바람을 맞으며 후원으로 나선 소운을 근심스럽게 바라보았다. 어젯밤부터 중전마마께서 이상하다는 것을 느끼고 있었으나 말씀을 아니 하시니 알 도리가 없었다. 명상궁과 눈빛을 주고받은 애영이 소운에게 다가가 고했다.

　"중전마마, 바람이 차옵니다. 고뿔에 드실까 걱정이 되오니 이만 들어가셔요."

　"조금만 더 있다 가자꾸나."

　소운은 눈물이 그렁해 돌아보지 않은 채 말했다.

　"하지만 중전마마."

　"혹시나 싶어 그런다. 이대로 찬바람을 맞다 보면 내 심장까지 얼어붙지 않을까 하여."

　"예에? 그게 무슨 말씀이십니까?"

　혼잣말인 듯한 소운의 말에 애영이 놀라 바라보았으나 소운은 더이상 입을 열지 않았다. 소운은 알고 있었다. 이 고통을 피할 방도따위는 없다는 것을.

　전하께서 변하셨다는 것을 느꼈음에도 소운은 한 치의 의심도 하지 못했다. 돌이켜 생각해보니 어찌하여 그토록 다른 두 사람을 같은 사람으로 착각했는지 이상할 지경이었다. 오랜 세월 지아비에게 바라오던 모습이 눈앞에 나타나자 스스로 눈을 감았던 것인지도 모르겠다는 생각이 들자 소운의 눈에 눈물이 맺혔다. 생각을 거듭하던 소운은 점점 하나의 결론에 도달했다. 그 결론이 몰고 올 파국 따위는 신경 쓸 겨를이 없었다.

초췌한 표정으로 용상에 앉은 하선을 이규가 바라보았다. 진평군이 흘깃 하선을 살피는 기색이 느껴졌다. 이규의 시선에 하선이 자세를 바로잡자 상참이 시작되었다.

"전하, 명나라 사신들이 개경에 도착했다 합니다. 나흘 뒤면 영은문(迎恩門, 중국에서 오는 사신을 맞아들이던 문)에 당도할 것입니다.

"이번 사신은 새해를 맞아 황제의 조서를 들고 오는 사신이니, 모자람이 없이 융숭히 대접해야 말이 나지 않을 것입니다."

서장원과 형판이 차례로 고했지만 하선은 힘없이 멍하니 앉아 있었다.

"전하."

아무 반응 없는 하선을 이규가 일깨우듯 부르자 하선이 겨우 정신을 차렸다. 서장원이 사신을 접대할 진연 준비를 마쳤고, 명으로 보낼 진상품 역시 무리하지 않는 선에서 최선을 다해 마련했으니 심려 마시라 고했다. 그러자 형판이 '무리하지 않는 선이라 함은 옳지 않습니다. 자식이 아버지를 섬기는 데 어찌 아낌이 있을 수 있단 말입니까?' 하고 흥분하여 목소리를 높였다. 하지만 하선의 귀에는 아무 말도 들어오지 않았다.

호판 이한종이 예판 서장원의 말에 힘을 실어주기 위해 앞으로 나섰다.

"그래서 지난해에도 때에 맞춰 명 황실 앞으로 은자 삼만 오천 냥, 진상으로 열두 개 품목을 조공으로 바친 게 아닙니까?"

조정의 공방에 정신을 집중하려고 애를 쓰는 하선의 귓가에 순간 다정한 목소리가 들려왔다.

― 전하!

그 순간 간신히 평정을 유지하고 있던 하선의 마음이 와르르 무너졌다. 주체할 수 없는 눈물이 쏟아져 내렸다. 눈을 보고 아이처럼 좋아하며 허공에 손을 뻗던 중전마마의 모습이 자꾸 떠올랐다. 밝게 웃던 얼굴이 눈앞에 선했다. 하선은 더는 참지 못하고 어깨를 들썩이며 오열하기 시작했다. 한 손으로 눈을 가리고 우는 임금을 보며 조정 신료들이 어찌할 바를 모르고 당황하는 사이, 이규의 표정은 싸늘하게 굳어졌다. 오직 조내관만이 하선을 안타깝게 지켜보고 있었다.

한참을 운 하선은 상참을 파하고 편전을 나섰다. 뒤늦게 환궁한 장무영이 하선에게 예를 갖췄으나 하선은 장무영을 알아보지 못한 채 스쳐 지나갔다. 형판, 공판, 이한종과 서장원 등 대소신료들이 의아한 표정으로 물러가는 사이, 진평군이 하선의 속내를 가늠해보려는 듯 유심히 보다가 물러갔다. 이규가 굳은 표정으로 나오자 장무영이 다가섰다.

"영감, 편전에서 무슨 일이 있었습니까?"

"중전마마께서 하선이의 정체를 아셨다."

"예? 어찌 그런……!"

"하선이 누이는 무사히 데려다주었느냐?"

"예, 잘 돌볼 것이니 심려 말라 하셨습니다."

남산골 주호걸의 집에선 달래와 갑수가 뜻밖의 뜨거운 환대에 당황하고 있었다. 주호걸이 방으로 들인 아침 밥상을 마주한 갑수와 달래의 눈이 휘둥그레 커졌다.

"내 집에 온 기념으로 한 상 차려봤네."

달래가 내외하듯 옆으로 앉아 슬쩍 곁눈으로 밥상을 보았다. 밥상 위에는 온갖 고기반찬에 고운 빛깔의 반찬들이 가득했다. 갑수는 입이 절로 벌어졌다.

"오메……, 이게 뭔 일이여?"

"사양하지 말고 어서 들게, 어서!"

"그라믄 잘 묵겄습니다요. 언능 묵자."

갑수가 달래에게 숟가락을 쥐어주자 달래는 주호걸을 경계하며 숟가락을 탁 하고 상에 내려놓았다.

"쭉 봉께 혼자 사시는 것 같든디 요것들은 누가 다 만든 게라?"

갑수가 물었다.

"누구겠나?"

"손수 하셨다고라?"

"울 어머니가 찬모였네. 내 몰래 어머니 등 뒤에서 눈칫밥 먹어가며 배운 솜씨지만 그래도 제법 먹을 만할 걸세."

달래가 그 말을 듣고 호기심에 슬쩍 젓가락을 들어 고기 한 점을 집어 먹는데 순간 놀라서 인상을 쓰며 주호걸을 보았다.

"어찌 그러느냐? 맛이 없느냐?"

"……겁나게 맛있어라."

열심히 먹는 달래를 보니 주호걸은 기분이 좋아졌다. 갑수가 조심스럽게 말을 건넸다.

"나으리, 우덜을 여까정 델다준 칼 찬 나으리랑 모다 나랏일 허시는 분들인 것 겉은디, 맞지라?"

"그렇다네! 그건 어찌 묻는 건가? 혹 아니 믿기는가?"

"고것이 아니고, 암만 혀도 울 하선이가 보낸 분들 겉은디 하선이는 모른다고 허신께 당최 우찌 돌아가는 일인지……. 참말로 나가 시장시러버서 안 그라요."

갑수의 표정이 어두워졌다. 갑수의 말에 달래 역시 걱정으로 먹기를 멈췄다.

"오라바니……."

"내 자세한 내막은 모르네만 학산 형님이 자네들을 살뜰히 보살피라 기별한 걸 보면 그 하선이란 사람도 잘 있을 것이네. 그 형님이 재수는 좀 없는데 꽤 괜찮은 사람이거든."

달래는 주호걸의 진심 어린 눈빛을 보았다. 갑수는 마음이 썩 편치 않았지만 애써 괜찮은 척했다.

"요로코롬 말씀허시는디 나가 믿어야겄지라?"

"그렇다니까. 걱정 말고 어서 드시게. 내가 만든 국이 식고 있네!"

주호갑이 다시 호들갑을 떨자 달래와 갑수는 겨우 마음을 다잡고 먹기 시작했다. 그때 주호걸의 눈에는 달래의 허리띠에 고정되어 있는 용무늬 단검이 들어왔다. 저런 귀한 걸 달래가 가지고 있다는 것이 의아했지만 나중에 물어보기로 하고 주호걸도 수저를 들었다.

그 시각 신치수는 사랑채에서 무늬가 인상적인 화분의 분재를 다듬으며 행랑아범의 보고를 받고 있었다.

"법천사 근방을 뒤졌으나 흔적도 없이 사라졌습니다. 도성 안 어디에서도 본 자가 없는 걸 보면 광대놀음도 더는 하지 않는 것 같습니다."

"그렇다면 도승지가 그 광대를 숨긴 것이 확실하다. 도승지 주변을 계속 주시해라."

"예, 대감!"

신치수는 분재를 조용히 노려보았다.

한편 김상궁은 낮인데도 빛이라곤 들어오지 않는 곳간에 갇혀 있었다. 초췌한 행색의 김상궁이 구석에 웅크리고 앉아 있는데 누군가가 창살 앞으로 다가왔다. 김상궁은 다급하게 무릎걸음으로 다가갔다.

"날 언제까지 여기 가둬둘 셈이오?"

상대는 대답 없이 조롱박에 담긴 물과 주먹밥을 넣어주었다. 김상궁은 분노하며 물과 주먹밥을 쳐냈다.

"병 주고 약 주는 게냐! 이딴 게 다 무슨 소용이라고!"

김상궁의 악에 받친 말에 상대가 조용히 뒤로 물러섰다. 그 기색을 눈치챈 김상궁이 다급하게 소리를 질렀다.

"잠깐 기다리시오! 내 말은 그러니까……! 가지 마! 제발……. 살려주시오! 제발!"

김상궁은 창살에 매달려 발악했지만 아무 소용없었다.

편전에서 하선이 눈물을 보인 일은 대비마저도 놀라게 만들었다. 대비가 미소를 지으며 진평군에게 말했다.

"주상이 명나라 사신 접대를 소홀히 하는 것은 우리에게 기회요. 사림들에게 통문을 보내 이 문제를 공론화할 만반의 준비를 하도록 하세요."

"일전에 용연사에 모여 대비마마께 뜻을 모아드렸던 사림들부터 통문을 돌리겠습니다."

"주상이 낮에 편전에서 눈물을 보인 연유는 알아보셨소?"

"송구하오나 그것은 아직……. 허나 곧 알아내겠습니다."

"알겠소. 그만 물러가세요."

김이 샌 대비가 싸늘하게 대답했다. 진평군이 예를 갖추고 물러가자 대비가 혼자 읊조렸다.

"분명 뭔가 있는데……."

진평군이 나가자 대비는 혼자 읊조렸다.

날이 밝았는데도 소운은 아직 머리에 아무 장식도 하지 않은 상태였다. 소운의 얼굴이 백지장처럼 창백했다. 애영이 당의를 들고 가져와 입혀주려 하자 소운이 당의를 밀어냈다.

"중전마마, 어찌 그러십니까?"

"오늘은 저것으로 입겠다."

소운은 한쪽에 놓인 보따리를 가리켰다.

하선은 어두운 표정으로 전각에서 나왔다. 협시내관과 장무영이 하선의 뒤를 따르는데, 애영이 다급하게 '전하! 전하!' 외치며 대전 마당에 들어섰다. 장무영이 놀라 애영을 막기 위해 나섰다.

"무엄하오. 이게 무슨 짓이오?"

장무영을 밀어내고 애영이 죽을 각오로 하선 앞에 엎드렸다.

"전하! 소인, 전하께 급히 고할 것이 있어 달려왔습니다!"

불길한 생각에 하선이 애영에게 다가섰다.

"중전에게 무슨 일이 있는 것이냐?"

"제발 중전마마를 말려주십시오! 중전마마께서 궁을 떠나려 하십니다!"

애영의 말을 들은 하선은 그길로 중궁전으로 걸음을 돌렸다. 여항의 여인 복색으로 겨울 장옷과 목도리까지 하고 나갈 채비를 마친 소운이 문 쪽으로 다가서는데 문이 벌컥 열리고 하선이 성큼성큼 들어섰다. 소운은 하선을 보고 놀랐지만 애써 평정심을 유지했다. 애영이 하선의 뒤를 따라 안으로 들어서자 소운이 엄한 표정으로 애영에게 말했다.

"밖으로 나가 주변을 모두 물리거라. 누구도 주변에 머물러선 아니 될 것이다."

"예, 중전마마."

소운은 차가운 기색을 드러내며 하선을 보았다.

"이게 무슨 짓이냐?"

낮고 강한 어조였다. 그러나 하선은 겁내는 대신 소운에게 더 다가섰다.

"용서하십시오. 오지 않을 수 없었습니다."

"무엄하다. 물러서라."

하선은 소운이 나가지 못하게 앞을 막았다.

"궁을 떠나지 마십시오. 그저 이 말씀만 드리러 왔습니다."

노려보는 소운의 시선이 너무 아팠지만 하선은 고통을 참고 토해 내듯 말했다.

"차라리 저보고 썩 꺼지라 하십시오. 제가 나가겠습니다!"

"언제부터였느냐?"

하선은 무슨 말을 어디서부터 해야 할지 몰라 순간 멈칫했다.

"내 아버지를 구명한 것이 너였느냐?"

"……."

"나 대신 사냥개에 물린 것도 너였느냐?"

"……"

하선은 어떤 대답도 할 수 없었다. 금방이라도 무너질 것처럼 온몸이 떨려오는 것을 애써 감추며 소운이 말했다.

"저잣거리에서도…… 너였구나."

"죽여주십시오. 죽을죄를 지었습니다. 모든 게 다 제 잘못……"

"너의 죄는 내 알 바 아니다. 지아비의 고통을 알면서도 힘이 되어드리지 못했고 임종마저 지키지 못했으니 내 죄가 크다."

소운의 말에 이번엔 하선이 놀라 되물었다.

"그게 무슨 말씀이십니까? 전하께서 돌아가셨단 말입니까?"

소운은 하선이 이헌의 죽음을 몰랐다는 것에 놀라 물었다.

"몰랐단 말이냐?"

혼란스러워하는 하선의 표정이 소운에게 답을 대신했다.

"됐다. 그만 물러가거라."

"하오나 중전마마……"

"내 씻을 수 없는 죄를 지었으니 중궁전을 지킬 도리가 없다. 하여 나가는 것이니 막지 말거라."

차마 다가서지 못하고 있던 하선에게 칼을 꽂듯 소운이 말을 이었다.

"다시는 너를 보는 일이 없었으면 한다. 그러니 나를 찾지 마라."

하늘이 무너진다는 게 이런 것이구나! 세상을 다 잃은 듯 중궁전에서 물러나온 하선 앞에 장무영이 다가섰다. 그제야 정신을 차린하선이 명을 내렸다.

"장무관."

"예, 전하."

"지금 당장 도승지 영감께 가서 중전마마께서 궁을 떠나려 한다는 소식을 전하고 막을 방도를 찾으라 하게!"

장무영이 급히 이규를 찾아 달려가는 모습을 보며 하선은 간절히 기도했다. 도승지 영감에게는 중전마마를 말릴 방도가 있을 거라 생각하고 싶었다.

여항 차림의 중전마마를 본 궁인들이 화들짝 놀라 멈춰 섰지만 소운은 아랑곳 않고 걸어갔다. 애영이 눈물을 흘리며 보따리 하나를 들고 그 뒤를 따랐다. 궁녀들과 궁인들이 소운과 애영을 보고 흠칫 놀라 물러서며 예를 갖춰 절했다. 궁녀들 몇은 뭔가 이상하다는 듯 눈짓을 주고받았지만 소운은 전혀 개의치 않는다는 듯 궁문으로 향했다.

금군들이 지키고 있는 궁문 쪽에 도달했을 때 이규가 나타나 소운의 앞을 가로막았다.

"중전마마, 어찌 궁을 나가시는 것입니까?"

"처결을 내려달라 하지 않았소? 이것이 내가 내린 결론이오."

나가려는 소운을 이규가 다시 막았다.

"중전마마, 이대로 나가시면 중궁전을 보전하실 수 없을 것입니다. 목숨이 위급에 처하실 수도 있습니다!"

"내 각오하고 있소."

"부디 다시 생각하십시오!"

"내가 궁에 남으면 어떤 사달이 날지 나도 장담할 수 없소. 그리되길 바라시오?"

소운은 이규를 지나쳐 나가려 했다.

"소운아, 이리하면 아니 된다."

이규가 호소하듯 나직하게 소운의 이름을 불렀다. 그제야 소운이 멈춰 섰다.

"내 너를 세자빈으로 만들자고 했을 때 부원군께선 마다하셨지. 성정이 너무 강직하여 파란 많은 궁 생활을 견뎌내지 못할 거라고."

소운은 이규를 외면한 채 듣고 있었다.

"그래서 너여야 했다. 너라면 흔들림 없이 국모의 자리를 지켜낼 수 있을 거라 생각했다."

소운은 이규를 보지 않으려 애쓰며 눈을 감았다.

"부탁하마. 제발 나가지 말아다오!"

그와의 인연은 소운이 아주 어렸을 때부터 시작되었다. 그 인연을 잘라낼 순간이 왔다는 것을 깨달은 소운이 감았던 눈을 떴다. 소운이 단호한 태도로 궁을 나가자 이규의 표정이 무너졌다. 소운의 결단에 놀랐고 어쩌면 이것이 최선일 수도 있겠다는 생각이 들었다.

하선이 이규를 기다리며 안절부절못하고 있는데 조내관이 급히 들어섰다.

"중전마마 소식이오?"

하선은 불안과 희망이 교차했다.

"그것이 아니라……, 대비전에서 급히 찾으신다 합니다."

하선의 얼굴이 굳어졌다. 소운이 궁을 나갔다는 소식을 듣고 하선을 부른 것이 분명했다.

"내명부의 수장인 중전이 이리 경거망동을 하다니! 내 가만 있으면 아니 될 것 같아 주상을 불렀소."

하선의 예상대로 대비전은 소운의 일을 걸고 넘어졌다.

"제가 허락한 일입니다."

"어찌 궁을 떠나라 허락할 수 있단 말이오!"

대비의 말에 하선의 눈빛이 매섭게 변했다.

"설사 주상이 허락했다 해도 내명부의 법도상 중궁전의 죄를 좌시할 수는 없소! 허니 어명으로 중전을 폐하고 사약을 내림이 마땅할 게요."

사약을 내리란 말에 하선의 표정은 확 구겨졌다.

"그런 명은 내릴 수 없습니다."

"지아비 없이 뒷산에만 올라도 실절(失節, 절개를 지키지 못함)의 죄로 자결해야 마땅하거늘! 어찌 중전의 죄를 감싸고 도는 게요?"

"중전은 내명부의 수장이기 전에 저의 사람입니다. 제 사람의 일은 제가 알아서 할 것이니! 대비마마께선 다시 거론치 마십시오!"

어이없어하는 대비를 뒤로하고 대전으로 돌아온 하선 앞에는 더욱 분노할 일이 기다리고 있었다. 하선은 이규를 보자 소운을 막지 못했음을 직감했다. 이규가 하선에게 교서를 올렸다.

"이게 뭡니까?"

"중궁전을 폐한다는 교서다. 옥새를 찍어라."

"예? 대체 무슨……, 무슨 말씀이십니까? 아까 대비마마도 그런 말을 하던데 설마 대비전에서 시킨 겁니까?"

"대비전 때문이 아니다. 이대로 있으면 중전마마를 폐하고 사약을 내리라는 상소가 빗발칠 게다. 중전마마의 목숨이라도 구명하려면 폐서인하는 방도뿐이다."

"안 됩니다! 폐서인은 반댑니다!"

하선이 교서를 내던지며 화를 내자 이규의 표정이 차갑게 변했다.

"하선아."

"절대 안 된다고요!"

소리 지르는 하선을 보자 이규의 표정이 굳어졌다.

"중전마마께서 궁 밖으로 나간 것 때문이라면 제가 얼른 가서 다시 중전마마를 모시고 오겠습니다."

이규가 나가려는 하선을 막아서며 매섭게 말했다.

"경거망동하지 말거라."

"비키십시오!"

"내 분명히 말하지 않았느냐! 임금이 된다는 건 모든 걸 내놓아야 한다는 뜻이라고! 네 심장까지도 말이다."

"그럼 그리 잘 아시는 나으리께서 하시지, 왜 절 시키셨습니까!"

하선의 말에 이규의 표정이 무섭게 변했다.

"임금은 되고 싶다고 될 수 있는 게 아니다. 사사로이 탐할 수도 없고 탐해서도 아니 되는 자리야! 내가 어찌하여 너를 용상에 올렸는지 정녕 모르겠느냐!"

이규가 하선의 얼굴 앞으로 바싹 다가가서 이를 갈며 말했지만 하선은 지지 않고 맞섰다.

"저를 꼭두각시 삼으려고 앉힌 거겠지요! 그래서 전하께서 돌아가신 것도 감추신 게 아닙니까!"

이규는 더 이상 참지 못하고 하선의 멱살을 잡았다.

"나는 널 임금으로 만들겠다 결심했고, 지키겠다 맹세했다. 내 너라면 정쟁에 휘둘리지 않고 굳건하게 용상을 지키면서 너나들이 백성들이 어우러져 살 수 있는 그런 나라를 만들 수 있을 거라 생각했다. 내가 잘못 본 게냐!"

"그 나라에는 중전마마도 함께 계셔야 합니다!"

하선의 진심이 느껴지는 말에 이규는 더는 하선을 말릴 수 없음을 깨달았다.

"나으리……, 제가 중전마마를 반드시 모셔오겠습니다! 제발 보내주십시오!"

결국 이규는 하선의 멱살을 놓고 뒤로 물러섰다.

"명의 사신단이 사흘 후면 도성에 당도한다. 그때까지 내 너의 부재를 감추고 있을 것이니, 사흘 안에 반드시 돌아와야 하느니라. 약조할 수 있겠느냐?"

"예, 약조하겠습니다!"

하선은 굳은 결심으로 고개를 끄덕였다.

반드시 소운을 데리고 돌아오겠다고 약조했지만 소운이 어디로 갔는지, 누구에게 갔는지조차 알 수 없었다. 융복으로 갈아입고 나갈 채비를 마친 하선에게 조내관이 물었다.

"전하, 중전마마께서 어디로 가셨는지 짐작 가는 곳이라도 있으십니까?"

"아마도 부원군께로 가시지 않았겠소?"

이규가 장무영에게 명을 내렸다.

"호위무관들을 데려가되 궁인들이 눈치채지 않게 은밀히 빠져나가거라."

"예, 영감!"

"어서 가거라."

하선과 장무영이 대전 비밀 문으로 빠져나가자, 이규가 조내관에게로 돌아섰다.

"이제부터 하선이는 중궁전 때문에 심기가 불편해져 광증이 도진 거요. 당분간 신료들은 물론 궁인들의 대전 출입을 모두 막으시오."

"알겠소이다. 헌데 광증이 도지셨다는 걸 어찌 보여야 할지……."

이규는 잠시 생각하다 말했다.

"이러면 어떻겠소?"

밤이 되자 선화당과 조상궁은 대전 마당에 들어섰다. 선화당은 잠깐 멈춰 서서 매무새를 단장했다. 중전이 궁을 나갔으니, 전하께 잘 보일 기회였다.

선화당은 회심의 미소를 지으며 전각 쪽으로 다가갔다. 헌데 침전 쪽에서 삐거덕거리며 이상하고 소름 끼치는 소리가 났다. 서 있던 상궁나인들의 표정에 긴장이 배어 있었다.

선화당은 심상찮음을 느꼈다. 그때 우당탕 꽝 하며 뭔가 무너지고 깨지는 소리가 났다. 이어 조내관의 '전하, 아니 되옵니다! 전하!' 하는 외침이 들려왔다.

"무슨 일이냐?"

선화당이 겁에 질려 묻자 협시내관이 난감한 듯 답했다.

"그것이……, 실은 전하께서 광증이 도지신 모양입니다."

선화당은 자신에게 술을 들이붓던 이헌이 떠올라 사색이 됐다.

"전하께 고할까요?"

"되, 되었다. 어서 돌아가자!"

선화당은 허겁지겁 대전 마당을 빠져나갔다. 두루마리 문서를 들고 오던 이규와 마주쳤으나 선화당은 그를 보지도 못하고 혼비백산하여 돌아갔다.

이규는 대전 문을 열고 들어섰다. 지친 표정의 조내관이 보였다. 이규는 서안에 두루마리를 내려놓고 한 번 더 하라고 눈짓했다. 조내관은 한숨을 내쉬더니 경첩이 붙은 장의 문을 열었다 닫으며 삐거덕 찌그덕 소리를 내고 나무 상자를 발로 밀어 퍽 쓰러뜨리고선 '전하, 아니 되옵니다! 전하!'를 연신 외쳤다.

"언제까지 이래야 하는 겁니까?"

지친 기색이 역력한 조내관이 애원하듯 말했다.

"힘들면 좀 쉬시오. 대신 하선이의 부재가 드러나도…… 어쩔 수 없지요."

"아니오. 내 해보겠소."

조내관은 물 한사발을 들이켜고선 다시 시작했다. 그 옆에서 이규는 장계들을 살펴보다 흠칫 멈췄다. 곁에서 진땀을 닦고 있던 조내관이 그 모습을 보았다.

"어찌 그러시오. 무슨 일이 있는 게요?"

이규가 심각한 얼굴로 대답했다.

"후금의 군사들이 변방을 침탈하고 있다는 변방의 장계가 올라왔소."

"전하도 안 계신데 어찌하실 참이오?"

이규는 굳은 얼굴로 장계를 다시 보았다.

이 사태를 해결할 방도를 찾아야 했다. 이규는 서둘러 기루로 향했다. 기루 마당에 들어서자 운심이 기다리고 있었다. 중노미 하나가 마당 끝에서 빗질을 하며 이규를 보자 이규도 같이 노려보았다. 중노미는 이규의 기세에 밀려 자리를 피했다.

"나으리, 봇짐장수가 당도했다는 연통을 보내왔습니다. 늘 그랬듯 여기로 오라고 전하오리까?"

"아니다. 신치수 그자가 운심이 너를 감시하고 있을 것이다. 이곳은 더 이상 비밀 회합을 하기에 적합하지 않다."

"허면 이제 어찌하실 작정이십니까?"

"내 만날 장소를 일러줄 것이니 그곳으로 오라고 기별하거라."

"예, 나으리."

그길로 발걸음을 옮긴 이규는 산속 어느 일각에 당도했다. 초롱을 소맷자락으로 한 번 가리고 두 번 가리자 봇짐장수 차림의 동아격이 나무 뒤에서 나왔다. 동아격은 후금 누르하치의 장수였다. 이규는 그에게 다가섰다.

"더는 함부로 변방을 침탈하지 않겠다 해놓고 어찌 약조를 어긴 겐가!"

이규가 분노를 담아 말했다.

"누르하치께선 조선이 먼저 약조를 어겼다 여기십니다."

"명나라 사신이 온 것을 가지고 이러는 건 아닐 것이고……. 명나라와 전쟁을 하기로 결정한 모양이구먼."

동아격은 말없이 수긍했다. 이규가 말을 이었다.

"누르하치께 전하게. 명나라와 후금이 전쟁을 벌이더라도 조선은 후금의 뒤를 치지 않을 것이고, 누구의 편도 들지 않고 중립을 지킬 것이니 더는 조선을 공격치 말라고 말일세."

"그것을 어찌 믿습니까? 우릴 안심시켜 놓고 명나라에 군사를 내어줄지."

"뭐라?"

이규가 매섭게 쏘았다.

"조선은 명나라와는 군신의 예까지 맺어놓고 우리와는 형제의 예도 맺지 않으려 하고 있습니다. 믿는 게 더 이상한 것 아닙니까?"

"화친(和親)은 나라 간 상황과 이해를 살펴 이루어져야 할 국가의 대사일세. 이런 식의 도발로 화친을 밀어붙이려 한다면 내 전하께 후금과의 관계를 도모해야 한다 조언할 수 없네!"

"저를 설득하려 해봤자 소용없습니다. 조선은 제 어미의 나라이고 제가 태어난 나라입니다. 아무럼 제가 이 땅이 피로 물드는 걸 보고 싶겠습니까?"

"어찌해야 믿겠는가?"

"임금님의 말이라면 믿겠습니다."

이규가 날카롭게 동아격을 바라보았다.

이규가 후금에 심어놓은 세작 동아격을 만나고 있을 때, 신치수는 진평군을 만나고 있었다.

"주상이 광증이 도져 두문불출하고 있다 하니, 아무래도 하늘이 진평군을 도울 마음을 단단히 먹은 모양입니다."

"나도 그리 생각했소. 무슨 좋은 방도라도 있는 게요?"

"이 기회를 십분 이용하면 주상이 명나라 사신 앞에서 큰 실수를 하게 만들 수도 있을 듯합니다. 그러려면 주상이 정말 광증이 도진 것인지, 침전에 있는 것은 맞는지 확실히 알아야 할 것인데……."

"그거라면 걱정 마시오. 확인해주실 분이 있소."

조내관은 대전 침전에서 기운이 쇠진한 듯 힘없이 장을 삐거덕 거리며 소리를 내고 있었다. 이번에는 나무 상자를 던지려 집어 드는데 밖에서 '전하, 대비마마 드셨사옵니다!' 고하는 협시내관의 소리가 들려왔다. 조내관은 놀라 얼어붙었다. 상자를 든 채 왔다갔다 안절부절못하는 사이, 침전 방문이 벌컥 열리고 대비가 들어섰다.

"대, 대비마마……?"

조내관은 상자를 든 채 대비를 보았다.

"뭣 하는 짓인가?"

대비가 날카로운 시선으로 묻자 조내관은 그대로 예를 갖췄다.

"대비마마, 이 밤에 어인 일로?"

"내 주상이 편치 못하다는 소식을 듣고 보러 왔네. 주상은 어디 있는가?"

"그것이……, 그러니까 그것이…….'

"바른대로 대지 못할까!"

조내관은 순간 겁을 먹고 상자를 쿵 떨어뜨렸다.

잠시 후 이규가 대전 복도로 급히 들어섰다. 조내관이 기다리고 있었다.

"급한 일이라는 연통을 받고 왔소. 무슨 일이오?"

"그게…….'

"도승지가 왔으면 안으로 들라 하라!"

이규는 순간 굳어져 침전 쪽을 보았다. 안에서 최상궁이 문을 열고 나왔다. 침전 안에는 대비가 한가운데 서 있었다. 대비는 싸늘한 미소로 도승지를 바라보았다.

"어서 오시오, 도승지!"

이규가 안으로 들어서자 최상궁이 문을 닫았다. 조내관은 밖에서 안절부절못했다.

이규는 대비에게 목례를 하고 앞에 섰다.

"대비마마……."

"당장 옥새와 병부를 내게 가져오시오."

"연유를 여쭈어도 되겠습니까?"

이규가 당황한 기색도 없이 여유롭게 물었다.

"왜인지 몰라 묻는 게요? 돌림병에 까마귀 울음이라고 주상과 중전이 모두 궁궐을 버리고 나갔으니, 나라도 이 나라 종사를 책임져야 하지 않겠소? 혹시 모를 환란에 대비하려는 것이니 두말 말고 가져오시오."

"송구하오나 그 명은 따를 수 없습니다."

"뭐라? 내 명을 무시하겠단 게요?"

단호한 이규의 말에 대비가 눈을 번뜩이며 목소리를 높였다.

"대비마마를 위해섭니다. 전하께서 환궁하시어 대비께서 옥새와 병부를 챙기려 하신 것을 아신다면 어찌 되겠습니까? 생각만 해도 오금이 저리는 상황이 발생할 것입니다. 그리될 것을 번연히 알면서 어찌 그 명을 따를 수 있겠습니까?"

대비의 눈매가 더욱 날카롭게 변했다. 이규가 그 시선을 피하지 않고 버티자 대비마마의 눈매가 부드럽게 바뀌었다. 그 놀라운 태세

변화는 이규마저도 놀랄 정도였다.

"도승지는 모를 거요. 주상이 간신배의 손에 놀아나 임금의 소임을 다하지 못할 때마다 내 마음이 얼마나 고통스러웠는지."

속이 빤히 들여다보이는 대비의 말에 이규의 입가에 비웃음이 걸렸지만 대비는 개의치 않고 말을 이어나갔다.

"누가 감히 어미의 마음을 헤아릴 수 있겠소? 신치수 그자가 가고 나니 또 다른 간신이 주상의 눈과 귀를 가리고 어심을 어지럽히는 건 아닌가 싶어 밤잠을 이루지 못하고 있다는 것을."

이규는 대비가 말하는 '또 다른 간신'이란 자신을 말하는 것임을 깨달았다.

"소신, 대비마마께서 전하를 위해 그런 근심을 하고 계실 줄은 미처 몰랐습니다."

이규가 입으로는 웃으며 날카로운 눈빛으로 대비에게 답했다.

"다들 내가 경인대군의 일로 주상을 원망하고 있을 거라 여기겠지요. 허나 그는 나와 주상 사이를 이간질하려는 자들의 획책이요."

"송구하옵니다. 대비마마께서 이 나라 제일가는 충신이신 것을 소신 몰라뵀습니다."

자신을 비꼬는 말에 대비는 흘깃 이규를 노려보았다.

"도승지의 말이 꿀처럼 단데 내 눈엔 날카로운 검이 보이는 듯합니다? 혹 내가 하는 말을 의심하는 게요?"

"대비마마의 충심을 제가 어찌 의심하겠습니까? 다만 대비전을 위해 소신도 간언을 올리고자 합니다."

"그게 무엇이오?

"전하께서 아니 계신 틈을 노려 이리 대전을 범하고 옥새와 병부를 가져오라는 명을 내리는 우(愚)는 다시 범치 마십시오. 아무리 대비전의 충정이라 해도 이런 무례하고 무도한 행태는 전하의 신하된 자로서 제가 결코 좌시하지 않을 것이니 말입니다."

"감히 도승지 따위가 대비인 나를 겁박하는 게야!"

대비가 언성을 높이며 겁박이란 말로 이규를 겁박하려 했지만 이규는 흔들리지 않았다.

"겁박이라니요. 대비전을 향한 소신의 충언입니다."

이규가 꿈쩍을 않자 대비는 이내 분을 참지 못하고 이를 악물고 부들부들 떨기 시작했다. 그 순간을 놓치지 않고 이규가 밖을 향해 소리쳤다.

"대비전 상궁 밖에 있는가!"

문이 열리며 최상궁이 급히 들어오자 이규가 명했다.

"대비마마를 모셔가게."

대비는 자신이 도승지 '따위'에게 졌음을 깨달았다.

"도승지, 내 오늘의 일을 결코 잊지 않을 것이오."

"황공하옵니다, 대비마마."

이규는 몸을 숙여 예를 갖췄다. 대비가 애써 분노를 누르고 위엄을 갖춘 채 대전을 나갈 때까지 이규는 한 치의 흔들림도 없이 그 자리를 지켰다. 누가 봐도 그가 이긴 싸움이었지만 이규는 알고 있었다. 하선의 부재가 드러나버렸고, 이는 이규가 아무리 애써도 더는 숨길 수 없는 실책이었다.

한 시진 후, 신치수는 진평군에게서 기다리던 회신을 받았다.

"진평군께서 이리 전하라 하셨습니다. '그곳에 없었다.'"

"그곳에 없었다?"

한일회의 보고를 받은 신치수는 묘한 미소를 지었다.

"알겠네. 내 그리 알고 시행하겠다고 아뢰게."

"예, 대감."

한일회가 나가고 신치수는 잠시 생각에 잠겼다.

"밖에 있느냐!"

신치수가 행랑아범을 찾았다.

"예, 대감마님. 부르셨습니까?"

"출타를 해야겠으니 채비를 해라."

"어디로 가시는 것입니까?"

"내 명나라 사신이 머물고 있는 개경으로 갈 것이다!"

소운과 애영은 칼바람을 가르며 언덕을 올랐다. 허름한 초가집 한 채가 보였다. 가시울타리가 쳐진 초가집 마당, 평상에 앉아 있는 유호준의 뒷모습이 보였다.

"아버지!"

소운을 본 유호준은 믿을 수 없다는 듯 멍해졌다.

"이제 내가 헛것이 보이는구나."

"아버지, 소운입니다."

소운의 눈에 눈물이 그렁그렁 맺혔다.

"소운아! 소운이가 맞구나! 네가 어찌 여기 온 것이냐!"

유호준이 한걸음에 달려왔다. 소운 역시 사립문에 매달렸다. 지키고 있던 군졸이 막아서자 유호준은 군졸에게 간곡하게 청했다.

"이보게. 아주 잠시라도 좋네. 안에 들어와 앉았다 가게만이라도 해주면 아니 되겠나."

"아이고, 안 됩니다. 현감께서 아시면 경을 칠 것입니다."

군졸의 단호한 말에 소운이 상심에 빠지려 하는데 어떤 목소리가 들려왔다.

"안으로 뫼셔라!"

소운이 놀라서 돌아보니 장무영이었다.

"나는 어명을 받들고 온 전하의 호위무관이다. 말씀대로 하거라."

장무영이 부험을 내보이자 군졸이 크게 놀랐다.

"예?"

"그리고 하루만 자릴 비워라. 현감에겐 따로 보고하지 말고."

"예에, 알겠습니다요."

군졸이 물러나자 장무영은 소운에게 들어가라는 듯 길을 터주었다. 유호준은 오랜만에 만난 여식을 보며 감격하여 눈물을 글썽거렸고 소운의 눈매도 촉촉해졌다. 애영 역시 울먹이며 소운을 따라 배소로 들어섰다.

"이 먼 곳까지 어찌 온 것이야?"

소운의 손을 잡은 채 유호준이 물었다. 소운은 눈물이 그렁한 채 미소를 보였다.

"아버지를 뵈러 왔지요."

"전하께서 보내주신 게냐?"

소운은 차마 아버지에게 거짓을 말할 수 없어 대답하지 못하고 머뭇거렸다.

"장무관까지 딸려 보내신 걸 보니 너의 안위를 염려하신 게로구나. 전하의 은덕이 하해와 같다."

장무영을 본 유호준이 지레짐작으로 자문자답했고, 소운은 이를 바로잡지 않았다.

"날이 차다. 어서 들어가자꾸나."

유호준과 소운이 방으로 들어가는 모습까지 확인한 장무영은 곧바로 유배 처소 근처에서 기다리고 있던 하선에게 갔다.

"중전마마께서는 잘 들어가셨는가?"

"예, 한 시진만 기다렸다가 모시러 가겠습니다."

하선은 잠시 생각하다가 말했다.

"아닐세. 오랜만에 아버지를 뵌 것이니 오늘 밤은 그냥 함께 보내시게 두게."

"알겠습니다."

하선은 자신의 괴로움을 누르고 배소 쪽을 바라보았다. 소운이 아버지와 만나 소회를 풀 수 있다는 사실이 그나마 위로가 되었다.

아버지를 만난 기쁨도 잠시, 혹여 아버지가 조정과 왕실의 일을 물을까 하여 마음이 무거워진 소운은 방에서 나와 마당 평상에 나앉았다. 아버지도 애영이도 없이 혼자 있게 되자 어느새 소운의 마음은 하선의 일로 가득해졌고, 밤하늘 가득한 별빛에 눈이 시린 듯이내 눈물이 하염없이 쏟아져 내렸다. 잠시 후 유호준이 소운을 찾아 방에서 나왔다.

"추운데 들어오지 않고 어찌 거기 있는 게냐?"

소운은 황급히 눈물을 닦으며 돌아보았다.

"예, 아버지. 들어가겠습니다."

유호준은 운 흔적이 역력한 여식의 얼굴에 놀라 가슴이 덜컹했다.

"울고 있었던 게냐? 무슨 일이 있는 게로구나."

"일은요. 아무 일도 없습니다."

"소운이 너는 어릴 때부터 거짓말을 하면 티가 나는 아이였지."

소운은 다시 눈물이 그렁해졌다. 딸의 눈물에 유호준의 마음이 무거워졌다.

"소운아. 이 아비가 죄인이 되어 배소에 있으니 궁에 있는 네가 얼마나 외롭고 고단할지 알고도 남음이 있다."

"아버지, 그런 것이 아닙니다."

"그럼 무엇이냐?"

"아버지를 뵈니 눈물이 나서…… 차라리 저도 아버지를 뫼시고 여기서 살까요?"

"큰일 날 소리를 하는구나. 전하께서 널 보내주신 것만도 감읍할 일이다. 이 아비 걱정은 말고 내일 날이 밝는 대로 환궁하거라."

아버지의 따뜻한 말들이 소운의 심장을 내리쳤다. 소운은 있는 힘을 그러모아 아버지에게 슬픈 내색을 드러내지 않으려 애썼다.

"춥구나. 어서 들어가자."

"예, 아버지."

아버지를 먼저 방으로 들여보낸 소운은 차라리 심장이 부서져버리면 좋겠다고 생각했다. 그런 소운의 모습을 배소 울타리 너머 떨어진 곳에서 지켜보는 하선의 심장도 찢어질 듯 아팠다.

밤이 깊어 애영도 곤히 잠든 시각이 되도록 소운은 잠을 이룰 수 없었다. 눈을 감으면 하선과 함께했던 순간들이 떠올랐다. 그중에서도 가장 소운을 괴롭히는 순간은 하선과 저잣거리를 거닐던 기억이었다.

광대패들이 중전마마인 자신을 곡해하고 조롱하며 노는 모습을 괴롭게 보고 있던 소운의 손을 잡고 달렸던 하선의 얼굴이 잊히지 않았다.

― 중전을 그 자리에 계속 세워둘 수가 없었소. 그냥 아무도 없는 곳으로 와야 할 것 같아서……. 미안하오.

― 전하, 신첩은 아무렇지도 않습니다. 오히려 전하와 이리 함께 있게 되었다는 게 꿈처럼 아득하고 좋기만 합니다.

— 이게 꿈이라면……. 정녕 꿈이라면…… 내 무엇을 한들 죄가 되지 않을 게요. 아니 그렇소?

하선이 용기 내어 했던 말들에 감동받았던 소운은 이제야 그 말들의 진정한 의미를 깨닫고 울컥 눈물이 솟았다. 차마 대놓고 말하진 못했지만 분명 하선은 소운에게 진실을 고백하려 했었다.

— 더는 피하지 않겠소. 도망치지도 않겠소. 그냥……, 그냥 중전만 보고 중전만 생각하겠소. 중전을 연모하고 있소. 이 심장이 터질 만큼…… 터져도 좋을 만큼 연모하오.

기억을 떠올리면 떠올릴수록 하선의 진심이 느껴졌고 동시에 소운의 괴로움은 커졌다.

하선 역시 배소 밖에서 찬바람을 맞으며 괴로워하고 있었다.

"전하, 날이 춥습니다. 제가 쉴 곳을 마련할 것이니 이만 가시지요."

장무영이 조용히 말을 건넸다. 자신을 걱정하는 장무영의 마음이 느껴졌지만 하선은 그 말에 따를 수가 없었다.

"자네 혼자 가게. 난 여기 있겠네."

결국 장무영은 하선을 말리는 것을 포기하고 뒤로 물러섰다. 날이 밝도록 하선은 고통과 슬픔에 잠겨 배소를 바라보았다.

"여기서부턴 혼자 가겠네."

날이 밝자마자 하선은 배소에 있는 소운을 봐야겠다고 결심하고 뒤를 따르던 장무영과 호위무관들에게 명을 내렸다.

"아니 됩니다. 소신이라도 전하를 호위해야 안전할 것입니다."

"부탁이네. 내 중전마마와 단둘이 이야기를 해야 할 것 같아서 그러네."

"알겠습니다."

자신의 안위를 염려해주는 장무영까지 물리고 하선은 혼자 부원군 유호준의 배소로 향했다. 같은 시각, 소운은 부엌에서 밥상을 들고 나와 쪽마루에 놓고 큰절을 올린 후 사립문 밖으로 나갔다.

하선이 유호준의 배소에 막 다가서려고 하는데 애영의 애타는 목소리가 들렸다. 애영이 부엌에서 나오며 소운을 찾고 있었다. 유호준도 배소 뒤에서 나오며 소운을 찾았다. 하선은 직감으로 소운이 사라졌음을 깨달았다.

대비와 신치수, 진평군까지 모두를 불면에 빠지게 한 밤이 지나고 날이 밝았다. 이규는 집무실에 앉아 있었다. 뜬눈으로 밤을 샌 듯했다. 정적을 깨고 조내관이 들어왔다.

"장무관에게서는 아직 아무 연통도 없는 겁니까?"

이규는 고개를 끄덕였다. 조내관은 안절부절못했다.

"어찌 이리 마음이 불안한지 모르겠소이다."

"하선이는 반드시 약조를 지킬 것이니 믿으시오."

그때 서장원과 이한종이 급히 들어서며 이규를 찾았다.

"도승지, 큰일 났네!"

"대감, 무슨 일입니까?"

"명나라 사신 범차가 하루 일찍 태평관에 도착하여 전하께 황제의 조서를 받으러 오라는 전갈을 보내왔네."

"하루 일찍 도착한 것은 저들의 결례입니다. 아니 그렇습니까?"

서장원이 내민 서찰을 본 이규가 말했다.

"예법으로는 그러하지. 허나 황제 폐하의 조서를 들고 온 사신은 황제 폐하와 다름이 없네. 조내관, 당장 전하께 고하시게!"

"아, 그것이……."

조내관이 안절부절못하는 사이 이규가 말했다.

"전하께선 지금 아니 계십니다."

"뭐라?"

"전하께서 아니 가시면 결국 황제 폐하의 진노를 사게 될 것인데 이 일을 어찌한단 말인가!"

"제가 다녀오겠습니다."

무거운 표정으로 나간 이규는 금군들을 이끌고 태평관으로 갔다. 이규가 들어서자 명나라 사신의 호위들이 막아섰다. 사신의 수행원이 나와 이규를 노려보며 말했다.

"누구냐! 누군데 허락도 없이 들어온 게냐?"

"난 전하를 모시는 도승지 이규다. 병부우시랑을 뵈러 왔다."

"감히 도승지 따위가 병부우시랑을 뵙자 하다니! 물러가라!"

"내 전하의 전교를 가지고 왔다. 병부우시랑께 전하기 전까지는 물러서지 않을 것이다!"

"이놈이! 뭣들 하느냐! 당장 끌어내지 않고!"

명의 수행원이 소리치자 명나라 호위들이 일제히 검을 빼들고 이규를 죽일 듯이 다가섰다. 동시에 이규 뒤에 서 있던 별감들과 금군들도 검을 빼들고 맞설 듯 대치했다. 일촉즉발의 상황이었다. 이규가 소리쳤다.

"멈춰라!"

위엄 있는 외침에 명의 수행원이 이규를 쳐다보았다.

"내 여기서 피를 보고 싶지는 않다. 이곳은 명나라 사신을 위한 곳이기도 하지만 조선의 땅이니."

이규의 말이 맞지만 그는 오기로 버텼다. 그때 뒤에서 목소리가 들려왔다.

"물러서라."

명나라 사신 범차가 거만한 얼굴로 이규에게 다가왔다.

"내 분명 조선의 임금에게 황제 폐하의 조서를 받으러 오라 했거늘. 넌 누구냐?"

이규는 범차에게 예를 갖추어 반절했다.

"도승지 이규입니다. 전하께서 전하라 하십니다. 사신단을 맞이하기로 한 날짜는 오늘이 아니라 내일이니 내일 황제 폐하의 조서를 받겠다 하십니다."

범차는 껄껄 웃더니 갑자기 호위의 검을 뺏어들고 이규의 목을 겨누었다.

"감히 도승지 따위를 보내 황제 폐하의 사신을 능멸하다니! 내 너를 죽여 조선의 임금에게 그 죄의 무거움을 알려줄 것이다!"

범차의 말이 끝나자마자 명나라 호위 둘이 이규의 양팔을 잡고 범차 앞에 무릎을 꿇렸다. 이규는 순순히 무릎을 꿇고 범차를 쳐다보았다. 범차는 마치 망나니라도 된 양 당장이라도 이규의 목을 벨듯이 검을 쳐들었다.

시리도록 푸른 하늘. 깎아지른 절벽 위에 소운이 서 있었다. 때마침 바람이 불어와 소운의 목도리가 풀려 저 멀리 날아갔다. 팔랑팔랑 날아가는 목도리만큼 위태로워 보이는 소운의 모습이었다.

한참을 절벽 위에 서 있던 소운은 비로소 결심을 마친 듯 차분하고 단정한 표정이었다. 그리고 한 발 한 발 절벽 끝으로 나아갔다. 이제 단 한 발만 더 나아가면 천 길 낭떠러지였다. 그 순간 누군가 소운의 허리를 뒤에서 확 끌어당기듯 잡아챘다. 하선이었다.

하선은 소운을 가슴에 꼭 끌어안았다. 하선에게 안긴 소운은 멍해졌다. 소운을 품에 안은 하선은 절박했다.

"네가 어찌 여길!"

"괜찮으십니까? 다치신 곳은 없으십니까?"

"이것 놔라……!"

소운이 하선의 품을 벗어나려 애쓰자 하선은 할 수 없이 놓아주었다. 한 발 물러선 소운은 차갑게 말했다.

"내 더는 너를 보지 않겠다 했거늘 어찌 여기까지 쫓아와 나를 능멸하려드는 게냐!"

"정말 죽으려고 하신 것입니까?"

자신의 선택에 화가 난 하선을 보니 소운은 흔들렸지만 부러 냉정하게 굴었다.

"네가 상관할 바가 아니다."

"어찌 상관을 안 합니까!"

하선은 참았던 감정을 토해내듯 소리쳤다.

"차라리 제게 벌을 내리십시오! 어떤 벌이든 달게 받을 것이니."

"그만……, 그만하라! 너와 말을 하면 할수록 나는 더 큰 죄인이 될 뿐이다."

괴로운 소운이 하선을 등지고 돌아섰다.

"아닙니다! 중전마마의 죄가 아닙니다. 모두 저의 죄입니다. 죗값은 제가 치를 것이니 제발 스스로를 탓하지 마십시오!"

"어찌 그럴 수 있단 말이냐! 내 죄가 맞는데……, 내 죄인데! 백 번천 번 스스로에게 묻고 되물었다. 내가 마음에 품은 이가 누구인지……, 너인지 그분인지……."

소운의 속마음이 터져 나왔다.

"부정하고 싶었고, 외면하고 싶었다. 헌데 내 마음이 한 일이었다. 세상을 속일 수는 있어도 나 자신을 속일 수는 없으니……. 내 이럴 도리밖에 없다."

소운은 더는 참을 수 없다는 듯 다시 절벽을 향해 다가섰다. 그 순간 하선이 소운의 손을 붙잡았다.

"……절 위해 살아주시면 아니 되겠습니까?"

소운은 심장이 내려앉는 것 같았다.

"대궐에 들고 나서 여러 번 죽을 고비가 있었습니다. 이제 정말 죽는구나 하는 순간마다 전 간절히 살고 싶었습니다. 세상에 다시없는 대역 죄인이 되어도 좋다, 하루를 살더라도 중전마마와 함께 살고 싶다……."

소운의 눈에 눈물이 차올랐다.

"중전마마의 곁에서, 중전마마의 웃음소릴 들으며 그렇게 함께……, 아주 오래 말입니다."

자신이 썼던 연서의 말을 그대로 읊으며 들려주는 하선을 보며 소운은 자신과 하선의 마음이 다르지 않음을 절실하게 깨달았다.

"살아주십시오. 절 위해…… 제발……."

하선의 간절한 호소에 소운의 마음이 강하게 흔들렸다. 소운도 하선도 그 사실을 알고 있었지만 아무도 입을 열지 않았다.

숨죽여 서로의 눈을 바라보던 그 순간, 뒤편에서 화살이 날아와 아슬아슬하게 소운을 비껴갔다. 이때 또 다른 화살이 날아왔다. 하선은 본능적으로 소운을 감싸 안고 그대로 등에 화살을 맞고 말았다. 하선의 고개가 소운의 어깨 위로 툭 떨어졌다.

얼어붙은 소운의 입에서 외마디 탄식 같은 말이 나왔다.

"……전하?"

하선의 무게를 온몸으로 느끼며 소운이 울부짖었다.

"전하!"

쥐덫을 놓다

연이어 또 다른 화살이 날아왔다. 소운이 하선을 감싼 채 눈을 질끈 감은 순간 장무영이 하선과 소운 앞을 막아서며 검으로 날아오는 화살을 쳐냈다.

멀리서 하선과 소운을 향해 화살을 날렸던 복면 자객들이 활을 던지고 검을 빼든 채 하선과 소운에게 달려들었다. 어느새 달려온 호위무관들이 장무영과 함께 자객들을 상대하자 자객들이 쓰러졌다. 그때 한일회의 휘파람소리가 들려왔다. 신호인 듯 순식간에 자객들이 도주하기 시작했다.

"저들을 쫓아라! 두 분 전하를 보위하라!"

소운은 하선을 보며 울먹였다.

"정신 차리십시오, 전하……."

하선은 정신을 잃은 상태로 대답이 없었다. 소운은 하선을 끌어안고 참고 또 참았던 눈물이 터져 나왔다.

한편 태평관에서는 일촉즉발의 대치 상황이 계속되고 있었다. 범차의 칼이 이규의 목을 향해 달려들었지만 이규는 물러서지 않고 범차를 노려보았다. 때마침 날선 긴장을 깨고 익숙한 목소리가 들려왔다.

"병부우시랑, 잠시 멈춰주십시오!"

이규가 놀라서 보니 신치수였다. 신치수가 앞으로 나서며 예를 갖춰 말을 이어갔다.

"제가 대신 무례에 대한 사죄를 드리겠습니다. 부디 도승지의 죄를 용서해주십시오."

"이자가 죄를 빌어야지, 어찌 고성 부원군이 죄를 비는 게요?"

"뭣 하는가, 어서 용서를 빌게!"

"그리할 수 없습니다."

이규는 당당했다.

"무어라?!"

"내 전하의 신하된 자로 온 것이지, 고성군처럼 관직도 없이 사사로이 온 것이 아닙니다. 목숨을 구명코자 감히 이 나라와 전하의 이름을 더럽히는 짓은 할 수 없습니다."

이규가 눈 하나 깜짝하지 않자 범차는 소리쳤다.

"죽음이 두렵지도 않으냐? 무얼 믿고 이리 당당한 게냐?"

"내가 죽어 조선과 명나라의 화친이 유지된다면 두려울 게 무엇이 겠습니까? 황제 폐하께서도 조선과의 화친이 깨지는 것은 원치 않으실 겁니다. 아니 그렇습니까?"

이규의 말을 듣고 흠칫 놀라 노려보던 범차는 검을 내렸다.

"세 치 혀가 검보다 낫다더니, 조선의 신하 중에도 자네 같은 자가 있구먼."

"상찬이십니다. 조선에는 저보다 나은 자들이 수도 없이 많습니다."

"내일 궐로 가겠네. 대신 나를 안내할 접반사(接伴使, 외국의 사신을 맞아 접대하는 관원)로 여기 고성 부원군과 함께 가겠네."

"알겠습니다. 그리하시지요."

범차가 자리를 뜨자 이규와 신치수만 남았다.

"어찌 예를 어기고 하루 먼저 당도했나 했더니 전부 대감의 짓이 었군요."

"전하의 패착과 자네의 실수를 내 탓으로 돌리지 말게. 난 이 나라에 닥친 위난(危難) 앞에 조선의 신하로서 충실했을 뿐이니까."

"명나라 사신 입안의 혀처럼 구는 게 정녕 조선의 신하가 할 짓입니까?"

"전하께 서둘러 파발이라도 보내게. 내일도 궐에 아니 계시면 일이 걷잡을 수 없이 커질 테니까. 서두르시게."

이규의 눈이 분노로 번득였다. 저자가 결국 이 지경까지 떨어졌구

나. 신치수는 이규의 시선을 무시하고 돌아서 나갔다.

　밤이 되자 이규와 조내관은 대전에서 부원군 유호준의 배소에서 달려온 호위무관에게 하선의 용태를 보고받았다.

　"습격? 전하께서는 지금 어디 계시느냐!"

　"장무관이 배소 근처에 있는 의원으로 모셨습니다."

　놀라서 묻는 이규의 말에 호위무관이 고개를 숙이며 답했다. 이규가 심각한 얼굴로 다시 물었다.

　"전하를 습격한 자들은 잡았느냐?"

　"쫓았으나 잡지 못했습니다."

　"전하께서 많이 다치셨소?"

　조내관이 근심 가득한 얼굴로 물었다.

　"제가 떠나올 때까진 의식을 찾지 못하고 계셨습니다."

　"알겠다. 돌아가 전하 곁을 지키고 있어라!"

　호위무관이 예를 갖추고 나갔다.

　"영감이 가서 당장 전하를 모셔 와야 하는 거 아니오?"

　"내일 아침 일찍 명의 사신 범차가 들이닥칠 거요. 하선이가 올 때까지 내가 편전을 지키고 있어야 하오."

　이규가 굳은 얼굴로 말했다.

　하선은 유배지 근처 의원의 집에서 정신을 잃은 채 몸에 붕대를 감고 누워 있었다. 등 쪽 화살을 맞은 자리에 피가 스며 있었다.

하선은 고통으로 미간을 움찔하며 눈을 떴다. 소운이 보이지 않자 놀란 하선이 안간힘을 쓰며 주변을 살폈다. 그때 꿈결처럼 소운이 방으로 들어왔다.

하선이 깬 것을 본 소운은 순간 멈췄다가 평온한 태도로 하선에게 다가와 앉았다. 하선은 고통이 엄습하는 가운데에도 소운이 걱정됐다.

"다치신 곳은…… 없으십니까?"

소운은 살짝 고개를 끄덕이고 하선의 이마에 맺힌 땀을 닦아주었다. 하선은 소운을 바라보다 힘겹게 다시 입을 열었다.

"왠지 불안합니다. 아무 말씀이 없으시니."

그래도 소운이 답을 않자 하선이 멍한 시선으로 스스로에게 묻듯 소운에게 물었다.

"혹 제가 꿈을 꾸고 있는 것입니까?"

그 순간 더는 참지 못하고 소운이 눈물을 흘렸다.

"너무도 두려웠습니다. 전하를 잃는다고 생각하니…… 눈앞이 깜깜해지고 심장이 천 길 아래로 떨어져……. 죽기보다 무섭다는 게 이런 거구나 싶었습니다."

"그럼 이제 죽는 건 포기하시는 겁니까?"

"죄를 짓고도 몰랐다는 죄책감에, 죽음으로 죄를 갚아야 한다고 생각했습니다. 허나 이제 온 세상이 저를 손가락질하고 욕하며 돌을 던지더라도 감내할 것입니다."

하선이 떨리는 마음으로 소운을 바라보자 소운도 하선을 바라보며 말을 이었다.

"살아갈 것입니다. 전하 곁에서⋯⋯."

하선은 힘겹게 일어나 소운을 와락 가슴에 껴안았다.

"중전마마께선 지금 두 목숨을 살리신 겁니다. 중전마마께서 죽기를 포기하지 않으셨다면 저도 따라 죽었을 것이니."

눈물로 고백하는 하선의 품에서 소운은 눈물을 흘렸다.

"이제 그만 누우십시오. 상처가 덧날까 걱정됩니다."

하선은 소운의 부축을 받으며 다시 옆으로 누웠다. 하선은 누워서도 소운에게서 눈을 떼지 않았다.

"눈을 감고 좀 주무십시오."

"잠이 올 것 같지 않습니다. 중전마마께서 사라질 것만 같아서."

"걱정 마십시오. 아무데도 가지 않고 전하 곁에 있을 것입니다."

하선은 눈을 감지 않으려 했지만 고통에 눈이 절로 감겼다.

"약조해주십시오."

"예, 약조하겠습니다."

하선은 그제야 겨우 눈을 감았다. 소운의 손을 놓지 않은 채. 소운은 하선이 자는 모습을 가만히 들여다보았다.

명나라 사신에게 약조한 날이 밝았다. 편전에는 대소신료들이 도열해 있었지만 정작 용상이 비어 있었다. 진평군은 회심의 미소를 지었다. 속을 알 수 없는 표정으로 이규가 서 있는데 그때 문이 열리고 명 사신 범차가 위풍당당하게 들어왔다. 그 뒤를 따르는 신치수를 본 대소신료들이 놀라서 웅성거렸다. 이규가 신치수를 날카롭게 노려보았다.

"도승지, 이게 어찌된 일이오? 오늘 오면 임금께서 계실 거라더니, 약조가 틀리지 않는가!"

범차는 빈 용상을 보고는 이규를 다그쳤다.

"조선은 동방예의지국이라더니! 조선의 임금은 황제의 조서를 맞는 예법조차 모르는가!"

명 사신의 서릿발 같은 호령에 모든 대소신료들이 긴장했다. 신치수가 슬쩍 진평군을 보자 진평군은 옅은 미소를 지은 채 앞을 보고 서 있었다.

"명의 사신께서 조선말이 참으로 유창하시오!"

순간 놀라 편전 문 쪽을 돌아본 이규의 눈에 조내관을 이끌고 들어서는 하선이 보였다. 하선의 극적인 등장에 신치수와 진평군의 표정이 굳어졌다. 명나라 사신 범차 앞까지 걸어온 하선이 여유롭게 말했다.

"조선말은 언제 그리 배우신 게요?"

"황제 폐하의 사신이 되려면 이 정도는 해야 합니다. 제가 온다는 걸 아셨을 것인데, 어찌 궐을 비우신 겁니까? 황제 폐하의 사신에 대한 무례는 황제 폐하를 업신여기는 것과 진배없음을 잘 알고 계실 터인데!"

범차가 기선을 제압하려는 듯 거세게 몰아쳤다.

"아, 사신께선 그리 생각할 수도 있겠소. 여봐라! 준비해둔 것을 가져오너라."

하선의 명이 떨어지자마자 문이 열리고 호랑이 가죽을 받쳐든 호위무관들이 들어섰다. 범차가 놀라 호랑이 가죽을 보다가 하선에게 물었다.

"이건! 호랑이 가죽이 아닙니까?"

"내 명나라 사신을 위한 진연에 쓸 짐승을 잡으러 갔다가 호랑이를 잡느라 늦어졌소. 근자에 잡은 것 중 제일이니 황제 폐하께 올리시오."

범차는 호랑이 가죽의 위용에 입을 다물지 못하고 보다가 이상한 점을 보고는 말했다.

"헌데 꼬리가……?"

"아, 보았소? 나도 이놈에게 꼬리가 없다는 걸 잡고 나서야 알았소. 참으로 신기하지 않소? 꼬리 없는 호랑이라니. 여간해선 찾기 힘든 귀한 물건이니 황제 폐하께 꼭 그리 고하시오."

"아, 예……."

범차는 임금의 말이라 뭐라 반박도 못 했다. 조내관은 슬쩍 고개를 숙이며 웃음을 참았다. 하선은 어깨를 으쓱하고는 이규에게 시선을 던졌다. 이규는 혹여 들킬까 봐 눈빛으로 하선을 꾸짖었다.

황제의 조서가 놓인 탁자가 용상 앞쪽에 놓여 있고 조서를 중심으로 하선이 서쪽에, 범차가 동쪽에 탁자를 두고 앉아 다례(茶禮)를 하고 있었다. 이규는 하선 옆에 서 있었다. 범차가 말을 꺼냈다.

"황제 폐하께서 전하가 신치수 같은 충신을 물러나게 했다는 소식을 듣고 많이 놀라셨습니다. 상국(上國, 명나라)과 번국(藩國, 제후의 나라, 조선을 일컬음) 사이에 부자간 도리가 있듯이, 군신 간에도 지켜야 할 의리가 있으니 조정에 다시 들임이 옳을 것이라고 당부하셨습니다."

"옳은 말씀이시오. 안 그래도 고성군이 내가 없는 사이 사신 대접을 잘 했다는 소식은 들었소."

하선이 굳은 표정으로 신치수를 보며 말을 이었다.

"내 고성군에게 다시 관직을 내리겠소."

신치수는 앞으로 나와 고개를 숙였다.

"황제 폐하와 전하의 하해와 같은 은혜를 소신 절대 잊지 않을 것입니다!"

이규는 진땀을 흘리는 하선을 걱정하며 바라보았다.

대전 침전의 문이 열리며 하선과 이규가 먼저 들어서고, 황제의 조서를 쟁반에 받쳐든 조내관과 장무영이 뒤따랐다. 이규가 하선의 어깨를 잡으며 말했다.

"잘 버텼다."

"윽!"

하선이 외마디 비명을 지르자 이규가 놀라며 손을 거뒀다.

"화살을 맞은 데가 여기냐?"

하선은 울상으로 이규를 보았다. 이규가 내심 미안한 표정으로 말했다.

"아까는 시간에 대어 못 오는가 싶었다."

"약조하지 않았습니까. 꼭 돌아오겠다고."

장무영의 부축을 받은 하선이 보료에 앉아 말을 이었다.

"조내관이 미리 일러주지 않았더라면 범차가 신치수 그자를 조정에 다시 들이라 했을 때 분을 참지 못하고 일을 쳤을 것입니다."

"참길 잘했다. 범차가 하루 먼저 도착한 것이며, 접반사로 신치수를 들이라 한 것 모두 신치수 그자가 조정에 다시 들기 위해 만든 계략이 분명하다."

"명나라 사신까지 이용하다니, 점점 더 신치수를 용서하는 게 어려워집니다."

하선의 말에 이규가 살짝 고개를 끄덕이고 장무영에게 물었다.

"하선이와 중전마마를 공격한 자들은 찾아냈느냐?"

"송구합니다. 뒤를 쫓았으나 잡지 못했습니다."

잠자코 이야기를 듣던 조내관이 화들짝 놀라 끼어들었다.

"두 분 전하를 노리다니, 대체 그 무엄한 자가 누구란 말이오?"

"실행에 옮긴 자는 모르겠으나 배후는 짐작이 가는 사람이 있소."

"그게 누굽니까?"

하선이 물었다.

"네가 궁에 없다는 것을 알아챈 유일한 사람, 대전에 들어와 옥새와 병부를 내놔라 요구한 사람."

"설마…… 대비마마란 말이오?"

조내관이 아연실색을 하며 물었다.

그 시각 대비전에 진평군이 들었다. 잠시 후 대비전 밖으로 대비의 호통이 새어나왔다.

"어찌 이리 쉬운 일 하나 제대로 해내지 못하는 게요!"

분개한 대비의 목소리에 진평군의 표정이 굳어졌다.

"주상이 중전을 따라 부원군 배소에 갔을 것이니 쫓아가 척살하라, 내 길까지 일러주고 방도까지 알려주었거늘."

대비마마의 진노를 피할 방도는 없었다. 진평군은 그저 침묵으로 대비마마의 노여움을 받아냈다.

"한번 대답해보세요! 내 정녕 진평군을 믿고 계속 일을 도모해도 되겠소?"

"이를 말씀이십니까? 저 말고 또 누가 대비마마의 뜻을 바로 섬겨이 나라 종묘와 사직을 보존할 수 있겠습니까!"

"말로 일이 성사됐으면 벌써 용상에 오르고도 남았겠소."

대비의 비꼼에 굴욕을 느낀 진평군의 시선이 매서워지려는 찰나, 밖에서 최상궁이 고했다.

"대비마마, 영화군 들었사옵니다!"

"어서 드시라 하게. 그만 나가보세요."

진평군의 표정이 싸늘해졌다. 진평군은 슬쩍 대비를 겨누어보며 일어났다. 그때 들어온 영화군이 진평군을 얕보듯 시선도 주지 않고 들어와 대비에게 예를 갖췄다.

"어서 오세요. 영화군."

대비가 진평군 보라는 듯 한껏 자애로운 목소리로 영화군을 맞이했다. 진평군은 더는 참지 못하고 등을 돌려 대비전을 나와버렸다.

달빛 아래 무성한 잡풀들에 둘러싸여 무너져가는 버려진 전각에 영춘재(迎春齋)라는 편액이 보였다. 소운은 한쪽에 멍석을 깔아놓고 작은 소반 앞에 앉아 차를 올리고 향을 피웠다. 옆에서 수발을 들려고 서 있던 애영이 물었다.

"환궁하시겠다 하여 중궁전으로 드시는 줄 알고 좋아했더니……. 어찌 귀신 나온다는 이 영락한 영춘재에 머무시는 겁니까?"

"내 이 다례를 마치고 중궁전에 들 것이니 삼 일만 참아다오."

"이 다례는 어떤 분을 위한 것입니까?"

"애영이 넌 모르는 분이다."

애영에게조차 그 주인을 밝힐 수 없는 다례상 앞에 앉아 소운은 두 손을 모으고 눈을 감았다. 이때 이규가 영춘재 안으로 들어섰다. 애영이 돌아서다가 이규를 발견했다.

"중전마마……, 저기……."

애영의 목소리에 소운은 눈을 뜨고 이규를 보았다. 애영을 물리고 이규의 알현을 받은 소운의 표정은 찬찬한 호수와도 같이 깊고 도 평온했다. 이규가 먼저 운을 뗐다.

"중전마마, 이리 무사히 돌아와주신 은혜, 소신 어찌 갚아야 할지 모르겠습니다."

"은혜라는 말은 당치 않습니다. 죄를 피해 도망쳤다가 온전히 감당하기 위해 돌아온 것뿐입니다. 이제 내게 남은 소임은 오로지 그분을 지키는 것뿐입니다. 그분을 지키기 위해서라면 내 어떤 일도 마다하지 않을 겁니다."

소운의 말에 이규의 얼굴에 미소가 떠올랐다.

"그 비슷한 말씀은 이미 한 번 들었습니다. 대전에 계신 분께서 죽다 살아 돌아오신 후 제게 하신 말씀도 그것이었습니다. 소중한 것을 지키기 위해 힘을 가지고 싶다 하셨지요. 저 또한 맹세하겠습니다. 제 목숨을 걸고 두 분 전하와 이 나라를 지킬 것입니다!"

이규가 물러가고 영춘재 마당에 홀로 선 소운은 구름에 가려진 달을 바라보았다. 다시 돌아와 선 궁궐의 밤은 생각보다 추웠다. 그때 바스락 발소리가 들렸다. 하선이 겉옷을 들고 서 있었다.

"제가 중전마마를 놀라게 한 모양입니다."

"아직 더 쉬셔야 하는데, 어찌 여기까지 오셨습니까?"

"따뜻한 침전에 누워 있으려니 송구하고 걱정이 되어 왔습니다."

소운이 어색한 듯 시선을 내리자 하선이 먼저 다가가서 조심스럽게 소운에게 겉옷을 걸쳐주었다.

"손을 내밀어보십시오."

손을 내미는 순간 소운은 기억이 떠올라 하선을 보았다. 하선은 소운의 손바닥을 뒤집어 개암나무 열매를 쥐어주었다. 그제야 소운의 얼굴 가득 미소가 번졌다.

"기억나십니까? 개암나무 열매를 깨물고 소원을 빌면 집을 지켜주는 도깨비가 나타나 그 소원을 이뤄준다 했던 것."

소운은 살포시 고개를 끄덕였다.

"심심하실 때마다 하나씩 깨물고 소원을 비십시오. 누가 압니까, 이곳 영춘재에 도깨비가 살고 있을지."

"언제까지 제게 존대를 하실 생각이십니까?"

"예?"

"환궁했으니 이제 그만 원래 하시던 대로 말을 놓으세요. 그것이 제게도 편하고 전하의 안위를 위해서도 좋습니다."

"제가 어찌 감히……."

소운이 살짝 책망하듯 하선을 쳐다보았다. 하선이 어색하게 웃으며 말을 건넸다.

"그럼 중전의 말대로 하겠소. 중궁전에는 언제 들어갈 생각이오?"

"사흘만 시간을 주십시오."

"사흘이라……. 알겠소."

소운이 잠시 하선을 바라보다가 조심스럽게 입을 열었다.

"……소운입니다."

하선은 놀란 듯 소운을 바라보았다.

"제 이름…… 유소운입니다."

"소운……, 유소운! 아주 고운 이름이오."

소운. 소중한 이름이 하선의 마음에 천천히 퍼져나갔다. 소운이 하선에게 나직하게 물었다.

"제게도 이름을 알려주십시오."

"하선이라 하오."

하선이 쑥스럽고 떨리는 목소리로 답하자 이번엔 소운이 하선을 다독이듯 말을 이었다.

"하선……, 따뜻한 이름입니다. 이제 중궁전으로 들어가 전하 곁을 지키겠습니다."

"내 감히 상상할 수 없지만 짐작은 하고 있소. 여인에게 이것이 얼마나 힘겹고 어려운 결단인지……. 나를 위해 큰 결심을 해주어 참으로 고맙소."

"저를 위한 결정이기도 하니 고맙다 하심은 당치 않습니다."

"그래도 고맙소."

"제 마음을 이리 알아주시니 저야말로 고맙습니다. 하지만 너무 걱정 마십시오. 제 마음은 그 어느 때보다 평온하고 충만하니 말입니다."

"나 또한 그렇소."

서로를 향해 모든 것을 내어주기로 결심한 순간 하선도 소운도 더는 거리낄 것이 없어졌다. 환히 웃는 두 사람을 달빛이 축복하며 지켜보고 있었다.

같은 시각, 신치수는 태평관 사신의 침소에 들어 있었다. 신치수가 범차에게 술을 올렸다.

"소신, 병부우시랑의 은혜…… 죽을 때까지 잊지 않고 갚을 것입니다."

"내 고성군을 다시 조정에 들이라 한 것은 오로지 황제 폐하께 바칠 조선의 일만 정병을 얻기 위함이오. 그 점을 잊지 마시오."

"여부가 있겠습니까? 심려 마십시오."

신치수가 교활한 속내를 감추고 공손하게 답했다.

이규는 신치수와 명나라 사신 범차 사이의 밀약을 알지 못했지만 미뤄 짐작 가는 바가 있었다. 조선의 운명이 일촉즉발에 처하기 전에 그를 막을 방도가 시급했다. 날이 밝기를 기다려 편전에 든 이규는 하선에게 명나라와 후금의 정세를 간단히 고했다. 하선이 의아하다는 듯 물었다.

"명나라에서 군사를 내놔라 할 것이라니, 무슨 말씀이십니까?"

"이미 여러 해 전부터 명나라와 후금의 사이가 악화되고 있었다. 명나라의 군병만으로는 후금을 상대하여 이기기 어려울 것이니 우리에게도 군사를 내놓으라고 할 것이다."

"만약 아니 된다 하면요?"

"후금과 전쟁을 하기 전에 우리부터 치려고 하겠지. 허나 명나라에 군사를 내어주면 후금에서도 가만있지 않을 게다. 이미 우리 변방을 침탈하며 겁을 주고 있으니."

"결국 어느 편을 들든 우리가 피를 보게 된다는 말이 아닙니까?"

"이 땅에서 또다시 변란이 일어날 수도 있다."

외교에 대해선 아는 바가 없던 하선이 분이 올라 소리쳤다.

"지들끼리 싸우면 그만이지, 왜 우리까지! 변란을 피할 방도는 없는 겁니까?"

가만히 하선의 말을 듣던 이규가 묘안이 떠오른 듯 날카로운 눈빛으로 물었다.

"줄타기를 해본 적 있느냐?"

"광대이니 당연히 해봤지요. 헌데 줄타기는 어찌?"

"이제부터 내 너와 함께 그 줄타기를 해보려 한다. 해보겠느냐?"

순간 하선의 눈이 빛났다.

그날은 하선이 범차에게 약조한 대로 신치수가 조정에 복귀하는 날이기도 했다. 아들 신이겸을 대동한 신치수가 편전에 위풍당당하게 들어서자 형판과 공판이 나와 신치수를 맞이하며 하례를 올렸다.

"영중추부사(領中樞府事, 정1품 관직)가 되신 것을 감축 드립니다!"

다른 신료들도 고개를 숙이며 맞이했다.

"고맙네. 전하의 은덕일세!"

신치수가 지나가자 서장원과 이한종이 한숨을 쉬며 씁쓸해했다.

"결국 아들 신이겸까지 불러들이고, 누가 보면 다시 좌상으로 복

귀한 줄 알겠구먼."

"어쩔 수 없지요. 전하께서도 명 황제의 입김은 어찌하실 수 없을 것이니."

신치수와 진평군은 은밀하게 시선을 주고받고는 제자리에 섰다. 잠시 후 하선이 편전에 들고 상참이 시작되었다. 하선의 눈길이 신이겸에게로 향했다.

'저 놈을 다시 편전에서 보게 될 줄은 미처 몰랐군.'

싸늘한 분노로 신이겸을 보던 하선의 시선이 신치수에게로 향했다. 이를 신호로 신치수가 공격을 시작했다.

"전하, 오랑캐가 상국에 대한 충정을 저버리고 총공세를 선포했다 합니다. 번국으로서의 소임을 위해 일만 아니라 이만, 삼만의 군사를 내어주어도 아깝다 하시면 아니 됩니다."

하선은 분노로 울컥하며 말을 꺼내려는데 이규가 앞으로 나섰다.

"전하, 군사를 내는 일은 조정의 논의를 거쳐 신중히 결정하심이 옳을 것입니다."

"도승지의 말이 옳습니다. 상국의 일이 중하다 하나 올해는 가뭄과 한파로 군량미를 마련하기 어려우니 상국에 양해를 구하는 답서를 보내심이 어떨지요?"

이한종까지 말을 보태자 신치수가 노려보며 끼어들었다.

"당치않은 소리요! 전하! 지난 변란에 명나라가 군사를 내어주어 변란을 평정할 수 있었던 것을 잊으시면 아니 되옵니다! 조금이라도 꺼리는 기색을 보인다면 이는 곧 부자간 도리를 저버리는 일이 될 것입니다! 부디, 부디 통촉하여주시옵소서!"

신치수는 당당하게 말하며 하선에게 고개를 숙였다.

"통촉하여주시옵소서!"

신치수 쪽 신료들이 모두 엎드리며 외쳤다. 진평군도 합세했다.

"그리할 수 없소!"

하선이 분노하며 거부하자 신치수가 뱀처럼 고개를 쳐들고 공격해 들어왔다.

"전하! 어찌 은혜도 모르는 자식이 되려 하십니까!"

"명나라와 이 나라가 부자지간이라면 난 백성들과 부자지간이오! 아비가 되어 죽을 줄 뻔히 알면서 어찌 자식을 불구덩이로 쳐 넣는 일을 할 수 있단 말이오! 내 명나라 황제 앞에 죄인이 될지언정 백성들에게 죄인이 될 수는 없소!"

신치수는 하선의 말에 충격을 받았다.

"지금 그 말씀은 의리와 도리를 모두 끊어내는 참혹한 말씀이십니다! 사대부와 유생들의 반발을 어찌 감당하시려 이런 무도하고 불의한 말씀을 함부로 하십니까!"

"명나라에게 충성을 바치지 못해 그리 마음이 괴롭소? 허면 내 허락할 것이니 고성군이 직접 사대부들과 유생들을 이끌고 출병하시오!"

형판과 공판은 물론 신치수 쪽 신료들이 일순 조용해졌다.

"어찌들 가만히 있는 게요? 내 허락한다는데! 간다는 게요, 아니 간다는 게요?"

"전하······, 그는 참으로 말이 되지 않는 억지시옵니다. 소신들은."

"닥치시오!"

하선이 형판의 말을 잘랐다.

"대체 경들은 어느 나라 신하요? 제 핏줄은 소중히 여기면서 백성은 소중히 여길 줄 모르다니! 부끄러운 줄 아시오!"

이규는 옅은 미소를 지으며 하선의 말을 듣고 있었다. 하선이 벌떡 일어나 나가자 조내관이 뒤를 따랐다.

편전에서의 일을 들은 범차가 짐을 싸는 사령들을 향해 분노하며 소리쳤다.

"뭘 꾸물거리는 게야! 서두르지 않고!"

이때 이규가 안으로 들어섰다.

"병부우시랑께 인사 여쭈옵니다."

"죽여달라 사정하러 온 것은 아닐 테고, 무슨 일로 온 게냐?"

"전하의 하명을 받잡고 말씀을 전하러 왔습니다."

"허튼소리라면 내 그대의 목을 베어 황제께 가져갈 것이오."

"일단 전하의 전언은 듣고 베시지요."

이규는 웃음을 지으며 말했다.

"조선은 명나라와 달리 농민과 군병을 따로 나누어 양성하지 않습니다. 군병을 내어드리려면 따로 징병하여 훈련을 시켜야 하는데 그럴 시간이 너무나 부족합니다. 더군다나 올해는 가뭄과 한파로 세수를 많이 걷지도 못했습니다. 하여 전하께서 군병을 내어줄 수 없다 하신 겁니다. 시간을 주신다면 정병을 뽑아 훈련시키고 군량미도 마련할 수 있을 것 같다 하시는데 어찌하시겠습니까?"

범차는 가늠하듯 눈을 가늘게 뜨고 이규를 보다가 물었다.

"얼마나 시간이 필요한가?"

"이 년은 필요합니다."

"말도 안 되는 소리! 일 년 유예해주겠네."

"좋습니다. 전하께 그리 고하지요."

범차와의 이야기를 마친 이규는 곧장 하선에게로 향했다. 그렇게 하선과 이규의 줄타기가 끝으로 다다르고 있었다. 하선 앞에 이규가 서찰 하나를 펼쳐놓았다.

"이게 무엇입니까?"

"후금 누르하치에게 보내는 밀서다."

놀란 눈으로 바라보는 하선에게 이규가 침착하게 서찰의 내용을 설명했다.

"명나라에 군사를 내어주지 않을 것이고 전쟁이 일어나도 후금의 후방을 치지 않겠다고 적었다. 이 밀서를 보내면 후금의 공격을 당분간 막을 수 있을 것이다. 하선이 너도 나와 뜻이 같다면 이 밀서에 옥새를 찍어라."

"정녕 제가 찍어도 되는 건지 모르겠습니다."

"네가 아니면 누가 옥새를 찍을 수 있단 말이냐?"

하선은 그 말에 결심한 듯 밀서를 보고는, 옥새를 들어 찍었다. 이규가 감격스러운 표정으로 하선을 바라보았다.

그날 밤 이규는 봇짐장수 차림의 동아격에게 옥새가 찍힌 밀서를 건넸다.

"전하의 밀서네. 부탁하네."

"맡겨주십시오!"

이규는 동아격이 떠나는 모습을 보고 자리를 떴다.

동아격은 밀서를 품에 넣고 산길을 걸어갔다. 그때 뒤쪽에서 나뭇가지가 부러지는 소리가 들려왔다. 동아격이 놀라 돌아보며 오랑캐가 쓰는 독특한 모양의 단검을 꺼내 들었다. 하지만 거센 산바람에 나뭇가지들이 부딪히는 소리만 들려왔다. 동아격은 잠시 주변을 살피다가 단검을 품에 넣고 다시 걷기 시작했다. 그 모습을 나무 뒤에 숨어 주시하는 이가 있었다.

한편 진평군은 한일회와 수하들을 거느리고 경계 어린 눈빛으로 주변을 살핀 뒤 신치수 집 대문 안으로 들어섰다.

"어찌 이리로 오라 한 것이오. 누가 보면 어쩌려고?"

진평군이 살짝 짜증을 내며 신치수에게 말했다.

"진평군을 만나고 싶어 하시는 분이 계셔서 이리로 모셨습니다."

신치수의 말과 함께 중문이 열리자 신치수가 앉는 상석에 명의 사신 범차가 앉아 있었다. 진평군은 범차 앞에 공손히 앉았다. 그의 앞에 큰 함이 놓여 있었다.

"이게 무엇이오?"

범차가 신치수에게 물었다.

"진평군께서 병부우시랑을 위해 준비한 것입니다."

진평군은 몰랐던 일이라 얼떨떨해하며 신치수를 보았다. 신치수는 그런 줄 알라는 듯 눈짓했다. 함에는 은자가 가득했다. 범차가 만족스러운 표정으로 말했다.

"명을 섬기는 마음이 남다르다더니. 고성군의 말이 맞았구려."

"제 이제껏 입은 황은(皇恩)에 비하겠습니까?"

진평군이 고개를 조아렸다.

"도승지 그자가 일 년을 유예해달라 하길래 내 심히 괘씸하게 여기고 있었는데, 경들을 보니 이제 안심이오."

"부디 황제 폐하께 조선에 명나라를 바로 섬기는 훌륭한 신하가 있다는 것을 꼭 고해주십시오."

"염려 마시오. 대신 반년 안에 이만 정병을 내놔야 할 것이오."

"제가 용상에 오를 수 있다면 무엇인들 못 드리겠습니까?"

신치수는 진평군과 범차의 대화를 들으며 보이지 않는 금상을 향해 회심의 미소를 지었다.

'충신을 쳐내면 결국 이리 되는 겁니다, 전하.'

소운이 하선에게 청했던 사흘이 지나갔다. 하선이 소운을 대동하고 대비전에 들자 대비가 매서운 눈길로 두 사람을 노려보았다.

"대비마마, 중전이 환궁하여 함께 인사를 올리러 왔습니다."

"대비마마, 그간 강녕하셨습니까?"

대비는 분노하며 벌떡 일어나 소운에게 다가섰다.

"중전에겐 수치심이 없는 게요? 그리 궁을 나갔으면 자결하여 치욕을 면해야 마땅하거늘, 이리 도둑고양이처럼 몰래 환궁하다니!"

소운은 대비의 도발에도 묵묵하게 서 있었다. 굴욕을 감내하고 버티는 것이 소운이 할 수 있는 전부였다. 하선이 소운을 대신하여 대비에게 맞섰다.

"중전을 모욕치 마십시오! 제가 허락한 일입니다."

"그러니 문제가 아닙니까! 주상이 이리 물썽하게 나오니 중전이 감히 국모의 자리를 욕보이는 게요. 하여 내 더는 중전의 방자함을 두고 볼 수가 없구려. 중전! 사람으로서의 염치란 게 있다면 조정에서 들고 일어나 폐서인하고 사약을 내리기 전에 스스로 물러나야 마땅할게요!"

"송구하오나 그리할 수 없사옵니다."

소운은 담담하게 말하자 대비가 더욱 거세게 몰아붙였다.

"뭐라? 결국 욕되게 살아 주상과 이 나라 왕실에 누를 끼치겠다? 내 그간 중전의 충심만은 의심치 않았는데, 이제 보니 지금까지 그것은 모두 역적 아비를 살리고 자리를 보전하기 위한 사특한 계략이었던 모양이오?"

대비의 입에서 아버지의 이야기가 나오자 소운의 눈가가 분노로 붉어졌다. 그때 하선이 끼어들어 목소리를 높였다.

"그만하십시오! 계속 이리 중전을 괴롭히신다면 저도 더는 참지 않을 것입니다!"

"참지 않으면요! 또 날 별궁으로 내쫓겠다 겁박할 작정이오?"

하선의 말문이 막혔다. 이헌이 잠시 환궁했을 때 대비를 겁박했다는 것을 추측할 수 있었다. 이를 놓칠 새라 대비가 압박하듯 말을 이어갔다.

"주상이 나를 어미라 생각지 않고 불효와 불충 또한 두려워하지 않는다는 것 잘 알고 있소. 별궁으로 내쫓고 싶으면 어디 한번 해보세요. 내가 망하나 주상이 망하나!"

"제가 없는 사이 도승지에게 옥새와 병부를 가져오라 명하신 것이 조정과 백성들에게 알려져도 말입니까?"

대비가 옥새와 병부를 탐했단 사실을 몰랐던 소운이 놀라서 대비를 쳐다보았다. 대비가 변명하듯 입을 열었다.

"그건……, 그건 주상이 궐을 비워 내 피치 못해 그런 명을 내린 게요."

"그리 변명하고 싶으시겠지요. 허나 제가 궐 밖에서 자객의 습격을 받은 것까지 알려지면, 누가 대비마마의 말씀을 믿겠습니까?"

이번엔 대비의 말문이 막혔다. 대비의 매서운 눈빛에 하선이 쐐기를 박듯 말했다.

"더는 이 일로 중전을 모욕하지 마십시오. 한 번만 더 그리하시면 아무리 대비마마라 해도 제가 용서치 않을 것입니다."

분을 참느라 부들부들 떠는 대비를 보며 하선이 담담하게 말했다.

"그럼 중궁전의 환궁을 허락하신 것으로 알고 물러가겠습니다."

하선이 소운과 함께 대비전을 나가자 겨우 버티고 서 있던 대비가 그 자리에 주저앉았다. 대비는 분노를 참지 못하고 괴물 같은 비명을 지르며 바닥을 쳤다.

하선과 이규의 줄타기는 성공적으로 끝이 난 듯 보였다. 신치수가 조정에 복귀했지만 하선과 이규가 진행하고 있던 일들은 차질 없이 진행되었다.

대동법 시행을 앞두고 주호걸이 보고한 문서들을 살피던 하선이 감탄하며 말했다.

"대동법 시행이 이리 빨리 다가오다니, 참으로 장한 일을 했네."

"알아주시니 다행입니다. 뭐, 도승지 영감이야 동의하지 않겠지만……."

이규는 주호걸이 무슨 이야기를 하려고 이러는지 의아해하며 쳐다보았다. 주호걸이 우쭐한 표정으로 말을 이었다.

"제가 생각해도 제가 좀 잘합니다. 이것 말고도 보여드릴 게 많으니 기대해주십시오!"

하선은 부담스러운 듯 억지로 미소를 지었다.

"알겠네. 그만 물러가게."

"벌써요? 궁금하신 일 있으시면 더 물어보셔도 되는뎁쇼."

"그만 물러가시라 하지 않소?"

조내관이 나가지 않으려고 버티는 주호걸을 끌고 나갔다. 신하가 임금을 사모하는 일은 권장할 일이지만 주호걸은 과한 감이 있었다.

대전에서 쫓겨나듯 나온 주호걸이 시무룩한 얼굴로 걸어가는데 장무영이 뒤에서 '나으리!' 하며 주호걸을 불렀다. 주호걸은 그것이 자길 부르는 소리란 것을 인지하지 못하고 계속 걸어갔다.

"나으리!"

장무영이 주호걸의 어깨를 잡았다.

"장무관, 어찌 그러는가?"

나으리라 불린 것에 기분이 좋아진 주호걸이 장무영에게 쓱 다가서자 장무영이 뒤로 물러섰다. 무엇이든 시간이 흐르면 익숙해지는 법이거늘, 장무영은 도무지 주호걸이 익숙해지지 않았다.

"도승지 영감께서 전하라 하셨습니다. 댁에 머물고 있는 자들을 내일 밤 데리러 갈 것이니 준비시키라 하십니다."

"내일 밤? 그리 빨리 말인가?"

달래, 갑수와 헤어져야 한다 생각하니 주호걸은 마음이 무거워졌다. 주호걸이 서운해하는 모습을 보며 장무영은 그가 참으로 정이 많은 자라고 생각했다.

편전에서의 정무를 마치고 대전으로 돌아온 하선이 조심스럽게 이규에게 말했다.

"대동법을 시행하기 전에 백성들이 어찌 생각하는지 알면 좋을 듯한데. 이전에 실패한 적이 있으니 말입니다."

어느새 이런 생각까지 하고 있었다니, 점점 임금답게 생각하고 행동하는 하선의 성장이 이규는 기특하고 반가웠다.

"허면 거둥을 나가겠느냐?"

"거둥이요?"

"저잣거리에 나가 대동법 시행에 대한 백성들의 의견도 듣고 백성들의 상한 마음도 어루만져준다면 네게도 도움이 될 게다. 한번 해보겠느냐?"

"예, 하겠습니다. ……달래와 갑수 아재는 어디 있습니까?"

"만나고 싶은 게로구나."

"만나고 싶은 마음은 굴뚝같지만 이제 더는 만나선 아니 되겠지요."

"그런 생각을 하고 있었느냐?"

"중전마마께서 저를 위해 결단하시는 것을 보고 깨달았습니다. 저를 따르는 자들과 제가 감당해야 할 용상의 일들을 위해, 달래와 갑수 아재를 위해, 저 또한 언젠가는 제가 지금까지 간직해온 인연들을 끊어내야 할 때가 되었다는 것을요. 그래야 달래도 안전해진다는 것을 말입니다."

이규는 마음이 복잡해졌다. 하선은 애써 담담하게 말을 이었다.

"달래와 갑수 아재를 되도록 빨리 안전한 곳으로 보내주십시오. 그래야 제가 마음을 끊어내기 쉬울 듯합니다."

"알았다. 그리하마."

하선은 서안 서랍에서 작은 주머니를 하나 꺼내와 이규에게 건넸다. 개암나무 열매가 잔뜩 들어 있는 주머니였다.

"제 누이 달래에게 전해주십시오."

"오냐, 내가 잘 챙겨 보내마."

하선이 침전에서 서책을 읽고 있는데 조내관이 함을 가져와 서안에 올려놓았다.

"이건 무엇이오?"

"밤참이옵니다."

"내 분명 당분간 밤참은 끊겠다 말했던 것 같은데."

"산청에서 진상한 귀한 곶감이온데, 이것만큼은 차마 끊을 수가 없어……."

조내관은 뚜껑을 열어 보이며 입맛을 다셨다.

"이게 그리 맛이 좋단 말이오?"

하선이 곶감을 집어 한입 먹어보았다. 그 맛에 감탄사가 절로 나왔다. 조내관은 먹고 싶다는 눈빛으로 간절하게 하선이 든 곶감을 쳐다보았다.

"조내관! 이건 모두 중궁전으로 보내시오. 이리 맛난 건 나눠먹어야지요."

하선은 곶감 한 개를 자기 몫처럼 빼놓고 함을 밀었다.

"예에? 예……."

조내관이 실망하며 돌아서는데 하선이 빼놓은 곶감 한 개를 내밀었다.

"아, 이건 조내관 것이오!"

조내관은 곶감을 든 하선의 손을 잡으며 그제야 함박 웃었다.

잠시 후 중궁전 침전에서 애영은 조내관이 건넨 곶감이 든 함을 소운의 서안에 내려놓으며 고했다.

"중전마마, 전하께서 보내신 밤참이옵니다."

"곶감이구나."

"이 서찰도 함께 전하라 하셨답니다."

소운은 서찰을 받아 기쁜 마음으로 펼쳐보았다.

> 내일 도성 밖으로 백성들을 살피러 거둥을 나갈 참이오. 나
> 와 함께 가시겠소?

하선의 초대에 소운의 눈이 휘둥그레 커졌다.

다음 날 아침 달래와 갑수가 길 떠날 채비를 하고 있는데 주호걸
이 밥상을 들고 들어왔다. 짐을 싸느라 바쁜 달래와 갑수를 서운한
듯 바라보던 주호걸이 순간 고개를 갸웃거렸다.

"내 집에 올 때는 분명 빈손으로 왔던 것 같은데 어찌 이리 짐이
많아졌는가?"

"야? 그란 것 없는디요?"

갑수는 등으로 가리고 뭔가 숨기듯 쌌다. 주호걸이 얼른 갑수가
숨기는 것을 가로챘다.

"이건 뭔가?"

"아, 안 뒤어라!"

"이건…… 벽서가 아닌가!"

달래와 갑수는 둘 다 얼어붙어 주호걸의 반응을 살폈다.

"진작 말하지! 자네들도 나처럼 임금님을 좋아하는 모양이구먼?"

"고것이 뭔 말씀이다요? 이 벽서의 얼굴이 임금님이라고라?"

"설마 그것도 모르고 이 벽서를 간직하고 있었던 게야?"

달래와 갑수는 믿을 수 없었다. 신이 난 주호걸은 두 사람의 표정을 살피지 못하고 혼자 들떠서 계속 말했다.

"맞다! 오늘 전하께서 저잣거리에 친히 백성들을 보러 거둥을 나오신다는구나. 어디로 나오시려나? 백성들이 이 잘난 용안을 뵙는 광영을 누리게 되다니. 세상 참 많이 바뀌지 않았느냐?"

잠시 후 주호걸이 관복 차림으로 방에서 나왔다. 갑수와 달래가 따라 나왔다.

"그럼 자네들 떠나기 전에는 퇴궐할 것이니 가지 말고 기다리게. 내 거하게 한 상 차려줌세!"

달래와 갑수는 주호걸이 가는 것을 확인하고 서로의 얼굴을 보았다. 달래가 비장한 얼굴로 갑수를 불렀다.

"아재!"

"암만 그라도 여서 나가는 건 안 뒤야."

"임금님 얼굴이 오라바니 얼굴이랑 똑같다 안 허요? 오늘 밤이면 도성을 떠나야 허는디, 그전에 나가 요 눈으로 꼭 봐야겠소! 겁나면 아재는 집에 계시오."

"아야, 달래야!"

달래가 쌩하고 나가버리자 갑수는 말리듯 따라갔다.

그 시각 이규는 운심에게 작은 보따리 하나를 건넸다. 운심이 받아 펼쳐보니 엽전 꾸러미들과 개암나무 열매가 든 작은 주머니가 나왔다. 운심이 걱정스러운 표정으로 물었다.

"나으리, 결국 하선이는 달래를 보러 오지 않는 겁니까?"

"그리되었다. 운심이 네가 달래에게 이것을 전해다오."

"달래가 많이 서운해하겠네요. 알겠습니다. 그리하지요."

남매의 상봉을 막은 것 같아 이규의 마음은 무거웠지만 하선의 결단이었다.

그날 오후 이규는 직접 하선을 호종하고 거둥에 나섰다. 장무영과 호위무관들이 삼엄하게 경계를 서며 따랐다.

"전하, 어디로 가시겠습니까?"

"임금님이 나타날 거라고 아무도 생각지 못할 곳으로 가볼까 하네."

하선이 다다른 저잣거리에 사람들이 분주하게 오가고 있었다. 주막은 국밥을 먹는 이들로 가득했다. 말을 타고 가던 하선은 저잣거리 주막 앞에서 멈췄다. '금상 전하 납시오!' 소리에 국밥을 먹던 백성들이 놀라 일어서다 밥상을 엎을 뻔했다.

"어허, 조심들 하게!"

하선이 다가서자 백성들은 모두 놀라 그 자리에 엎드렸다. 하선은 백성들 손을 하나씩 잡아 일으켜주고는 먹던 것을 마저 먹으라고 했다. 그리고 주모에게 국밥 한 그릇을 달라고 했다. 아이들과 아낙들이 순식간에 사립문 담장 너머로 몰려들었다. 소운도 애영과 장무영을 거느리고 백성들 틈에 끼어 사립문 밖에서 지켜보았다.

"요즘 사는 일들은 어떤가?"

하선이 백성들을 향해 묻자 모두 몸을 빼고 눈치를 보았다. 그때 백성 한 명이 답했다.

"전하의 은혜로 잘 먹고 잘 지내고 있습니다요."

"솔직하게 말해주게. 그래야 나도 자네들을 위한 일을 할 수 있지 않겠나?"

초췌한 백성의 얼굴을 보며 하선이 물었다. 그는 하선의 마음이 진심인지 의심스러웠다.

"잘못 말하면 동헌에 끌려가 치도곤 당할까 두려워 그러는가? 걱정 말고 원하는 걸 고하게."

이규가 나서자 그제야 겨우 입을 열었다.

"그럼 한 가지만……."

"어서 말해보게."

"그것이……, 입에 풀칠하고 살기 너무 어려워 버려진 돌밭을 개간하였는데 인근의 양반들이 벌떼처럼 달려들어 원래 자기네 땅이었다고 우겨 빼앗아갔습니다. 제가 일군 버려진 땅은 제 것으로 삼을 수 있게 허락해주십시오."

"그런 상놈의 자식들을 봤나! 알겠네. 내 허락해줌세!"

"서, 성은이 망극합니다요!"

"헌데 땅 가진 자에게 세를 걷는 대동법이란 걸 시행코자 하는데 그래도 땅을 가지고 싶은가?"

"예, 뭐……."

옆에 있던 자가 말했다.

"가진 만큼 세를 내는 거라면 무슨 문제겠습니까? 가진 것도 없는데 세를 걷어가니 문제지요."

"그렇지! 자네 말이 옳네."

하선이 고개를 끄덕이자 옆에 있던 다른 사람이 불쑥 끼어들었다.

"전하, 제가 보릿고개 때 하는 수 없이 고리대(高利貸)로 쌀 한 말을 빌렸는데 이자를 칠 할이나 내랍니다!"

"칠 할이라니! 그런 양심에 털 난 놈들은 머리털을 죄다 뽑아 짚신을 삼아야 할 걸세!"

하선의 반응에 다른 자도 용기를 내었다.

"전하! 저희 아버지는 환갑을 넘기셨는데도 아직도 관청에서 군포(軍布, 조선 시대에 18세 이상 60세 이하의 군정에게 역을 면제해주는 대가로 받던 베)를 걷어갑니다요."

"어떤 놈인지 삼베옷 입고 관에 들어가고 싶은 게로군!"

"전하, 이놈은 주인이 처를 빼앗아갔습니다요! 이 원통함을 풀어주십시오!"

"전하! 제 얘기도 들어주시옵소서!"

"저도요!"

백성들이 하나둘씩 하선 앞으로 모여들자 장무영이 하선을 보호하기 위해 다가섰다. 하선은 손을 들어 막았다.

"걱정 말게. 내 한 사람씩 모두 이야기를 들어줄 테니. 줄을 서게!"

하선은 줄을 서는 백성들을 흐뭇하게 보다가 사립문 밖에 있던 소운과 시선을 교환했다.

소운은 미소로 백성들 사이에 앉아 있는 하선을 보았다. 이런 날이 오기를 너무도 바랐었다. 하선인 줄 모른 채 후원 연못가에서 함께 돌을 던지며 빌었던 소원이 떠올랐다. 갑자기 온화하고 평온하게 바뀐 지아비를 보며 놀라고 당황했던 소운은 돌을 던져주며 소원을 빌라 하는 하선을 보며 생각했더랬다. 이 순간이 지나가더라도 전하께서 변치 말기를, 언젠가는 성군이 되길 바라온 조정과 백성들의 신망을 저버리지 마시기를. 그때 빌었던 소원은 하선을 향한 것이 아니었지만 소운의 마음은 그때나 지금이나 다르지 않았다. 이제야 그 소원이 이뤄진 듯하여 소운의 마음은 벅차올랐다.

임금이 하선과 같은 얼굴인지를 확인하러 저잣거리로 나온 갑수와 달래는 사람들이 모여 있는 작은 주막을 향해 달려갔다. 이때 반대쪽에서 신이겸이 행랑아범과 수하들을 거느리고 뒷짐을 지고 걸어오다가 작은 주막으로 달려가는 양민들에게 부딪힐 뻔했다.

"저놈이 미쳤나!"

신이겸이 버럭 소리를 질렀지만 상관 않고 달려가는 양민들을 보자 신이겸이 의아하여 행랑아범에게 물었다.

"어찌 이리 소란스러운 게냐?"

"임금님의 거둥 때문인 듯합니다."

"전하께서 어찌 여길!"

하선이 근처에 있다는 말에 화들짝 놀란 신이겸이 달래와 갑수 쪽으로 방향을 선회했다. 이 사실을 알 리 없는 달래와 갑수도 임금 님 얼굴을 볼 수 있다는 생각에 신이겸을 향해 달려오고 있었다. 코 앞에 보이는 작은 주막 쪽으로 사람들이 막 몰려드는 것을 본 달래 가 멈춰 서며 뒤따라 달려오는 갑수에게 말했다.

"아재, 쩌근갑소!"

"쩌그고 뭐고 가면 안 된당께!"

이때 달래의 눈에 마주 오고 있는 신이겸이 들어왔다. 순간 얼어 붙은 달래가 덜덜 떨리는 다리를 겨우 움직여 옆 골목으로 도망쳤다.

"아따, 겁나게 말 안 듣네잉."

뒤쫓아온 갑수가 달래를 보니 달래가 덜덜 떨고 있었다.

"구신이라도 봤다냐, 워찌……."

갑수가 달래의 시선을 쫓았다. 그곳에 신이겸이 서 있었다. 갑수 는 직감적으로 신이겸이 그때 그놈임을 알았다.

"달래야, 저놈이 그때 그놈이여?"

달래는 떨며 고개짓으로 답했다. 갑수는 순간 표정이 구겨지며 신 이겸을 노려봤다.

갑수는 달래를 시전 주인으로 보이는 중년 여인에게 양해를 구해 잠시 쉴 수 있게 하고선 곧장 돌아서 신이겸을 향해 갔다. 난전 앞에 걸려 있는 낫이 보이자 그 낫을 챙겨들었다. 갑수는 곧장 신이겸을 향해 돌진하여 낫을 휘둘렀다. 놀라 도망치려다 엎어진 신이겸이 얼

결에 한쪽 팔을 들어 자신을 방어했다. 갑수의 낫이 신이겸의 팔을
베고 지나갔다.

"흐익! 이게 무슨 짓이냐!"

갑수는 표정 변화 없이 다시 신이겸에게 달려들었다. 신이겸은 사
람들 사이로 도망치며 비명을 질렀다. 갑수가 낫을 들고 다시 달려
들자 신이겸이 소리쳤다.

"이놈을 막아라! 어서!"

신이겸의 수하들이 갑수를 제압했다. 신이겸을 코앞에 두고 베지
못한 억울함과 분통함에 갑수가 하늘을 원망하는 한탄이 섞인 소리
를 내뱉었다.

소란에 놀란 시전 주인들이 거리로 나왔다. 혼자 가게 안에 남아
오들오들 떨고 있는 달래 앞에 누군가 다가섰다. 시전 주인이 다시
가게로 돌아왔을 때는 이미 달래는 사라지고 없었다.

신치수는 행랑아범에게서 용무늬 단검을 건네받았다. 그 단검이
누구의 것인지 알아본 신치수가 흠칫 놀라 되물었다.

"정말 이걸 그 광대 놈의 누이, 달래란 아이가 지니고 있었다고?"

"예, 그러하옵니다."

"내 어쩌면 학산, 그 자의 역심을 드러낼 수도 있겠구먼. 달래란 아
이가 많이 놀랐을 테니 잘 다독이게."

신치수의 얼굴에 묘한 미소가 번졌다.

"예, 그리합죠."

"아, 이겸이는 많이 상한 게야?"

신치수는 그제야 생각이 난 듯 아들의 안부를 물었다.

"아닙니다. 많이 놀라고 팔을 조금 다치셨을 뿐입니다."

"되었다. 내 당장 형판을 보러 갈 것이니 채비해라!"

"예, 대감마님!"

거둥에서 돌아와 용포로 갈아입은 하선의 표정은 모처럼 편안했다. 하선이 이규, 조내관, 장무영을 거느리고 편전 마당을 지나는데 형판이 급히 달려왔다.

"전하, 송구하오나 긴히 고할 일이 있어 왔습니다!"

"무슨 일이오?"

"도성 안에서 강상의 법도를 어기는 사건이 발생하였사옵니다. 삼성추국(三省推鞫)을 청하오니 윤허해주십시오."

"삼성추국?"

삼성추국은 의정부, 사헌부, 의금부의 관원들이 합의하여 삼강오륜을 범한 죄인을 국문하는 일을 이르는 말이었다. 도승지가 모르는 삼성추국이라니, 이규가 날카로운 시선으로 형판에게 물었다.

"무슨 사건인지 상세히 고해야 윤허를 하실 게 아닙니까?"

"오늘 아침 전하께서 거둥 나가셨을 때, 영중추부사 신치수의 아들 신이겸이 저잣거리에서 공격을 당했습니다."

신이겸이 공격을 당했다는 말에 이규는 심장이 내려앉았다. 하선은 순간 달래와 갑수의 일임을 직감했다.

"신이겸이? 대체 어쩌다가 그리되었다 하던가?"

"그것이, 갑수라는 이름의 천한 광대가 느닷없이 공격을 했답니다."

갑수라는 이름이 나오자 하선은 자리에 얼어붙었다. 형판을 돌려보내고 침전으로 서둘러 들어온 하선이 굳은 표정으로 이규에게 말했다.

"제가 가서 갑수 아재를 만나야겠습니다."

"아니 된다. 그간 신치수가 널 찾고 있었으니 십중팔구 그자가 판 함정일 가능성이 크다."

이규가 자리를 박차고 나가려는 하선을 막아섰다. 하선이 소리를 높였다.

"그러니 제가 가야 합니다! 달래와 갑수 아재가 위험할 것이니!"

"자중해라. 네가 가면 오히려 더 위험해질 수도 있다!"

하선은 불안과 두려움을 누르며 물었다.

"그럼 제가 어찌해야 합니까?"

"날 믿고 기다려라. 내 알아보고 오마."

이규는 하선을 진정시키고 급히 의금부로 향했다.

거둥에서 돌아와 애영의 수발을 받으며 중전 복색으로 갈아입던 소운에게도 소식이 전해졌다. 소운이 놀라서 물었다.

"광대가 양반을 공격했다니, 그게 무슨 소리냐?"

"저잣거리에서 광대 하나가 낫을 들고 덤벼들었다 합니다. 비천한 자가 양반을 공격했다 하여 편전은 물론 도성 안팎이 이 사건으로 시끌벅적하다는데요."

광대가 얽힌 사건이라니, 소운은 왠지 모르게 불안해졌다.

이규는 의금부 마당에 급히 들어섰다. 먼저 도착한 주호걸이 의금 부도사에게 따지고 있었다.

"아, 글쎄! 저 갑수와 함께 달래란 아이도 잡혀왔을 거라니까!"

"어허! 내 없다고 몇 번을 말하는가! ……영감!"

주호걸을 얕보듯 대하고 있던 의금부도사가 이규를 보고는 얼른 예를 갖췄다.

"형님! 형님도 달래와 갑수 소식 듣고 왔소?"

주호걸은 울상이 되어 이규에게 달려가 안기듯 매달렸다. 그 모습 에 의금부도사는 흠칫했다. 주호걸이 이규에게 말했다.

"형님, 어쨌든 잘 왔소! 이 금부도사한테 달래가 어딨는지 물어주 시오!"

"영감을 아시는 분이셨습니까? 그럼 진작 말씀하시지……."

"전하의 명으로 강상죄인을 보러 왔네. 갑수란 자만 잡혀온 겐가? 달래라는 계집아이는 없었는가?"

"예, 처음부터 혼자였습니다. 달래란 아이는 없었습니다."

"알겠네. 내 다시 부를 것이니 가서 일 보게."

의금부도사가 예를 갖추고 물러가자 주호걸이 분노하며 말했다.

"저거 거짓말이오! 분명 달래가 여기 잡혀 있을 거요!"

"어찌 그리 장담하는 게냐?"

"달래 그 아이가 임금님만 쓰실 법한 용무늬가 있는 단검을 지니고 있었소. 천한 재인이 그런 어물을 갖고 있으니 의금부에 잡혀온 거라 생각하고 내 달려온 건데!"

순간 이규의 뇌리에 오래전 일이 떠올랐다. 세자시강원 문학으로 봉직하던 때였다. 왜적이 쳐들어왔다는 장계를 받은 선왕께서 이헌에게 분조(分朝, 임시 조정)를 명하신 후 그 증표로 용무늬 단검을 하사했다. 이헌은 갑작스런 선왕의 신임에 놀라 믿을 수 없다는 표정으로 이규를 바라봤었다. 용무늬 단검이라면 그 단검임이 틀림없었다. 그때 이후로 이헌은 그 단검을 품에서 떼어놓지 않으려 했다.

"형님, 대체 그게 무슨 검인데 그러시오?"

"그건 전하께서 변란 때 세자 책봉 시 선왕께 받으신 어물이다!"

"예? 그런 귀한 걸 어찌 달래가 지니고 있단 말이오?"

놀란 주호걸을 뒤로하고 이규는 황급히 의금부를 나서서 궁궐을 향해 달려갔다.

그 시각, 신치수는 함을 들고 하선에게 알현을 청하고 있었다. 뜻밖의 알현에 조내관이 근심하며 하선에게 고했다.

"전하, 감이 좋지 않사옵니다. 그냥 물리시는 게 어떠신지요?"

"아니오. 갑수 아재와 관련된 일이니 내가 들어야겠소."

조내관이 문을 열자 신치수가 함을 들고 들어왔다.

"전하, 소신 전하께 긴히 고할 것이 있어 왔습니다. 주변을 물려주십시오."

하선은 긴장하며 신치수를 보다가 조내관에게 고개를 끄덕였다. 신치수와 단둘이 남은 하선이 먼저 입을 열었다.

"내 소식은 들었소. 아들 신이겸이 저잣거리에서 공격을 당했다 하던데, 많이 다쳤소?"

"몸이 상한 것보다 지엄한 반상의 법도가 상한 것이 문제가 아니겠습니까?

차라리 제 핏줄을 감싸고 돌았다면 덜 화가 났을 것이다. 하선이 분노를 감추지 않고 신치수를 노려보며 물었다.

"긴히 고할 말이 있다 하지 않았소?"

"예. 소신, 전하께 보여드릴 게 있어 가져왔습니다. 열어보십시오."

하선은 신치수가 내민 함을 열어보았다. 용무늬 단검이 있었다. 신치수가 교활한 목소리로 말을 건넸다.

"전하, 이것이 무엇인지 기억하십니까?"

하선은 신치수의 말에 자신이 시험에 걸려들었음을 깨달았다.

"……이걸 어찌 경이 가지고 있는 게요?"

"실은 제 아들놈을 공격한 광대 놈과 함께 있던 달래란 계집아이가 지니고 있던 것입니다."

생각보다 잘 피해가는 하선에게 신치수가 마지막 미끼를 던졌다.

"그 단검은 명나라 황제께서 전하께 선물로 하사하신 것인데 그 천한 광대가 지니고 있다는 게 믿기지 않아 전하께 보이고자 가져왔습니다. 늘 지니고 계시던 그 검이 맞는지 확인해보십시오."

하선은 용무늬 단검을 확인하는 척 조심스럽게 살폈다. 이규 없이 하선이 홀로 이 시험을 빠져나갈 방도는 하나뿐이었다.

"그러고 보니 생각이 났소. 내 낮에 거둥 나갈 때 지니고 있었는데 그때 흘린 모양이오."

"전하, 분명하옵니까?"

"그렇소. 분명하오."

하선의 말이 끝나자마자 신치수의 표정이 미묘하게 변했다. 웃는 듯 환해진 표정으로 신치수가 말했다.

"그 검은 지난 변란 때 선왕께서 전하를 세자로 책봉하시고 분조를 맡기시며 그 징표로 주신 것이다!"

함정인 줄 알면서도 피하지 못했음을 깨달은 하선이 얼어붙어 신치수를 바라보았다. 엎드려 있던 신치수가 낮췄던 허리를 꼿꼿이 펴며 일어났다.

"네 이놈……, 네 정체를 밝혀라."

하선이 발뺌할 작정으로 입을 열려는데 신치수가 선수를 쳤다.

"달래라는 계집아이가 지금 내 손안에 있다. 바른대로 대거라. 넌 누구냐!"

더는 빠져나갈 구멍이 없어 보였다. 하선은 이내 결심한 듯 서안 서랍을 열어 주머니 하나를 꺼내 안에 든 것을 신치수 앞에 던졌다.

엽전 두 냥이었다.

"오냐! 내가 그때 그 개 값 두 냥이다!"

예상치 못한 당당한 선언이었다. 순간 멍하니 하선을 바라보던 신치수가 환희에 찬 표정으로 큰 소리로 웃기 시작했다. 하선이 제 앞에 서 있는 원수를 죽일 듯이 노려보았다.

개값두냥

어두운 대전 안, 용포를 입은 하선과 관복을 입은 신치수가 베일 듯 날 선 긴장감으로 대치한 채 서 있었다. 신치수의 비웃음 섞인 쩌렁쩌렁한 웃음소리가 지엄한 대전을 범하며 울려 퍼졌다.

신치수는 그간 이상하게도 어심을 하나도 볼 수 없었다. 그렇게 돈줄과 세력이 하나씩 잘려나가게 된 위기 상황에 용무늬 단검으로 덫을 놓았더니 드디어 천한 광대 놈이 자신의 정체를 드러낸 것이다. 신치수는 도승지 이규를 제거하고 용상의 주인마저 바꿀 수 있는 절호의 기회를 틀어쥐게 되었다 확신했다.

이윽고 웃음소리가 멈췄다. 대전에 잠시 정적이 흘렀다. 신치수가 먼저 입을 뗐다.

"내 아무리 찾아도 없더니, 대궐 안에 숨어 있었구나."

"내 누이 달래 손끝 하나라도 다치면 네놈을 결코 살려두지 않을 게야!"

하선은 분노를 누르지 않고 신치수를 매섭게 노려보며 소리쳤다. 얼굴부터 목소리까지 용안을 빼다 박은 듯 닮은 하선의 호통에 순간 신치수가 움찔하며 하선을 보더니 이내 입가에 웃음이 번졌다.

"이놈, 아주 잘 노는구나. 알고 보는데도 순간 전하인 줄 알았다. 학산 말고 너의 정체를 아는 자가 또 있느냐?"

하선은 대답하지 않고 신치수를 노려봤다.

"허긴 감히 나눌 수 없는 비밀이긴 하다. 전하께선 어디 계시느냐? 언제 오신다 하셨느냐?"

하선은 순간 이규가 했던 말을 떠올렸다. '천둥벼락처럼 들이닥치실지, 새벽 동살 잡히듯 돌아오실지, 그건 알 수 없다'고 하선이 답하자 신치수가 픽 하고 웃었다.

"당장 돌아오신대도 상관없다. 네가 가짜고 학산이 널 내세워 국정을 농단했다는 것을 밝히면, 그것을 용인한 전하도 용상을 지키기 어려울 것이다. 내 너에게 네 누이를 살릴 방도를 알려주마. 지금 당장 직접 중죄인을 신문하겠다 어명을 내려라. 허면 내 오늘 밤 천한 광대 놈을 용상에 앉혀 국정을 농단한 학산을 처벌하고! 간신에게 놀아난 임금을 용상에서 몰아낼 것이다!"

순간 하선의 얼굴이 굳어졌다. 신치수는 하선이 겁을 집어먹었다 생각했다. 하선이 긴장된 표정으로 말했다.

"그전에 내 동생 달래가 무사한지 봐야겠다!"

"오냐, 동생을 살리고 싶겠지. 먼저 무릎을 꿇어라."

하선은 당황했지만 움직이지 않았다.

"살리고 싶지 않은 게냐?"

신치수가 몰아붙이자 분노에 찬 눈빛으로 노려보던 하선이 그 앞에 무릎을 꿇었다. 신치수의 발끝에 자신이 던진 엽전 두 냥이 보였다. 천하다는 이유로 달래를 개 취급하는 신치수를 제대로 밟아 숨통을 끊어놓으리라 맹세하며 다시 궁으로 돌아왔던 때가 떠올랐다. 하선은 이를 악물었다.

"친국(親鞫, 임금이 중죄인을 친히 신문하던 일)하는 자리에 나가면 죄인으로 도승지를 불러라. 그러면 네 누이를 증인으로 부르겠다."

"……알겠소. 그리하겠소."

순순히 답하는 하선을 보며 신치수의 입가에 만족스러운 미소가 번졌다.

중궁전에서 서책을 읽던 소운이 밖에서 들려오는 소란스러운 소리에 고개를 들었다. 소운의 수발을 들기 위해 앉아 있던 명상궁도 그 소리에 놀라 바깥을 내다봤다.

"이게 무슨 소란가?"

"송구하옵니다. 알아보고 오겠습니다."

명상궁이 일어서려는 순간 애영이 다급하게 들어서며 소리쳤다.

"중전마마! 큰일 났습니다! 전하께서 친국을 명하셨다 합니다!"

"친국? 낮에 일어난 강상죄 때문이라면 삼성추국일 것인데, 정녕 친국이라 하더냐?"

"예! 지금 빈청 마당에 형틀을 들인다며 난리도 아닙니다!"

생각지 못한 상황에 소운의 표정이 긴장으로 굳어졌다.

한편 궐 밖으로 이규를 찾아 나가려던 장무영은 궐내각사로 급히 들어서는 이규와 마주쳤다.

"영감! 안 그래도 영감을 찾으러 가던 길이었습니다. 신치수 대감이 대전에 들고 나서 친국을 하겠다는 어명이 내렸습니다!"

"친국?"

"벌써 빈청 마당에 형장을 마련하는 중입니다. 위관(委官, 죄인을 심문할 때 대신들 가운데서 임시로 뽑아 임명하는 재판장)들은 이미 당도해 있습니다."

심상치 않은 기운을 느끼며 이규가 빈청 쪽을 바라보다가 장무영에게 명을 내렸다.

"지금 당장 무영이 네가 다녀올 곳이 있다."

"하명하십시오!"

궐 빈청 마당에는 이미 친국 준비가 끝나 있었다. 낮처럼 환하게 밝혀놓은 횃불에 위관들의 긴장된 표정이 드러났다. 진평군과 형판, 공판까지 신치수 쪽 사람들로 채워진 여덟 명의 위관들이 어좌 아래에 서 있고 맞은편에 의자 형틀이 놓여 있었다. 의금부도사와 나졸들은 죄인을 불러오는 즉시 고문할 준비를 하고 있었다. 한쪽에 놓인 책상에 앉아 기록할 준비하고 있던 주서 하윤은 빈청으로 들어서는 이규를 보고 일어나 예를 갖췄다. 이규가 위관들 옆에 서자 때마침 신치수가 들어섰다. 뒷짐을 지고 당당하게 들어서는 신치수를 이규가 못마땅한 듯 노려보았다.

"금상 전하 납시오!"

조내관의 아뢰는 소리와 함께 하선이 빈청 마당으로 들어섰다. 얼굴이 사색이 되어 자신과 눈도 마주치지 않는 하선을 보자 이규는 불안해졌다. 강상죄 때문이라면 삼성추국이 분명한데 갑자기 임금이 중죄인을 직접 심문하는 친국이라니, 의금부에 다녀오느라 자리를 비운 사이 하선에게 무슨 일이 일어난 게 분명했다. 이규는 달래가 지니고 있던 이헌의 단검이 아무래도 마음에 걸렸다.

모두가 예를 갖춰 하선에게 절을 하는 사이, 이규가 다시 하선을 보았다. 하지만 하선은 이규의 시선을 외면한 채 어좌에 앉았다.

"전하, 이제 신문받을 자를 호송해오고자 하오니 죄인의 이름을 밝혀주십시오."

형관의 말에 순간 긴장한 하선이 이규 쪽을 바라보았다. 이규를 바라보는 신치수는 득의양양했다.

"도승지……, 도승지는 앞으로 나오라."

도승지를 부르는 하선의 입이 파르르 떨렸다. 흠칫 놀란 이규가 앞으로 나섰다.

모두들 놀라며 하선과 이규를 번갈아 바라보았다. 신치수만이 환희에 찬 표정으로 이규를 보았다.

"증인을 부르라."

신치수 쪽을 보며 하선이 외쳤다. 신치수의 고갯짓에 나졸이 오라에 묶인 달래를 끌고 들어왔다. 붉은색 오랏줄에 손이 묶인 채로 겁에 질린 달래가 고개도 들지 못하고 벌벌 떨고 있는 모습을 본 하선이 슬픈 표정으로 이규를 보며 외쳤다.

"도승지는 어명을 받들라."

이규가 체념한 듯 침통한 표정으로 하선을 바라보았다. 하지만 그다음 하선의 입에서 나온 이름은 이규가 아니었다.

"영중추부사 신치수……!"

순간 의기양양했던 신치수의 표정이 무너졌다. 놀란 이규가 하선을 보았다. 신치수에게로 고개를 돌리는 하선의 눈빛이 빛났다. 벼락처럼 어명이 내려졌다.

"죄인 신치수를 끌어내라!"

하선의 추상같은 명령에 호위무관들이 신속하게 신치수를 끌어내 하선 앞에 무릎을 꿇렸다. 진평군과 형판, 공판과 다섯 명의 위관들과 하윤, 의금부도사까지 모두들 놀라 신치수를 보았다.

신치수 앞에 엽전 두 냥을 던지며 '오냐! 내가 그때 그 개 값 두 냥이다!'라고 소리쳤을 때부터 하선은 이 순간을 기다렸다. 신치수 앞에 무릎을 꿇은 것은 모두 이 순간을 위한 노림수였다. 신치수가 하선을 광대라 얕보고 일을 서두른 것이 결정적인 한 수가 되었다. 달래가 무사하다는 것을 확인하자마자 하선이 태세를 전환할 줄은 신치수도 미처 몰랐으리라.

"이것 놔라! 난 죄인이 아니다! 죄인은 내가 아니라 도승지……,
도승지 손에 놀아난 저놈……, 저놈이다!"

몸부림치던 신치수는 하선을 향해 손가락질하며 말했다. 삽시간
에 사위가 조용해지며 모두 황망한 표정으로 신치수를 보았다. 이
규는 놀랐지만 내색하지 않고 하선의 행동을 좇았다.

하선이 어좌에서 일어나 신치수 앞으로 다가서더니 이를 갈며 나
직하게 속삭였다.

"내 경고했지? 달래 손끝 하나라도 건드리면 가만두지 않겠다고!
이제 내 너를 제대로 갖고 놀 게야."

"네 이놈! 천한 광대 놈 주제에 감히 누굴 가지고 놀겠단 게냐!"

분노에 차서 버럭 소리치는 신치수를 보며 모두가 놀라던 그 순간
하선이 호위무관의 검을 홱 빼어 들고 신치수의 목을 겨눴다.

"이 귀신도 침을 뱉을 천하의 개망나니, 근본 없는 후레자식!"

놀란 달래가 고개를 들었다. 예전에 오라버니 하선이 임금님 흉내
를 낼 때 하던 말이었다. 달래는 순간 앞에 선 사람이 임금님이 아니
라 자신의 오라버니라는 것을 깨달았다. 하선이 달래 들으라는 듯
연이어 소리쳤다.

"감히 이 나라 임금인 나를 능멸하다니! 정녕 네가 죽고 싶은 게
로구나!"

매섭게 소리치는 하선을 어이없다는 듯 바라보던 신치수가 크게
웃었다. 그러고는 위관들을 향해 침착하게 외쳤다.

"다들 이놈의 광대 짓에 속으면 아니 되오! 이놈은 그저 전하의 용안을 닮은 천한 광대일 뿐이오! 도승지 저 간악한 자가 진짜 전하를 숨겨놓고 천한 광대 놈을 용상에 앉힌 게요! 어서 진짜 전하를 모셔와서 저 두 놈의 죄를 드러내야 하오!"

위관들은 신치수의 말에 귀를 기울이면 그 죄까지 옮는다는 듯 신치수의 시선을 피했다.

"네놈 말을 누가 믿을까?"

하선이 검을 든 채 위관들을 돌아보며 말하자 다급해진 신치수가 외쳤다.

"확실한 증인이 있소! 저 계집아이가 이 광대 놈의 누이니 저 아이에게 물어보시오!"

신치수의 말에 이번엔 모두의 시선이 달래에게로 향했다. 순간 하선과 이규, 조내관까지 긴장한 표정으로 달래를 보았다.

"죽고 싶지 않으면 바른대로 대거라!"

위관들이 하선의 눈치를 보며 아무도 나서지 못하자 신치수가 달래에게 다가가 버럭 소리쳤다. 눈물을 글썽이며 하선을 보던 달래는 고개를 숙였다.

"울 오라바니는……, 그니께…… 울 오라바니는……."

기대에 차 달래를 바라보는 신치수와 달리 하선의 마음은 괴로웠다. 달래는 결심한 듯 천천히 고개를 들어 하선을 보며 말했다.

"울 오라바니는 인자 세상에 없어라. 진즉 죽어번졌어라."

달래의 말에 하선도 이규도 놀랐다. 하선은 심장이 멈출 듯 아파왔다. 억장이 무너진 표정의 신치수가 비명처럼 달래를 다그쳤다.

"거짓이오! 이건 거짓이오! 네 이년, 하늘이 두렵지 않느냐! 여기가 어디라고 거짓을 고하는 게야!"

"차, 참말이어라. 지가 임금님 앞서 워찌 그짓말을 허겄습니까?"

눈물이 고인 채 하선을 바라보며 달래가 말했다. 달래의 마음이 느껴져 하선도 눈물이 날 것만 같았다.

"전하, 이 불쌍한 아이를 죄인 취급하는 건 옳지 않은 듯합니다."

이규의 말에 목이 메는 것을 억지로 누르며 하선이 대답했다.

"조내관, 저 아이를 데려가게."

"예, 전하."

눈물로 하선을 바라보던 달래는 조내관을 따라 나갔다.

"아니 되오! 정신들 차리시오! 저 계집아이를 저대로 보내버리면 아니 돼!"

신치수가 분노로 미쳐버릴 듯한 표정을 하고선 진평군과 형판, 공판을 차례차례 보며 소리를 질렀다.

달래가 조내관과 함께 빈청을 나가는 것을 확인한 하선은 장검을 손에 쥔 채로 신치수 쪽 신료들로 채워진 위관들을 향해 돌아섰다. 그들 중 진평군이 눈에 들어왔다.

"진평군도 이자와 같은 생각이오?"

하선이 한숨을 내쉬며 진평군을 바라보았다.

"천부당만부당하신 말씀이시옵니다!"

"소신들이 어찌 이 대역무도한 자와 같겠습니까!"

신치수가 진평군과 형판, 공판을 노려보며 말했다.

"후회할 게다! 진짜 전하께서 돌아오시면 저놈은 물론 네놈들까지 모조리 죄를 물으실……"

"닥쳐라! 내 더는 네놈의 지랄을 참을 수가 없다!"

하선이 신치수의 말허리를 자르며 외쳤다. 어이없다는 표정으로 신치수가 하선을 바라보았다.

"뭣들 하느냐! 당장 죄인을 형틀에 묶지 않고!"

하선의 말에 나졸들이 일시에 달려들어 신치수를 질질 끌고 가 형틀에 앉혔다. 부들부들 떨며 형틀에 묶이면서도 그는 '나는 죄인이 아니다! 죄인은 내가 아니라 학산이다! 용상에 앉은 자는 전하가 아니라 광대 놈이다! 저놈은 광대다!' 하며 처절하게 외쳐댔다.

"어허, 무엄하고 무엄하다. 당장 이놈의 입을 막아라!"

하선의 명에 나졸들이 신치수의 입에 재갈을 물렸다.

호위무관에게 검을 건네고 어좌로 가서 앉은 하선이 신치수를 내려다보며 말했다.

"역적 신치수에 대한 신문을 시작하라."

"전하, 신치수의 숨겨진 죄들까지 모두 드러낼 증인이 있습니다."

하선의 명에 이규가 대답했다.

"당장 대령하라!"

누굴 부르는 걸까 싶어 긴장하고 있던 신치수는 장무영을 따라 들어서는 김상궁을 보고 눈이 쟁반만큼 커졌다. 김상궁은 소복 차림에 붉은 오랏줄에 묶인 채 들어왔다. 신치수는 재갈이 물려 뭐라고 말도 못하고 이규를 노려볼 뿐이었다. 하선 역시 김상궁을 보고 놀라기는 마찬가지였다.

"전하께서도 아시다시피 김상궁은 일전에 전하의 옥체에 상흔이 있는지 확인하려 했습니다. 하여 제가 그 배후를 쫓기 위해 신치수의 집에 들여보냈으나 그 후 사라졌습니다."

"어찌 그런!"

"감히 전하의 옥체를 확인하려들어?"

"전하를 의심했다고?"

놀란 형판, 공판과 다른 신하들이 웅성거렸다.

"헌데 다행히 장무관이 김상궁이 살아 있는 것을 발견했습니다."

그간 김상궁은 신치수 집 곳간에 갇혀 있었다. 그 안에서 죽음을 기다리던 김상궁 앞에 장무영이 나타난 것은 바로 몇 시진 전이었다. 곳간 문이 열리고 행랑아범이 모습을 드러내자 김상궁이 '고성군을 불러주시오! 날 언제까지 이리 가둬둘 건지 따져야겠소!' 하며 울부짖었다.

그 순간, 퍽 하는 소리와 함께 행랑아범이 앞으로 고꾸라지고 그 뒤로 장무영의 모습이 드러났다. 김상궁이 이규와 하선이 놓은 덫에 걸려 신치수가 벽서의 배후임을 자복받으러 신치수의 집에 들어갔다가 사라진 이후로 장무영은 계속 신치수의 집을 주시해왔고, 상황이 급박하게 돌아가는 것을 눈치챈 이규가 명을 내리자 김상궁을 빼내왔던 것이다.

"증인에 대한 신문을 시작하라!"

하선의 명에 형판이 앞으로 나서며 말했다.

"신치수가 자네를 사주하여 전하를 음해하려 한 것이 맞는가?"

"예, 전하가 진짜인지 가짜인지 상흔을 확인하라 사주했습니다."

"어찌 그런!"

"허허!"

"놀랄 노 자로군!"

김상궁의 말에 모두 놀라며 신치수를 바라보았다. 신치수는 재갈이 물린 채로 소리를 지르며 김상궁을 노려보았다. 김상궁은 신치수의 날선 눈빛에도 흔들림 없이 신치수의 악행을 고하기 시작했다.

"어진화사 송지상을 살해하고 전하의 용안을 벽서로 만들어 도성에 붙인 것도 신치수입니다!"

여기저기 수군대는 소리가 들리자 신치수는 참담한 표정으로 눈을 감아버렸다. 뒤이어 김상궁의 자백이 이어졌다.

"신치수는 저를 시켜 오래전부터 전하의 침소에 환각을 일으키는 약을 피우게 했습니다. 또한 어의와 나인을 매수하고 중궁전 박상궁이 선화당에 사술을 행했다는 거짓 고변을 하게 했습니다."

김상궁의 자백에 순간 분노한 하선이 말했다.

"선화당이 그 일에 가담을 했단 말이냐?"

"선화당은 그 일을 알지 못합니다. 혹여 일이 틀어질까 염려한 신치수가 진짜 독을 먹이라 명했습니다."

하선의 질문에 움찔하며 김상궁이 답했다. 그러자 신치수가 실성한 듯 재갈이 물린 채 웃었다.

"참으로 악랄하고 사특한 자로다!"

신치수에게 던져진 하선의 시선이 신치수를 향했다가 다시 김상궁에게로 향했다.

"내 너에 대한 벌은 위관들의 논의를 거쳐 정할 것이다. 그때까지 의금부에 하옥하라!"

김상궁은 신치수를 노려보며 나졸들의 손에 이끌려 나갔다.

"죄인 신치수가 자복할 때까지 고신하라!"

하선의 명에 신치수가 놀란 눈으로 바라보았다. 그날 밤 빈청에는 신치수의 비명 소리가 밤새 이어졌다.

긴 밤이 지나고 어김없이 날이 밝았다. 빈청 마당을 밝히던 횃불도 꺼지고, 재갈이 물린 죄인이 발끝까지 피범벅이 된 처참한 모습으로 앉아 있었다. 지독한 고문을 당한 신치수의 손톱 끝마다 바늘이 꽂혀 있었다.

밤새 신치수의 고신을 지켜본 진평군과 위관들은 죄를 토설하지 않는 신치수를 보고 독하다며 혀를 내둘렀다. 하선이 어좌에 앉아 굳은 표정으로 신치수를 보다가 이규에게 고개를 끄덕였다. 이규의 눈짓에 나졸이 신치수의 재갈을 풀었다.

"이제 죄를 고하겠는가?"

그러자 신치수가 이규에게 침을 탁 뱉으며 말했다.

"난…… 죄가…… 없다!"

하선이 위관들에게 물었다.

"저자가 죄가 없다 하는데 어찌들 생각하시오?"

"전하, 신치수의 죄는 증인과 증좌가 뚜렷하고 일일이 거론하지도 못할 정도로 그 죄가 심히 중하고 중합니다. 특히 벽서를 붙여 전하를 능멸하고 민심을 어지럽힌 죄는 결코 용서받지 못할 대역죄이옵니다!"

"형판의 말이 옳습니다. 대명률에 의거하여 참수를 명하심이 옳을 것입니다!"

신치수가 웃는 듯 묘한 표정으로 형판과 공판을 노려보았다.

"대역죄인 신치수의 참수형을 윤허하노라!"

어명이 내리자 이글이글 타는 분노로 신치수가 하선을 노려보았다. 이규가 복잡한 표정으로 하선을 바라보았다.

친국이 마무리되고 위관들이 빈청을 빠져나가기 시작했다. 한쪽 담장에 숨어 이를 지켜보던 조상궁은 위관들이 다 나오자 급히 돌아서 뛰어갔다.

빈청 마당에서는 의금부도사가 지켜보는 가운데 나졸들이 형틀에 앉아 있는 신치수를 풀어주고 있었다. 이때 선화당이 조상궁을 거느리고 안으로 들어섰다.

"여기 들어오시면 아니 됩니다."

선화당을 본 의금부도사가 예를 갖추며 말했다.

"내 백부님을 뵈러 왔소. 잠시만 시간을 주시오."

선화당의 간절한 부탁에 의금부도사가 할 수 없이 뒤로 물러서며 나졸들에게 눈짓했다. 나졸들이 물러서자 선화당이 조심스럽게 신치수에게 다가갔다.

눈을 감고 있던 신치수가 천천히 눈을 떴다.

"……백부님!"

울컥한 선화당의 목소리에 신치수는 입이 마른 듯 천천히 입을 열어보려 했다.

"아니지요? 제게 일부러 독을 먹인 것이 아니라고 말씀해주세요!"

울먹이는 표정으로 다가서는 선화당을 어루만지려는 듯 신치수가 손을 내밀었다.

"그렇지요? 제 말이 맞지요?"

선화당의 귀에 대고 신치수가 나직하게 말했다.

"……사랑방에 내가 아끼는 분재가 있다. 그 속에 든 걸 챙겨 간직해라."

"예? 그게 무슨……, 무슨 말씀이십니까? 분재라니…….'

"살고 싶다면 서둘러라. 알아들었느냐?"

의금부도사가 선화당에게 다가섰다.

"그만 가야 합니다. 뭣들 하느냐! 죄인을 끌어내지 않고!"

의금부도사의 명을 받은 나졸들이 신치수를 끌고 갔다. 옥사로 끌려가던 신치수가 선화당 쪽을 슬쩍 보았다. 분노와 슬픔, 두려움이 범벅된 표정으로 선화당이 신치수를 바라보고 있었다.

그날 낮 소박한 여염의 부인 옷차림을 한 운심이 궁에 들었다. 작은 보따리를 들고 장무영을 따라 들어온 운심을 이규가 맞이했다.

"수고했다. 여기서부턴 내가 안내하마."

장무영이 예를 갖추고는 대전 쪽으로 향하자 운심이 말없이 이규를 보고 섰다.

"갑자기 대궐로 불러 놀랐을 텐데, 어찌 아무것도 묻지 않느냐?"

"물어도 답하지 않으실 것을 번연히 아는데 어찌 묻겠습니까?"

옅은 미소로 이규가 운심을 바라보더니 궐내각사 행랑각 앞으로 걸어가 문을 열었다. 뒤를 따라 행랑각 안으로 들어서던 운심은 달래를 보고 놀랐다.

"성!"

달래가 눈물을 흘리며 달려가 운심에게 안겼다. 운심은 달래를 안아주며 의문 가득한 시선으로 이규를 쳐다보았다.

"내 나중에 다 설명하마. 달래를 부탁한다."

이규는 말을 남기며 문을 닫았다. 운심은 달래의 눈물 어린 얼굴을 어루만지며 말했다.

"이게 대체 어찌된 일이냐? 네가 어찌 궁궐 안에 있어?"

"지발…… 암것도 묻지 마소. 울 오라바니만 위험해진께."

눈물을 쏟는 달래를 근심 어린 눈으로 보던 운심이 다시 안아주었다.

"내 묻지 않을 테니 울지 말거라."

달래는 운심의 품에 안겨 겨우 안도했다.

"네게 줄 것이 있다. 하선이가 널 위해 모았다고 하더구나."

달래는 운심이 내민 작은 보따리를 풀어보았다. 엽전 꾸러미와 함께 들어 있던 개암나무 열매를 발견하자 눈물로 얼룩졌던 달래의 얼굴에 미소가 번졌다.

"오라바니······!"

편전 안에는 하선과 이규가 마주 보고 서 있었다.

"달래는 어찌하고 있습니까?"

"내 운심이를 들여 달래를 돌보게 했으니 괜찮을 게다."

이규의 말에 하선은 그제야 안도했다.

"아, 이제야 마음이 좀 놓입니다."

이규가 굳은 표정으로 하선을 보았다.

"어찌 그렇게 보십니까?"

"지난밤 너 혼자 두고 의금부로 간 건 내 실수였다. 그렇다고 신치수에게 정체를 바로 밝혀버리다니, 너무 경솔했다! 하마터면 모든 게 수포로 돌아갈 뻔하지 않았느냐!"

"달래 목숨이 걸린 일이라 다른 생각을 할 겨를이 없었습니다."

"그러니 하는 말이다! 차라리 날 기다리지 그랬느냐?"

"신치수 같은 자에겐 나으리처럼 신중한 것보다 저처럼 그냥 대놓고 달려드는 게 더 잘 통하는 법입니다. 제가 이 생각, 저 생각 궁리

했다면 일이 진즉 틀어졌을 겁니다."

농처럼 말하는 하선을 바라보는 이규의 표정이 복잡했다.

"갑수 아재는 어찌 되는 겁니까?"

"의금부에서 곧 강상죄로 추국(推鞫, 임금의 명으로 죄인을 신문하는 것)을 하게 될 게다. 내가 알아서 할 것이니 넌 신경 쓰지 말거라."

"아닙니다! 갑수 아재 일인데 제가 가겠습니다."

하선이 서둘러 나가자 이규는 한숨을 내쉬고 그 뒤를 따랐다.

의금부 마당에는 갑수와 신이겸이 판결이 시작되길 기다리며 서 있었다. 서장원과 이한종, 의금부 제조까지 신료 몇이 위관으로 와 있었다.

"주상 전하 납시오!"

용포를 입은 하선과 이규가 장무영과 협시내관을 거느리며 들어섰다. 다들 예를 갖추어 하선을 맞이하는 사이 하선이 갑수를 바라보았다. 하지만 갑수는 겁에 질려 차마 하선의 얼굴을 쳐다보지도 못하고 엎드려 있었다.

서장원이 앞으로 나서며 말했다.

"전하께 신이겸을 공격하게 된 연유를 고하라."

"고것이……, 소인 그리하지 않고는 도저히 못 배길 사정이 있었구만이라."

결심한 듯 침을 꿀꺽 삼키고 입을 여는 갑수의 목소리가 떨렸다.

"네 이놈! 거짓말 마라! 그냥 달려들지 않았느냐!"

"신이겸의 말이 사실이냐?"

갑수가 신이겸을 노려보았다.

"아닙니다요. 지는 진작부텀 이 오살헐 놈을 만내면 대갈통부터 팍 깨 쥑여불고 지도 시상 버릴 맴을 묵고 있었응께요."

갑수의 말에 하선은 가슴이 무너지듯 바라보았다.

"신이겸에게 무슨 원한이라도 있는 게냐?"

이한종의 물음에 이를 악물고 참아보았지만 결국 갑수의 눈물이 터지고 말았다.

"……지가 데불고 있는 딸 겉은 어린아를 이눔이 꼬여내갖고……, 아무것도 모르는 것을 갖다가……."

우느라 말을 마치지 못하는 갑수를 보던 신이겸은 순간 달래가 떠올라 얼어붙었다.

"지가 천한 광대 놈인지라 동헌에도 고허질 못 허고 끙끙 안으로만 삭이고 있었는디……, 이눔을 보는 순간 고만……!"

갑수의 마음을 아는 하선의 눈가가 촉촉해졌다.

"인자 원은 없구만이라. 벌을 내리시믄 달게 받겠습니다요."

갑수의 말에 이규가 앞으로 나섰다.

"전하, 대명률에는 양반을 공격하여 상해를 입힌 천인에게는 장 팔십 대를 치라고 되어 있습니다."

"장 팔십을 치는 대신 남쪽 변방 수군 천역(水軍 賤役, 수군으로 군역을 살게 하는 것. 천역 중에서도 가장 고된 노역)으로 보내게."

고개를 들어 임금을 흘깃 보던 갑수가 하선과 똑같이 생긴 얼굴을 보고 얼어붙었다. 갑수는 차마 믿을 수 없는 광경에 너무 놀라 입이 벌어진 채로 다시 고개를 숙였다.

"그리하겠습니다."

신이겸이 쌤통이라는 표정으로 갑수 쪽을 보았다. 하선이 말을 이었다.

"허면 간악한 꾀로 어린 아이를 꾀어내 범한 자에게는 무슨 벌을 내려야 하는가?"

신이겸이 놀라 하선을 바라보자 이규가 대답했다.

"죽음으로 죄를 갚아야 마땅합니다. 단 양인의 경우에 말입니다."

신이겸이 안도하며 말했다.

"예! 그 아인 천한 재인이니 전 죄가 없습니다!"

"그럼 네가 지은 죄는, 죄가 아니란 말이냐?"

하선이 노하자 신이겸이 두려워하며 대답했다.

"······그게 대명률에 분명 죄가 아니라 되어 있습니다."

"내가 선왕께서 남기신 전례를 검토해보니 백성들이 억울한 일을 당하면 그 억울함을 풀어주려 왕명으로 법을 만드셨더군. 하여 나도 법을 새로 만들고자 하네."

신이겸이 화들짝 놀라며 말했다.

"예에? 전하, 없는 형벌을 만드신다니, 그게 무슨 말씀이십니까! 설마 제 아비의 일로 저를 연좌(緣坐)하여 벌하시려는 건 아니시겠지요!"

뻔뻔한 신이겸의 반박에 하선이 벌떡 일어서서 소리쳤다.

"내 너를 결코 아비의 죄로 처벌하지 않을 것이다! 넌 네놈의 죄만으로도 충분히 벌을 받아 마땅하니!"

날카로운 하선의 말에 신이겸이 히뜩 놀라며 읍소했다.

"전하, 이러실 순 없습니다! 이런 법은 없습니다!"

"내가 임금의 자리에 있는 것은 오로지 백성을 위해서다. 힘없고 가진 것 없는 백성들을 지키기 위해 법을 만드는 것이 무슨 잘못이란 말이냐!"

갑수가 감격하며 하선을 바라보았다.

"신이겸에게 자자형(刺字刑, 죄인의 얼굴이나 팔에 죄명을 문신하는 형벌)을 명하니, 얼굴에 그 죄명을 새겨 죽을 때까지 제 죄를 잊지 못하게 하라!"

"전하, 그건……!"

순간 이규가 놀라 굳은 표정으로 하선을 보며 말리려 하자 하선이 외쳤다.

"당장 시행하라!"

순식간에 두 나졸이 신이겸의 팔을 붙잡았고 그의 앞에 숯불에 달군 간(奸)이라는 글자 모양의 인두가 놓였다. 나졸 한 명이 인두를 들고 신이겸에게 다가섰다.

"저, 전하! 살려주십시오! 제가 잘못했습니다, 전하!"

신이겸이 뒤늦게 살려달라고 외쳤지만 어명을 피할 수는 없었다. 나졸 둘에게 팔이 잡힌 신이겸의 얼굴 위로 인두가 닿았고 곧이어 살이 타는 냄새가 의금부 마당에 퍼졌다. 비명을 지르며 얼굴을 잡고 엎드려 뒹구는 신이겸의 얼굴에 간(奸)이라는 글자가 또렷하게 새겨졌다.

갑수는 처음엔 겁에 질려 보다가 한이 풀린 듯 눈물을 흘렸다. 그 자리에 있던 위관들은 모두 차마 바로 보지 못하고 외면했다. 오로지 하선만이 이 광경을 놓치지 않겠다는 듯 두 눈을 부릅뜨고 지켜보았다. 이규는 그런 하선을 낯선 듯, 두려운 듯 바라보았다.

일각이 지난 후 의금부도사 집무실로 끌려온 갑수가 홀로 두려움에 떨며 서 있는데, 문이 열리며 하선이 들어섰다. 임금님이 친히 납시자 갑수가 겁에 질려 넙죽 엎드리자 하선이 갑수의 손을 잡고 일으켜 세웠다.

"갑수 아재, 나요."

"차, 참말로 하선이당가요?"

갑수가 놀란 눈으로 하선을 올려다보았다.

"나가 아재헌티 무담시 그짓말허겄소?"

그제야 갑수는 울고 불며 하선을 끌어안았다.

"워매…… 워매! 그라제이! 아까부텀 나가 암만혀도 하선인디 혔당께! 인자 본께 맞구먼!"

하선이 웃으며 갑수를 보았다. 하지만 이내 갑수의 얼굴이 겁먹은 표정이 되었다.

"근디 시방 요것이 워찌 된 일이여? 임금님도 니가 요로코롬 노는 거 아시냐? 허락, 받은겨?"

"걱정 마소. 임금님 허락도 받지 않고 나가 어찌 이리 놀겠소?"

하선의 말에 굳어졌던 갑수의 얼굴이 환해지며 말했다.

"잉, 그라제. 임금님께 가믄 나가 참말로 고마워헌다고 꼭 전해야 헌다?"

하선이 슬픈 미소를 머금고 고개를 끄덕였다.

"인자 아재는 나주 무안현 수군으로 가게 될 거요."

"무안현이믄…… 니랑 달래랑 니딜 쨰깐할 때 살았던 디 아녀?"

"달래랑 살기엔 거기가 질로 좋을 것이오. 아재가 먼저 가 계쇼."

갑수는 하선의 얼굴과 손을 연신 쓰다듬으며 웃었다 울었다 했다.

"……뭔 말인지 알긋다. 달래 걱정은 말어. 나가 잘 델꼬 있을 것 잉게. 니는 니만 생각혀. 임금님 눈 밖에 나면 안 된께. 알긋제?"

하선은 마음이 무거웠지만 고개를 끄덕였다. 갑수는 그런 하선의 마음을 알아채지 못하고 어깨를 두들기고 안아주며 기뻐했다.

"암튼 장허다, 장혀! 이것이 꿈이냐 생시냐!"

하선이 의금부도사 집무실에서 나오자 이규가 기다리고 있다가 다가섰다.

"기분이 어떠냐?"

"겨우 하루가 지났는데 마치 일 년 혹은 더 오랜 시간이 흐른 것만 같습니다."

맑은 눈빛과 달리 하선이 가라앉은 목소리로 말을 이어갔다.

"짊어지고 있던 무거운 짐을 이제야 내려놓은 듯 가뿐한 것도 같고……. 한편으로는 마음이 무겁습니다."

"그리 느꼈다면 그나마 다행이다."

"그게 무슨 말씀이십니까?"

"아무것도 아니다."

먼저 돌아서 가는 이규를 하선은 의아한 표정으로 바라보았다.

긴 밤과 긴 하루를 보낸 이규는 날이 저물자 기루로 향했다. 궁에 들어 달래를 만나고 돌아온 운심이 이규가 홀로 술을 마신다는 소식을 듣고 방으로 들어왔다. 어딘지 모르게 기운이 없어 보이는 이규를 보다가 옆에 다가앉은 운심이 술을 따르려 술병에 손을 대자, 이규가 술병을 채가며 차갑게 말했다.

"난 기루에 온 손님이 아니다. 네가 옆에 지키고 앉아 수발들 필요 없다."

"대궐에서 무슨 일 있으셨습니까?"

이규가 술 한 잔을 들이켜고 말을 이었다.

"무슨 일은. 매일 생기는 게 일이지."

"하선이가 임금 노릇을 제대로 못 하고 있는 모양이지요?"

다시 술병을 들어 술잔을 채우려던 이규가 흠칫 놀라며 술병을 내려놓았다.

"……달래가 말하더냐?"

"그 아이는 혹여 제 오라비 다칠까 입도 벙긋하지 않았습니다."

"허면 누가……."

"나으리 옆에서만 십수 년입니다. 제가 그 정도 눈치도 없이 그 세월을 어떻게 버텼다 생각하시는 겁니까?"

"……미안하다."

"아닙니다. 전 나으리와 모든 걸 나눌 생각 따위는 안 합니다. 그러기엔 제게 너무 벅찬 분이지요."

이규가 운심을 바라보았다.

"저를 밀어내지만 마십시오. 힘들 때나 좋을 때나 그저 곁에 머무는 것, 그걸로 족합니다."

"술 한 잔 다오."

이규가 술잔을 내밀자 운심이 술을 따랐다. 무거웠던 마음이 운심이 따라준 술 한 잔에 조금은 가벼워지는 듯했다. 이규는 운심이 따라준 술을 마시고 또 잔을 내밀었다.

의금부 옥사에 갇힌 신치수는 옆 칸에 갇혀 있는 아들 신이겸을 바라보았다. 뺨에 간(奸)이라는 글자가 새겨진 채 몸을 벌벌 떨며 멍하니 앉아 있는 아들을 보자 신치수도 결국 눈시울이 붉어졌다. 신이겸을 보지 않으려고 신치수가 고개를 돌리는데, 이때 나장이 나졸 둘을 데리고 와서 신이겸을 끌어냈다.

"어디로 데려가는 건가?"

놀란 신치수가 물었다.

"전하의 명으로 북쪽 변방으로 유배를 떠날 것이오."

나장의 말에 신치수가 신이겸을 바라보았다. 나졸들에게 끌려가던 신이겸이 그들을 떨치고 아버지에게 다가와 큰절을 올리고는 다시 끌려갔다.

이를 악물고 핏발이 선 눈으로 아들을 배웅하던 신치수가 나장에게 말을 걸었다.

"이보게. 내 머리에 붙은 옥관자 좀 떼어주게."

나장이 인상 쓰며 신치수를 보다가 옥관자를 떼어냈다.

"그 옥관자를 줄 테니 내 부탁 하나 들어주게."

신치수의 부탁은 다름 아닌 진평군을 향한 것이었다. 대비전에 들었다가 나오는 길에 신치수에게서 연통을 받은 진평군은 어이없는 미소를 지었다.

"대감, 신치수가 의금부 나장을 통해 뵙고 싶다는 연통을 보내왔습니다."

"감히 나를 보자 하다니, 그자가 미친 게 분명하구나!"

"송구하옵니다."

한일회가 고개를 숙였다. 무시하며 가려던 진평군이 순간 멈춰 서며 말했다.

"아니지. 나를 고변할 수도 있으니 그자를 봐야겠다. 의금부로 길을 잡거라."

"예, 대감!"

의금부 옥사 안에는 칼을 쓰고 앉은 신치수가 있었다. 그의 앞으로 진평군이 조심스레 다가섰다.

"오실 줄 알았소."

"어찌 나를 보자고 했는가? 설마 나까지 걸고넘어지려는 건 아니겠지?"

"그거야 진평군이 어찌 나오느냐에 달렸소."

신치수의 말에 진평군이 매섭게 말했다.

"허튼수작 말게! 우리가 철천지원수인 걸 조선 팔도 모르는 이가 없는데 누가 그 말을 믿을까!"

"주상이라면 믿겠지요."

진평군이 흠칫하며 말했다.

"날 겁박하는 겐가?"

"살아도 같이 살고 죽어도 같이 죽는단 말씀을 올린 겁니다."

"살아도 같이 살자? 아직도 그런 헛꿈을 꾸는 게냐?"

"헛꿈 꾸는 게 아니오. 주상을 용상에서 밀어낼 확실한 반정의 명분이 있소."

매서운 진평군의 목소리와 달리 신치수의 목소리는 나직했다. 진평군은 그런 신치수를 어이없다는 표정으로 바라보았다.

다음 날 대전 침전에는 한 상 가득 맛난 음식이 놓였다. 그 앞에 비밀 문으로 몰래 대전에 들어온 달래가 앉았다. 여느 여염집 규수처럼 분홍 댕기를 하고 털배자를 곱게 차려입은 모습이었다. 하선이 닭다리를 잡아 달래에게 쥐어주며 말했다.

"먹지 않고 뭣 허고 있어. 배고프잖여."

달래는 가만히 닭다리를 내려놓았다.

"싫어? 다른 거 줄까?"

"시방 무서버서 물도 못 삼키겄는디 요것들을 워찌 먹겄어? 갑수 아재도 기다릴 것잉게 그냥 퍼뜩 가면 좋겄구먼."

일어서던 달래가 뭔가 생각난 듯 말했다.

"아! 내 개암이!"

달래는 운심이 전해주었던 개암나무 열매가 든 작은 보따리를 챙겨 나가려다 가만 앉아 있는 하선을 보았다.

"뭣 허고 있어? 퍼뜩 가자니게!"

"달래야. 난 못 가. 여기서 아직 헐 일이 남았어."

화가 난 달래가 말을 받았다.

"헐 일? 고것이 뭣인디? 나보다 중혀?"

"니보담 중헌 기 시상에 워딨겄어?"

"근디 워찌 못가? 오라바니는 여그가 무섭지도 안혀?"

어느새 달래의 눈에 눈물이 그렁그렁 맺혔다. 하선이 울컥 차오르는 눈물을 참고 말했다.

"달래야, 너도 봤지? 나가 대궐서 뭔 일을 허고 있는지. 기왕 시작한 일, 끝은 봐야 허지 않겄어?"

"그렇다고 평생 임금님 노릇 헐 수는 없잖여? 고것이 될 것 같어?"

달래의 말에 하선은 순간 머리를 한 대 맞은 기분이 들었다. 달래는 달려가 하선의 팔을 잡아끌며 말했다.

"나는 오라바니 여그 두고는 못 가야. 오라바니 뒤질개비 무서버서 안 뒈야."

"갑수 아재랑 먼저 가 있어. 금방 갈게. 응?"

"그짓말! 쩌번에도 곰방 올 것맨키로 해놓고 안 왔잖여!"

달래의 눈물에 하선의 마음은 찢어질 듯했지만 애써 입을 열었다.

"달래야, 오라바니 못 믿어?"

"……믿어. 믿는디……."

달래는 하선이 안 갈 것을 깨닫고 펑펑 울었다.

"나가 미안허다."

하선이 달래를 안자 그 품에 안긴 달래가 울며 말했다.

"곰방 와야 혀!"

"그려, 그려……!"

하선이 달래를 소중하게 다독였다.

궁궐 월대에는 금군들이 경계를 서고 있었다. 월대 위에 하선이 굳은 표정으로 서 있고, 하선의 뒤에는 장무영이 서 있었다.

잠시 후 하선은 나졸 둘의 감시를 받으며 오라에 묶여 걸어오는 갑수를 발견했다. 그 뒤로 고운 옷을 입은 달래가 작은 보따리를 들고 따라가는 모습이 보였다.

하선이 그 모습을 마음 아프게 보고 있는데, 궁궐 쪽을 돌아보던 갑수와 달래가 하선과 눈이 마주쳤다. 달래가 하선을 향해 눈물 어린 미소를 지으며 살짝 손을 흔들어 보였다. 순간 울컥한 하선의 눈에 눈물이 맺히고, 갑수 역시 걱정 말고 얼른 들어가라며 하선에게 손짓했다.

달래는 나졸들이 어여 가자며 채근할 때까지 하선을 돌아보고 또 돌아보았다. 그런 달래와 갑수를 바라보는 하선의 마음에 슬픔이 흘러넘쳐 저릿저릿해왔다. 장무영은 그런 하선을 말없이 뒤에서 지키고 섰다.

하선이 애써 눈물을 참으며 대전 복도에 들어서는데 그의 앞으로 조내관이 다가섰다.

"전하……, 얼마나 마음이 아프십니까."

안쓰러운 눈으로 바라보며 조내관이 말하자 하선이 애써 미소를 지어 보였다.

"난 괜찮소. 신경 써주어 고맙소."

침전으로 들어가려는 하선에게 조내관이 말했다.

"중전마마께서 들어계십니다."

"중전이?"

조내관의 말에 하선이 얼른 침전으로 들어갔다. 소운이 맑은 눈빛으로 하선을 맞이했다. 하선이 미소로 화답했다.

"중전, 이리 와줘서 고맙소. 고작 하루하고 반나절 못 봤는데 오랜 시간이 흐른 것 같소."

"전하, 조내관에게서 이야기 들었습니다. 누이동생 배웅은 잘 하셨습니까?"

"……내 잘한 것인지 잘 모르겠소."

소운이 가만히 하선을 바라보았다. 하선이 슬픈 목소리로 말을 이었다.

"약한 소리 한다고 여기지 말아주시오. 내 이 자리를 감당하려면 이런 고통쯤은 견뎌내야 한다는 것 잘 알고 있소. 누이도 결국 날 위해 웃으며 떠났는데……. 그리 보내고 나니 어찌 마음이 이리 무겁고 두려운지 모르겠소."

하선의 말에서 고통이 느껴졌다.

"당연합니다. 약해서 그리 느끼시는 게 아니라 사람이니 그리 느끼시는 겁니다."

소운의 말에 하선은 순간적으로 울컥 눈물이 났다. 소운은 아무 말 없이 한 발짝 앞으로 다가가 하선을 안아주었다. 더는 말을 잇지 못하던 하선이 소운의 어깨에 얼굴을 파묻고 아이처럼 울음을 터뜨렸다. 소운 역시 눈물이 글썽해졌다.

"혈육과 헤어지는 그 마음이 어떤 것인지, 저도 잘 압니다. 떠나는 사람도 보내는 사람도 마음이 찢어진다는 것을요."

하선은 소운의 어깨에 고개를 묻고 끄덕였다. 소운은 하선을 안은 채로 말을 이었다.

"언젠가 모든 게 평안해지면……. 그 어느 봄날 즈음 누이와 갑수 아재를 만나러 가십시오."

하선이 소운을 바라보았다.

"저도 그분들을 가까이서 보고 싶습니다. 신첩이 잊지 않고 있다가 꼭 전하께 가자고 청하겠습니다."

소운의 말에 하선이 미소를 지으며 고개를 끄덕였다. 그런 하선을 위로하듯 소운도 눈물 흘리며 미소 지었다.

의금부 여인들의 옥사에 밤이 찾아왔다. 옥사 중에서도 가장 비좁은 옥사 안에 김상궁이 홀로 앉아 있었다. 대비전 최상궁이 여염의 복색으로 나졸의 안내를 받으며 나타났다.

최상궁이 나졸에게 엽전 꾸러미를 주는 것을 본 김상궁은 정신이 번뜩 들어 옥문 쪽으로 다가가 앉으며 말했다.

"어찌 여기까지 오셨습니까?"

"대비마마께서 보내셨네."

최상궁은 가져온 보따리를 풀어 주먹밥을 꺼내 김상궁에게 다가가 내밀었다. 김상궁은 기뻐하며 주먹밥을 받고 입에 넣는 척하다 바닥에 떨어뜨리고는 주먹밥을 발로 밟았다.

놀라 쳐다보는 최상궁을 향해 김상궁이 말했다.

"나를 어찌 보고 이리 허술한 수를 쓰신답니까? 내가 발고라도 할까 겁이 나신 모양이지요?"

굳은 표정으로 보던 최상궁이 돌아서 가려고 했다.

"잠깐!"

김상궁의 말에 최상궁이 멈춰 섰다.

"절 잊지 않고 찾아주신 마음은 받아야겠지요. 보답이랄 것은 없지만 대비마마께 마지막으로 선물 하나를 드릴까 합니다."

김상궁이 최상궁에게 가까이 오라고 손짓했다. 최상궁이 의심 반 호기심 반으로 조심스럽게 다가가 귀를 대자 김상궁이 속삭였다.

그날 밤, 대비전 침전에서 최상궁은 김상궁이 한 말을 대비에게 그대로 속삭이고 물러나 앉았다.

"선물이 맘에 드시면 다시 불러달라 하더이다."

대비가 어이없다는 표정으로 최상궁을 바라보았다.

"나보고 이걸 믿으란 말이냐?"

"송구하오나 들은 대로 고한 것입니다."

굳은 표정으로 최상궁을 보던 대비는 순간 웃음이 터졌다. 놀란 최상궁이 대비를 쳐다보자 대비가 더욱 큰 소리로 웃으며 말했다.

"고 발칙한 것이 마지막 가는 길에 내게 큰 선물을 하는구나! 하하하, 하하하!"

중궁전 침전에서 소운은 서안 앞에 앉아 깊은 생각에 잠겨 있었다. 하선의 정체를 알고 절망했던 순간부터 하선이 화살을 맞고 죽을 뻔했던 일, 서로의 마음을 확인하고 다시 궐로 들어오기까지 참으로 많은 산을 넘어왔구나 싶었다.

소운의 옆을 지키고 있던 애영이 입을 뗐다.

"신치수 그자가 전하를 능멸하는 벽서를 붙이고 역모를 꾀하려

했다니 생각만 해도 끔찍합니다."

소운은 애영의 말이 사실이란 것을 알기에 담담한 표정으로 바라보았다. 애영이 무언가 결심한 듯 말을 이었다.

"안 되겠습니다. 전하의 치세를 굳건히 하려면 중전마마께서 하루라도 빨리 원자 아기씨를 생산하셔야 합니다!"

"아기?"

소운이 놀라며 물었다.

"예! 전하의 대통을 이을 아기씨 말입니다! 제가 친하게 지내는 내의녀가 있으니 한번 진맥을 받아보셔요, 예?"

잠시 생각에 잠기던 소운이 이내 고개를 끄덕였다.

"제가 가서 내일 당장 들라 하겠습니다!"

기뻐하며 벌떡 일어나 나가는 애영의 뒷모습을 소운이 눈으로 좇았다.

다음 날, 중궁전 침전에는 애영과 친한 내의녀가 들었다. 내의녀가 소운의 손목을 잡고 진맥을 했다. 소운은 긴장한 표정으로 내의녀를 바라보았다. 내의녀는 어떤 표정도 내비치지 않은 채 소운의 손목을 놓고 물러앉았다.

소운이 물었다.

"어떤가?"

"중전마마께선 빈맥(頻脈)으로 맥이 너무 얕고 빨리 뛰십니다. 기운이 많이 쇠하셨으니 몸을 보하시는 것이 좋겠습니다. 수일 내로 중전마마께 맞는 탕약을 지어 올리겠습니다."

"고맙네."

상 위에 소운이 마시던 찻잔 속에 든 꽃잎을 본 내의녀가 다시 말을 이었다.

"백화차인 모양입니다. 좀 살펴봐도 되겠습니까?"

"그리하게."

옆에서 지켜보고 있던 애영이 잔을 내어주었다. 내의녀가 찻잔 속 꽃잎을 살펴보기 시작했다. 이번에도 내의녀의 얼굴에선 어떤 표정도 읽을 수 없었다.

"송구하오나 중전마마, 이 찻잎을 좀 내어주실 수 있겠습니까?"

"어찌 그러는가?"

"중전마마께서 체질에 맞는 음식을 드시는지 살펴보려 하는 것입니다. 중전마마께서 근자에 드신 음식단자들과 주로 드시는 차, 밤참 등을 알려주십시오."

"애영아."

"예, 음식단자는 제가 알아서 챙겨 보내겠습니다. 헌데 이 백화차는 굳이 살펴보지 않아도 될 것 같은데요. 내의원에서 일부러 중전마마를 위해 챙겨 보내준 것이니 말입니다."

"아, 그렇습니까? 그래도 제가 한번 살펴보고 싶습니다만."

"가져가게."

소운은 내의녀의 신중함에 미소 지으며 말했다. 애영이 백화차 함을 내의녀에게 건네주었다.

그날 낮 편전에서는 죄인 신치수의 참형을 비롯한 국무를 논의하고 있었다.

형판이 입을 열었다.

"전하, 죄인 신치수의 참형 날짜가 이달 말일로 정해졌습니다. 윤허해주십시오."

"그리하라."

이규가 하선을 바라보자 하선이 다시 말을 이었다.

"상궁 김씨에 대한 처벌은 정했는가?"

"전하는 물론 중궁전까지 해하려 한 죄가 심히 무거워 교형에 처해야 마땅하나, 죄인 신치수의 죄상을 드러내는 데 공을 세웠으니 장 사십 대를 치고 변방의 노비로 내치심이 마땅할 것입니다."

"윤허하겠네."

이때 이규가 한 발 앞으로 나서며 하선에게 고했다.

"전하, 소신 부원군 유호준에 대해 전하께 말씀을 올릴 것이 있습니다."

"고하라."

"부원군 유호준이 전하를 시해하려 했다는 역모 고변은 거짓이옵니다."

놀란 진평군이 얼굴을 들어 이규를 노려보았다. 하선이 물었다.

"거짓이라는 것을 드러낼 증인이나 증좌가 있는가?"

"예, 전하. 송구하게도 그때 역모 고변을 한 국태무란 자는 이미 죽고 없으나 국태무를 신문한 공초 기록은 남아 있습니다. 하여 부원군 유호준의 억울함을 풀 방도를 조정에서 논의코자 하오니 윤허해 주십시오."

하선이 대답하려는 찰나 진평군이 앞으로 나서며 말했다.

"전하, 송구하오나 도승지의 청은 옳지 않습니다! 유호준의 죄가 분명한데 신원(伸寃, 원통한 일을 풂. 죄인을 석방하는 일)을 논의하게 해달라니, 윤허하시면 아니 되옵니다!"

이규가 진평군을 매섭게 바라보았다.

"허면 도승지가 옳은지, 진평군이 옳은지 조정에서 논의하여 보고하라."

하선의 슬기로운 대답에 이규가 설핏 미소를 머금은 얼굴로 하선을 바라보았다. 진평군의 표정이 완전히 일그러졌다. 놀란 공판이 형판을 향해 조용히 말했다.

"말로 해선 도승지를 이길 수 없을 것인데……."

굳은 표정의 형판이 나직하게 답했다.

"결국 전하께서도 도승지 편을 드신 거요."

편전 근처에서 대기하고 있던 애영이 소운에게 소식을 전하기 위해 중궁전으로 내달렸다.

"중전마마! 중전마마! 기뻐하십시오! 전하께서 부원군 대감의 신원을 논의하라 명하셨다 합니다!"

소운이 놀라 애영을 보다가 기뻐하며 말했다.

"당장 전하를 뵈러 가야겠다!"

소운이 애영의 부축을 받으며 일어서는데, 명상궁이 들어와 예를 갖추며 말했다.

"중전마마, 내의녀가 뵙기를 청하옵니다."

"아, 들라 하게."

소운이 다시 자리에 앉았다.

명상궁이 나가고, 내의녀가 백화차 함을 들고 들어왔다. 굳은 표정으로 들어온 내의녀가 예를 갖추고 앉아 어렵게 입을 뗐다.

"중전마마."

내의녀의 표정을 본 소운은 좋지 않은 예감이 들었다.

"……좋지 않은 소식인가?"

내의녀는 차마 바로 입을 열지 못하고 애영을 슬쩍 보았다.

"무슨 일인데 그리 머뭇거리시오?"

애영이 묻자 내의녀가 서안 위에 백화차 함을 올려놓았다.

"중전마마, 아뢰옵기 송구하오나 중전마마께서 드시던 백화차는 불임(不姙)을 유발시키는 차이옵니다."

소운이 놀라 내의녀를 바라보았다. 애영 역시 경악했다.

소운이 떨리는 목소리로 애써 침착하게 물었다.

"……내의원에서 어의가 어찌, 내게 그런 약효의 차를 보냈단 말인가?"

"소인 그것까지는 모르겠으나 혹시나 싶어 다른 후궁들도 음용 중인지 알아보았는데, 오로지 중궁전에서만 들고 계셨습니다. 이것을 얼마나 복용하셨는지 여쭤도 되겠습니까?"

"애영아……."

소운이 창백한 얼굴로 애영을 찾았다. 애영은 울 것 같은 표정으로 말했다.

"적어도 석 달은 드셨을 것입니다."

순간 내의녀의 표정이 확 굳어졌다. 그런 내의녀의 표정을 놓치지 않고 소운이 물었다.

"어찌 그러는가!"

"아뢰옵기 송구하오나……, 이 차는 한 달만 복용해도 충맥과 임맥이 허손(虛損)되고 어혈이 뭉쳐…… 회임을 하실 수 없게 됩니다."

소운은 충격으로 얼어붙었다. 애영은 울컥하여 순간 눈에 눈물이 맺혔다.

"송구합니다, 중전마마."

기운이 빠진 소운이 옆으로 쓰러졌다. 애영이 놀라 '중전마마! 중전마마!' 하고 부르며 소운의 어깨를 붙잡자 내의녀는 얼른 소운의 안색을 살피고 진맥했다.

"어의영감을 모셔오겠습니다!"

내의녀가 서둘러 나가려 하자 번뜩 정신이 든 소운이 내의녀를 말렸다.

"아니 되네! 어의가 오면 전하께서 아시게 될 게야."

"예? 하오나……."

애영도 눈물을 흘리며 말을 보탰다.

"중전마마……, 어찌 고하지 말라 하십니까!"

"이제야 조정이 안정되려 하는데 또다시 분란을 일으켜선 아니 된다. 허니 결코 이 사실을 고하면 아니 돼. 알겠느냐?"

"예, 중전마마."

어쩔 수 없다는 듯 애영과 내의녀가 동시에 대답했다.

화려한 불빛과 외관을 자랑하던 신치수의 사랑방은 어둠 속에 잠겨 있었다. 방문은 죄 열려 있고 서안과 보료는 뒤집힌 채 바닥에 나뒹굴었다. 어둠 속에서 검은 복면을 쓴 이들이 분주히 무언가를 찾으며 미친 듯이 서책들과 서랍을 뒤지고 있었다. 한일회와 수하들이었다. 방 한쪽에는 신치수가 애지중지하며 가꾸던 분재가 뿌리가 뽑힌 채 쓰러져 있었다. 화분 속은 텅 비었다. 한일회는 분재 화분을 지나쳐 다른 것을 뒤지기 시작했다.

얼마 후, 진평군의 사랑채에 든 한일회가 진평군에게 보고했다.

"신치수의 집을 샅샅이 뒤졌으나 대감께서 찾으시는 것은 발견할 수 없었습니다."

"그래? 알았다. 나가봐라."

한일회가 예를 갖추고 나가자 진평군은 의금부 옥사로 신치수를 만나러 갔던 일을 떠올렸다.

─ 확실한 반정의 명분, 그게 무엇이오?

─ 내게 주상이 후금 누르하치와 밀통한 증좌가 있소.

─ 밀통의 증좌?

─ 그렇소. 도승지가 후금 누르하치의 세작에게 주상의 밀서를 건

네는 걸 내가 가로챘소.

신치수의 말에 진평군이 어이없다는 듯 말했다.

─ 주상이 그럴 리가 없소.

─ 주상이 아니라 도승지의 뜻이라면 어떻소?

─ 주상이 도승지에게 휘둘려 후금과 내통을 했다?

진평군은 순간 솔깃해졌다.

─ 그렇소. 내가 그 증좌를 드러낸다면 조정 대신들은 물론 온 나라의 사대부와 유생들이 들고 일어설 것이오.

─ 옥 안에 갇혀 있는 주제에 무슨 수로 그리한단 말인가?

진평군이 비웃으며 말했다.

─ 진평군이 나를 돕는다면 가능하지 않겠소?

대답 없이 바라보는 진평군의 눈동자가 흔들렸다. 그걸 본 신치수가 픽 웃으며 말했다.

─ 내가 이 꼴이 되는 걸 보고 나니 겁이 난 모양이구려.

순간 진평군의 표정이 날카롭게 변했다.

─ 겁쟁이라니, 감히 누구를 모욕하는 게냐!

─ 용상의 주인이 될 마음이 있다면 결정을 하시오. 나를 돕겠소?

진평군은 신치수의 말을 떠올리며 다시 갈등했다.

"주상의 밀서를 쥐고 있을 리가 없어! ……아니지. 거짓이라면 저리 자신만만할 리가 없으니. 이제 어찌한다?"

그날 밤, 선화당의 처소에서 조상궁이 선화당에게 흙투성이 기름

종이에 싸인 밀서를 내밀었다. 기름종이를 벗기고 밀서를 펼쳐보던 선화당이 흠칫 놀랐다. 밀서에는 옥새가 선명하게 찍혀 있었다.

한편 의금부 옥사에서는 신치수가 고요히 참선하듯 가부좌를 틀고 있었다. 아직 끝나지 않았다는 듯 그가 결심에 찬 눈을 부릅떴다.

이규가 동아격에게 밀서를 전했던 밤, 동아격은 신치수의 행랑아범과 수하들에게 습격을 당했다. 반격할 새도 없이 쓰러진 동아격은 죽은 듯이 고요해졌다. 수하들은 동아격의 몸을 뒤져 밀서를 찾아냈고 행랑아범은 신치수에게 밀서를 건넸다.

칼을 쓴 신치수가 이를 갈며 하선을 노려보듯 매서운 눈초리로 저주를 퍼부었다.

"천한 광대 놈아, 기다려라. 내 결코 혼자서는 저승길로 가지 않을 것이다!"

궁궐에 아침이 밝았다. 그날 오후 하선은 서고 안으로 살금살금 들어섰다. 창가에 앉아 있는 소운의 옆모습이 하선의 눈에 들어왔다.

소운의 옆에서 수발을 들기 위해 대기하고 있던 애영이 먼저 하선을 보고 고하려 하자, 하선은 조용히 하란 시늉으로 손가락을 입에 갖다댔다. 애영이 예를 갖춘 뒤 굳은 표정으로 밖으로 나가자 하선이 애영을 이상하다는 듯 보았다.

그때 뒤늦게 기척을 느낀 소운이 하선을 돌아보았다.

"전하……?"

"아깝소, 내 놀래주려 했는데."

하선이 아쉬워하며 말하자 소운이 애써 맑게 웃어 보였다.

"충분히 놀랐습니다. 이 시각에 서고엔 어찌 오셨습니까?"

"내 좋은 소식이 있어 전해주러 왔소."

순간 소운의 기대감이 커졌다.

"설마……."

하선이 고개를 끄덕이며 말했다.

"그렇소. 부원군의 신원이 결정되었소!"

소운이 두 손으로 입을 막으며 기쁨의 눈물을 글썽였다. 소운이 기뻐하는 모습을 본 하선 역시 기뻤다.

"고맙습니다, 전하. 아버지의 억울함을 풀어주셔서……."

"내 공이라 하고 싶은데……. 실은 나보다 도승지 영감이 더 애를 썼소."

"아, 도승지에게 제 고마움을 꼭 전해주십시오."

애써 미소 지으며 소운이 답했다. 그런 소운의 미소에 이상한 기색을 느낀 하선이 물었다.

"중전, 무슨 일이 있는 게요?"

"……예? 그것은 어찌 물으십니까?"

"이상하게 내 눈에 중전이 슬퍼 보여서 말이오."

소운은 눈물이 쏟아질 것만 같아 억지로 환하게 웃으며 말했다.

"기쁜 소식에 너무 놀라 그리 보이는 모양입니다. 심려 마십시오.

참, 제가 전하와 함께 읽을 서책들을 좀 골라봤습니다."

소운이 골라놓은 서책을 가지러 책상 쪽으로 가자, 유심히 지켜보던 하선이 입을 열었다.

"아, 내 도승지 영감과 논의할 일이 있었는데 깜박했소. 금방 다녀오리다."

"예, 전하."

하선은 서고를 나와 서고 마당에서 상궁나인들 사이에 서 있는 애영에게로 급히 다가섰다.

"잠시 나 좀 보자꾸나."

"예? 예, 전하."

놀란 애영이 하선을 따라 뒤꼍으로 갔다.

"솔직하게 말해다오. 중전의 안색이 어찌 저런 게냐?"

조심스럽게 묻는 하선 앞에 애영이 눈물을 쏟으며 엎드렸다.

"전하, 소인을 죽여주십시오!"

순간 하선의 표정이 굳어졌다.

"죽여달라니, 그게 무슨 말이냐?"

"실은……."

"무슨 일인데 그러느냐!"

애영은 하선에게 백화차 일을 모두 고했다.

하선이 서고를 나간 직후, 서책을 챙기던 소운의 눈에서 저도 모르게 눈물이 한 방울 톡 떨어졌다. 자기 눈물에 놀란 소운이 멍하니 있는데 이때 문 열리는 소리가 났다. 소운이 얼른 눈물을 닦고 돌아서자 하선이 굳은 표정으로 서 있었다.

"전하?"

"백화차 이야기 들었소. 내게 끝내 말하지 않을 생각이었소?"

순간 눈물이 왈칵 솟아오른 소운이 두 손으로 얼굴을 가리고 돌아섰다. 소운의 흐느낌에 그간 얼마나 힘들었을지 그 고통이 느껴진 하선은 차마 더는 묻지 못하고 가만히 소운을 안아주었다.

"미안하오. 지금 누구보다 아프고 힘든 사람은 중전인데……."

소운은 하선에게 안겨 눈물을 흘렸다. 소운의 눈물을 보자 하선은 분노가 차올랐다.

"누구 짓인지 밝혀내서 내 가만두지 않을 거요."

"그리하실까 봐 고하지 못한 겁니다."

"그게 무슨 말이오? 누구 짓인지 짐작이 가는 게요?"

소운은 차마 말을 잇지 못했다. 소운의 눈을 본 순간 하선은 말을 하지 않아도 누구의 짓인지 깨달았다.

그길로 하선은 조내관과 장무영을 거느리고 내의원으로 향했다.

"어의는 나오라! 당장 나오지 못할까!"

내의원 마당에 들어서기도 전에 하선이 소리쳤다. 어의가 나오자마자 하선은 그의 멱살을 잡았다. 순간 놀란 어의들과 내의녀들이 겁에 질려 그 자리에 엎드렸다. 뒤이어 도착한 장무영과 조내관, 상궁나인들 역시 근자에는 보지 못했던 임금의 난폭한 모습에 얼어붙었다.

"바른대로 대거라! 누구냐! 중궁전에 백화차를 들이라 한 자가!"

어의의 멱살을 잡은 채 하선이 물었다.

"무, 무슨 말씀이신지…… 소인은 정녕…… 모르겠습니다."

겁에 질린 어의가 더듬거리며 말했다.

"그래도 이자가!"

"전하, 죽을죄를 졌습니다! 목숨만 살려주십시오!"

어의가 읍소하자 그제야 하선이 멱살을 놓고 노려보았다.

"그것이…… 대비전입니다!"

자신의 짐작이 맞았음을 확인한 하선은 분노로 주먹을 불끈 쥐었다.

"중전이 그리 몸이 상했는데도 그저 피접 나가면 된다 한 것도, 피접 나갔다 돌아오자마자 다시 백화차를 올린 것도 모두 대비전의 명이었느냐?"

"……예. 소인, 대비전의 명을 차마 거역할 수가 없었습니다."

"백화차는 어딨느냐?"

어의가 서둘러 백화차 함을 내오자 하선이 백화차 함을 들고 씩씩대며 내의원을 나갔다. 이를 본 장무영이 다급한 목소리로 조내관에게 말했다.

"제가 전하를 따를 것이니 어서 도승지 영감을 모셔오십시오."

"알겠네."

하선이 대비전 중문을 때려 부술 기세로 열어젖히며 들어서자, 마침 전각에서 최상궁의 부축을 받으며 나오던 대비가 멈춰 섰다.

"주상, 이제 버릇이 된 모양이오? 예의염치도 저버리는 것이⋯⋯."

하선은 대비의 말이 끝나기도 전에 들고 있던 백화차 함을 집어던졌다. 함이 박살 나면서 찻잎이 바닥에 산산이 흩어졌다. 대비가 흔들림 없는 눈빛으로 하선을 노려보며 말했다.

"이제 대놓고 행패를 부리는 게요?"

"이건 어의가 대비전의 명으로 중궁전에 올린 백화차입니다."

대비는 놀랐지만 애써 침착함을 유지하며 하선을 바라보았다.

"그래서요?"

"세상엔 용서받지 못할 일이란 게 있는 법입니다. 사람이 해선 아니 되는 일 말입니다."

하선이 차가운 얼굴로 대비를 노려보며 말하자 대비의 눈에 순간 핏발이 섰다.

"내 말이 그겁니다. 주상에게 정녕 사리 분별이 있다면 사사로이 궁을 나갔다 돌아온 중전을 그리 쉽게 용서해선 아니 되는 겁니다!"

"어찌 그리 중전을 미워하십니까?"

"미워하다니 당치 않소. 나는 죄를 미워할 뿐 사람은 미워하지 않소이다."

하선이 대비를 향해 한 발 다가섰다.

"죄를 뉘우치는 기색이라도 보이십시오."

대비 역시 하선을 향해 한 발 다가섰다.

"주상이라면 그리할 수 있겠소? 우리 가문, 내 아비, 주상의 아우 경인대군 앞에서 그리할 수 있겠냔 말이오."

"끝까지 버티시겠단 겁니까?"

"그렇다면 어찌하시겠소?"

"허면 저도 어찌할 수 없지요. 대비전을……, 대비전을!"

기대감에 찬 눈빛으로 대비가 하선을 바라보았다.

"전하, 아니 되옵니다!"

이때 하선과 대비 사이로 이규가 달려와 예를 갖춰 섰다.

"전하, 부디 자중하십시오."

"모르면 가만있게!"

하선이 대비를 노려보며 말했다.

"이미 들어 알고 있습니다. 부디 잠시 화를 가라앉히시고……."

"알면서 내게 자중하란 말이 나오는가!"

하선이 격분에 차서 목소리를 높이던 이때 대비가 끼어들며 말했다.

"도승지, 주상의 말씀이 맞소. 주상, 어서 말씀하세요. 내게 하려던 말이 무엇이오?"

대비의 도발에 하선이 대비에게 한 발 다가서자 이규 역시 하선에게 한 발 다가섰다.

"전하, 그것만은 아니 되옵니다!"

"어찌 아니 된다고만 하는가!"

하선의 분노가 이규에게로 향했다.

"전하!"

이규가 하선을 다독이려는 듯 간절하게 바라보았다. 대비는 하선과 이규를 보며 말했다.

"참으로 재미진 구경이구려. 저잣거리 광대놀음이 설마 이만큼 재미질까?"

순간 하선은 대비를 노려보았으나 이규의 시선이 하선을 붙잡았다. 그 시선에 겨우 분을 누른 하선이 한 발 뒤로 물러서자 그 순간을 놓치지 않고 대비가 냉랭하게 말했다.

"주상, 중전이 대통을 잇지 못하게 되었으니 이번에야말로 폐비해야 마땅할 것 같은데 어찌 생각하시오?"

이규가 하선을 말리려 했지만 결국 화를 참지 못한 하선이 대비를 향해 말했다.

"폐비를 해야 한다면! 대비전부터 할 것입니다!"

대비는 그제야 환한 미소를 지어 보였다.

"어디 할 수 있으면 해보시오."

대전 침전으로 돌아오자마자 이규는 하선에게 버럭 화를 냈다.

"어찌 끝까지 참지 못한 게냐! 대비마마께서 네 입에서 폐모 이야기가 나오길 기다렸다는 걸 정녕 모르겠느냐!"

"압니다. 하지만 그리할 수밖에 없었습니다!"

"내 일찍이 폐모를 하려 했었던 것을 너도 알고 있을 게다. 그건 오로지 전하의 안위를 위해서였다. 그때 폐모 상소를 올렸다면 쉽게 전하의 윤허를 받을 수 있었겠지만 결국 사림들이 그걸 빌미로 반기를 들고 일어나 전하와 조정을 공격했을 게다. 전하를 지키려던 내 계책이 결국 전하를 해하게 됐을 게야."

"지금 그 말씀을 하시는 이유가 뭡니까?"

"그때 내 실수를 막은 사람이 다른 누구도 아닌 너였기 때문이다!"

"그땐 제가 궁궐의 사정을 잘 몰랐습니다. 허나 이젠 압니다. 나으리도 제게 말씀하셨지요. 이곳에서 살아남는 방도는 둘뿐이라고! 철저히 밟아 숨통을 끊어놓거나 완전히 외면하라고. 제게 남은 방도는 이제 하나뿐입니다."

"대비전을 섣불리 건드리면 결국 그 화살은 중전마마께로 향할 게다. 몇 번을 당해놓고 아직도 그걸 모르겠느냐!"

맞는 말이었다. 하선이 고통스럽게 이규를 쳐다보았다.

"대비마마를 폐모하려면 확실한 증좌와 증인이 있어야 하고, 무엇보다 조정의 논의가 우선이다. 부원군께서 조정에 복귀하시면 내 절차를 밟을 준비를 시작하겠다. 때가 무르익으면 조정이 나서서 주청을 올릴 것이니 그때까지 기다려라."

"그럼 서둘러주십시오."

하선은 굳은 표정으로 대답했다.

"내 날이 밝는 대로 부원군을 모시러 가겠다."

이규의 얼굴에서 느껴지는 결의를 하선은 묵묵히 바라보았다.

다음 날 이른 새벽, 이규는 철릭 차림으로 하선에게 예를 갖추고 절한 후 호위무관 둘을 거느리고 길을 나섰다. 그 모습을 지켜보던 하선이 무언가 생각난 듯 조내관을 불렀다.

"조내관."

"예, 전하."

"부원군이 오시기 전에 내 중전마마를 위해 뭔가 해드리고 싶소."

조내관이 이해한다는 듯 고개를 끄덕였다.

"생각해두신 것이 있으면 하명하십시오."

중궁전 침전으로 어스름 빛이 들었다. 슬픔과 고통에 잠 한숨 이루지 못하고 멍하니 앉아 있는 소운 앞에 애영이 비단 보따리 하나를 놓았다.

"중전마마, 전하께서 보내셨습니다."

소운이 보따리를 펼치니 여염 여인의 옷과 서찰이 놓여 있었다.

조금 긴 잠행을 갈 것이니 단단히 채비하고 나오시오.

소운은 영문을 알 수 없어 어리둥절해하며 옷을 펼쳐보았다. 진홍빛 치마에 저고리 깃을 따라 연두색 천을 덧댄 화려한 새색시 옷이었다.

소운은 옷을 갈아입고 장옷을 손에 들고 애영과 함께 중궁전을 나섰다. 도포 차림의 하선이 궁궐 후문에서 장무영과 함께 기다리고 있었다. 소운을 본 하선의 얼굴에 미소가 번졌다.

"보기 좋소."

여전히 슬픔이 어린 얼굴로 소운이 물었다.

"전하, 갑자기 어딜 가시는 것입니까?"

하선은 짐짓 농담조로 '날 못 믿겠소?' 하며 되물었다. 소운의 얼굴에 그제야 옅은 미소가 떠올랐다.

"믿습니다."

하선이 소운을 이끈 곳은 신선대였다. 엷은 물안개가 피어오르고 짙고 푸른 바다가 넓게 펼쳐져 있었다. 그림 같은 기암괴석 위에 하선과 소운이 나란히 섰다.

소운이 눈앞의 절경에 감탄하며 말했다.

"이런 풍경은 처음 봅니다."

하선은 안도의 한숨을 내쉬었다.

"다행이오. 내 중전의 상한 마음을 조금이라도 풀어주고 싶었소."

하선의 말이 소운의 마음을 어루만졌다. 소운의 시선이 바다로 향했다.

"내의녀에게 진맥 결과를 듣고 많이 괴로웠습니다. 전하와 함께할 자격도, 전하를 지킬 방도도 모두 잃어버린 듯하여…… 슬프고 외로웠습니다."

하선은 그 모든 것을 혼자 감내하려 했던 소운을 생각하니 마음이 아파왔다. 곧 소운이 눈을 돌려 올곧은 시선으로 하선을 바라보았다.

"그 고통이 너무 심하여 잠시 잊고 있었습니다. 저보다 제 마음을 더 잘 헤아려주시는 분이 옆에 계시다는 걸."

하선은 가만히 소운의 손을 잡았다. 소운은 미소 지으며 철썩이는 파도 하나 놓치기 싫다는 듯 지긋이 풍경을 응시했다.

"이 풍경을 마음에 오래 담아두겠습니다. 다시 궁으로 돌아가도 언제든 꺼내볼 수 있게요."

"봄에는 들로 꽃구경을 갑시다. 여름엔 함께 소나기를 맞고, 가을엔 개암나무 열매를 주우러 산으로 가도 좋겠소."

"겨울엔 또 여기 오는 겁니까?"

"돌아오는 겨울엔 어여쁜 눈사람을 만들어드리리다."

"약조하신 것입니다?"

하선이 힘차게 고개를 끄덕였다.

"물론이오."

그런 하선을 보며 소운은 오랜만에 행복하게 웃었다.

바닷가를 벗어나 소담스러운 돌담길을 지나는데 두 그루의 회화나무가 묘한 자세로 서 있는 것이 보였다. 서로를 향해 손을 뻗듯이 드리워진 모습이 신기하여 소운의 입에서 감탄이 터졌다.

"이건 회화나무가 아닙니까?"

하선은 소운의 반응을 보며 뿌듯하게 미소 지었다.

"맞소. 내 예전에 도성으로 올라오는 길에 여길 지나쳤던 기억이 나서 중전에게도 보여주고 싶었소."

"제각기 뿌리 내려 따로 서 있는 두 나무가 어찌 이리 얽혀들게 되었을까요?"

"두 나무가 함께할 운명이었던 게 아닐까 싶소."

운명이라는 하선의 말에 소운은 하선을 물끄러미 보았다.

"이 나무에는 예전부터 내려오는 전설이 있다 하오. 정인들이 함께 이 나무 밑을 지나면 백년해로(百年偕老)를 한다 하더이다."

소운의 가슴이 먹먹해졌다. 하선은 소운에게 손을 내밀며 말했다.

"나와…… 백년해로해주지 않겠소?"

소운의 커다란 눈에 맑은 눈물이 그렁그렁했다. 마음을 준 지아비가 이헌이 아닌 하선이었음을 알았을 때 절망 끝에 섰던 소운이었다. 그토록 소중하게 여겼던 삶의 지표, 중궁전으로서의 도리, 여인으로서의 정절은 더 이상 소운에게 중요치 않았다. 백 년을 함께할 운명, 하선이 있기 때문이었다.

소운은 고개를 끄덕이며 하선의 손을 잡았다. 하선은 그런 소운의 손을 꼭 잡고 회화나무 아래로 이끌었다. 한 걸음, 한 걸음씩 발맞춰 회화나무 아래를 지난 하선과 소운은 서로를 애틋하게 바라보았다.

"약조하겠소. 그대에게 부끄럽지 않은 성군이 될 것이오. 그대도 약조해주시오. 다시는 혼자서 눈물짓지 않겠다고. 괴로운 일도 즐거운 일도 모두 나와 함께 나누겠다고."

소운이 하선에게 한 걸음 다가섰다.

"약조하겠습니다."

하선과 소운은 서로를 향해 더 가까이 다가섰다. 그리고 처음인 듯 영원인 듯, 그렇게 오랫동안 입을 맞추었다.

이규는 일각이라도 빨리 부원군 유호준에게 신원을 알리기 위해 발걸음을 서둘렀다. 하지만 유호준의 배소지 처소에 도착하자마자 왠지 모를 불길함에 등골이 서늘해졌다. 사립문 앞을 지키고 있어야 할 군졸이 보이지 않았다. 불안을 떨치려 이규는 도리어 크게 소리쳤다.

"대감, 학산입니다. 안에 계십니까?"

안에서는 아무런 대답도 돌아오지 않았다. 인기척조차 느껴지지 않았다. 이규는 급히 방문을 열었다. 안으로 들어서던 이규의 발이 얼어붙었다. 코끝에 비릿한 피 냄새가 스쳤다. 바닥에 누워 있는 사람의 가슴팍에 꽂힌 단검의 손잡이와 붉게 물든 흰색 요가 눈에 들어왔다. 방으로 뛰어든 이규의 눈에 유호준의 얼굴이 보였다.

"대감! 대감!"

이규는 이미 절명해 미동도 없는 유호준의 시신 앞에 절망으로 무릎을 꿇었다. 함께 새로운 세상을 꿈꾸었던 지우(知友)의 쓸쓸하고 처참한 최후 앞에 이규의 눈에서는 하염없이 눈물이 흘렀다.

해가 지고 초롱불이 하나둘 어둠을 밝힐 무렵, 밝은 표정의 하선과 소운이 함께 궁궐 후문으로 들어섰다가 이규를 보고 놀라 멈춰 섰다. 이규가 조내관과 함께 기다리고 있었다.

"아, 도승지……. 벌써 돌아왔소?"

하선은 소운과 같이 있는 것이 내심 신경 쓰였다. 하지만 이규는 그런 것은 안중에 없는 듯 말없이 굳은 표정으로 예를 갖추었다. 이규의 곁에 선 조내관도 말이 없기는 마찬가지였다. 장무영과 애영은 영문을 모르겠다는 얼굴로 눈치만 살피고 있었다.

하선이 의아하다는 듯 물었다.

"부원군은 어디 계시오?"

이규의 시선이 하선과 소운을 차례로 향했다. 차마 입이 떨어지지
않았다.

"전하, 중전마마……. 부원군께서……."

한 마디 한 마디가 이규의 가슴을 짓눌렀다. 이규의 이상한 행동
에 소운이 불길한 느낌에 얼굴이 굳어졌다.

"돌아가셨습니다."

하선은 귀를 의심했다. 소운의 얼굴에 경악의 빛이 떠올랐다.

"……그럴 리 없소. 지난번 배소에서 뵀을 때도 강건하셨소. 뭔가
오해가 있을 것이오. 잘못된 소식일 것이오!"

이규는 침통하게 말했다.

"……송구하옵니다, 중전마마."

소운이 눈물을 글썽였다.

"정말 돌아가셨단 말이오? 연유가…… 무엇이오?"

이규는 시선을 떨구며 말을 골랐다. 이내 굳은 얼굴로 말했다.

"누군가에게 살해당하신 듯합니다."

소운이 휘청거리며 본능적으로 하선의 팔을 잡았다.

"중전!"

하선이 소운을 붙들었지만 소운은 그대로 무너져 내렸다.

"아버지……!"

아버지를 부르며 오열하는 소운을 보고 하선의 마음은 천 갈래
만 갈래로 찢어졌다. 그 모습을 지켜보는 것 말고 아무것도 할 수 없
는 이규와 조내관, 장무영 그리고 애영도 소리 없이 눈물만 흘릴 뿐

이었다.

같은 시각 대비전에서는 대비가 흐뭇한 미소로 진평군을 보고 있었다.

"유호준이 신원된다 하여 내 참으로 분하고 원통했는데, 잘했소! 진평군이 이제야 제대로 힘을 쓰셨구려!"

"이리 기뻐하시니 소신도 마음이 좋습니다."

진평군의 목소리에도 흡족한 기색이 역력했다.

"내 주상과 중전의 낭패한 얼굴을 구경하러 가야겠소!"

자리에서 일어서려는 대비를 진평군이 강하게 만류했다.

"대비마마, 자중하십시오."

대비는 흠칫하며 진평군을 보았다. 진평군이 말을 이었다.

"주상이 눈치챌 수도 있으니 속마음을 감추시는 게 상책입니다."

대비가 다시 자리에 앉으며 말했다.

"유호준이 척살된 것은 주상이 무고한 내 아비와 경인대군을 죽였을 때부터 예정되어 있던 인과응보(因果應報)이자 결자해지(結者解之)요."

대전 침전으로 돌아온 하선은 쉬이 분노를 가라앉힐 수 없었다. 침통한 표정으로 이규가 말했다.

"대비전이 사주하여 일을 벌인 게다. 부원군이 돌아오면 하선이 너의 세가 커질 것이 분명하니."

245

하선은 벼락같이 화를 냈다.

"내 결코 가만있지 않을 겁니다! 대비전도, 대비전의 사주를 받고 부원군을 죽인 자도……!"

순간 하선의 머릿속에 기억 하나가 떠올랐다. 유호준의 신원을 논하던 자리에서 평소 자신의 뜻을 먼저 밝히던 바 없던 진평군이 도 승지의 청은 옳지 않다며 유호준의 신원을 윤허하지 말라고 강하게 목소리를 높였었다.

"진평군! 부원군의 신원을 제일 강하게 반대했던 진평군이 부원군을 해한 게 확실합니다!"

이규는 다급히 말하는 하선을 보며 고개를 끄덕였다.

"내 생각도 그러하다. 허나 심증만으로 진평군을 잡으려 하면 역 공을 당하기 십상이니 신중해야 한다."

이규의 말에 하선의 고민은 더 깊어갔다. 이때 조내관의 목소리가 들렸다.

"전하, 조내관입니다!"

하선은 안으로 들어온 조내관을 보며 물었다.

"대비전 기색은 어떻소?"

"아까부터 진평군이 들어 있다 합니다."

조내관의 말을 듣자마자 하선의 시선이 장무영을 향했다.

"장무관! 나와 중전마마를 공격했던 자들이 남긴 화살촉, 어디 있는가?"

장무영이 품에서 면포로 싼 화살촉을 꺼내 보였다.

"제가 가지고 있습니다. 예전에 사냥터에서 전하를 노렸던 화살촉과는 다른지라 도성 안팎의 대장간들을 돌며 출처를 찾고 있는 중입니다."

하선이 손을 저으며 말했다.

"그러지 말고 당장 진평군의 사저를 뒤지게!"

장무영은 당황한 기색으로 대답했다.

"예? 예!"

급히 나가는 장무영의 뒤로 이규의 목소리가 떨어졌다.

"무영아, 멈춰라!"

장무영은 혼란스러운 얼굴로 하선과 이규를 번갈아 바라보았다. 하선의 숨이 거칠어졌다.

"어찌 막으시는 겁니까?"

이규가 하선을 보며 말했다.

"진평군의 사저를 뒤졌다가 증좌가 아니 나오면 어찌할 생각이냐? 진평군은 잡지도 못하고 외려 우리가 의심하고 있다는 것만 알리는 것이 될 게다. 또한 죄 없는 신하에게 누명을 씌워 핍박한다는 오명을 얻을 수도 있다."

"구더기 무섭다고 장 못 담그고 호랑이 만날까 봐 산에 못 갑니까! 예서 머뭇거리면 증좌도 놓치고 대비전과 진평군의 세만 키우는 꼴이 될 겁니다."

하선이 목소리를 높였다. 난처한 장무영의 시선이 하선과 이규 사이를 오갔다. 무어라 더 말하려던 이규가 체념한 듯 입을 다물었다.

"그럼 명 받들겠습니다!"

장무영은 하선에게 예를 갖추고 대전을 나오는데 뒤에서 이규가 불러 세웠다.

"무영아, 기다려라."

장무영이 멈춰 선 채 이규를 보았다. 이규는 장무영에게 가까이 다가와 누가 들으면 안 된다는 듯 나직한 목소리로 말했다.

"진평군의 사저에서 증좌가 아니 나오면, 네가 가지고 있는 그 화살촉을 증좌로 삼거라."

장무영은 흠칫 놀라 속삭였다.

"거짓 증좌를 만들란 말씀이십니까?"

이규는 말없이 고개만 끄덕였다.

순간 장무영의 얼굴에 갈등의 빛이 떠올랐다 사라졌다. 장무영은 고개를 끄덕이고 대전을 나갔다. 그 뒷모습을 이규는 무겁게 바라보았다.

"어명이다! 당장 문을 열어라!"

나졸들이 진평군 집 대문을 부서질 듯 두드렸다. 대문 안쪽에서는 가솔들이 안절부절못하고 서 있었다. 늙은 하인이 주춤대며 빗장을 풀기 무섭게 대문이 열렸다. 장무영은 호위무관과 나졸들을 거느리고 집 안으로 들이닥쳤다. 진평군의 가솔들과 가노들은 영문을 모른 채 겁에 질린 얼굴로 장무영과 일행을 보고만 있었다.

"샅샅이 뒤져라!"

장무영의 명이 떨어지자 호위무관들과 나졸들이 진평군의 집 안 곳곳으로 흩어져 수색을 시작했다. 얼마 뒤 호위무관 중 한 명이 사랑채 안에서 화살통 하나를 들고 나왔다.

"장무관님!"

호위무관이 화살을 꺼내 장무영에게 건넸다. 장무영은 품에서 면포로 싼 화살촉을 꺼내 확인했다. 두 개의 화살촉이 서로 달랐다. 낭패였다. 하지만 장무영은 한 번 더 명을 내렸다.

"다른 화살이 더 있는지 찾아라!"

호위무관이 다른 곳으로 달려가자 장무영은 주위를 살폈다. 어수선한 집에서 장무영을 지켜보는 이는 아무도 없었다. 장무영은 들고 있던 화살의 촉을 꺾었다. 대신 품에 넣어 가지고 왔던 화살촉을 손에 쥐고 결심한 듯 외쳤다.

"증좌를 찾았다!"

호위무관들과 진평군의 가솔들, 가노들의 시선이 일제히 장무영을 향했다.

진평군이 대비전에서 물러나 막 금호문을 나서려 할 때였다. 서장원과 이한종, 형판과 공판을 비롯한 여러 대소신료들이 등청하는 모습이 보였다. 진평군은 의아해하며 형판에게 다가가 물었다.

"이 밤에 어찌들 오십니까?"

"전하의 소명(召命)을 받고 오는 길이오. 혹 진평군께선 받지 못하셨소?"

진평군은 무언가 잘못되었음을 직감했다. 그때 금군대장이 금군들을 이끌고 진평군에게 다가왔다.

"대감, 저희와 함께 가시지요."

눈 깜짝할 사이에 형판의 목에 검이 드리워졌다. 진평군이 순식간에 금군대장의 검을 뺏어 든 것이다. 금군들이 진평군을 둘러싸고 창을 겨눴다. 일촉즉발의 위기에 놀란 서장원과 이한종 그리고 대소신료들이 경악하며 진평군을 쳐다보았다.

진평군은 형판의 목에 검을 댄 채 외쳤다.

"모두 물러서라!"

"사…… 살려주시오!"

이한종이 말했다.

"진평군, 이게 무슨 짓이오!"

진평군은 들리지 않는 듯 검을 휘둘렀다.

"물러서래도!"

금군대장이 할 수 없이 금군들에게 명했다.

"물러서라."

대소신료들이 놀라 어찌할 바 모르는 사이 진평군은 형판을 인질로 삼아 금군들을 피해 금호문 밖으로 나가서는 형판을 밀어버리고 도망치기 시작했다. 금군대장이 금군들에게 명령했다.

"쫓아라!"

그때 한일회와 수하들이 뛰어와 도망치는 진평군을 호위하며 달렸다. 한일회가 다급히 외쳤다.

"대감을 보위하라!"

진평군의 수하들과 금군들이 맞서 싸우는 사이, 진평군은 한일회와 함께 자리를 떠나 은신처로 향했다. 관복을 벗고 융복으로 갈아입으며 진평군이 물었다.

"어찌 된 일이냐!"

진평군의 검을 들고 곁에 서 있던 한일회가 대답했다.

"주상의 호위무관이 갑자기 사저를 덮쳐 주상의 척살을 시도했을 때 썼던 화살을 찾아냈습니다."

그 말에 진평군은 의아하다는 듯 고개를 갸웃했다.

"화살? 내 사저에 그 화살을 둔 적이 없거늘 어찌……"

진평군이 순간 얼어붙었다.

"주상이 나를 역모로 몰려고 덫을 놓은 게 분명하다!"

한일회가 놀라 진평군을 바라보았다. 진평군은 한일회에게 검을 되받으며 굳게 결심한 목소리로 말했다.

"군사들을 소집하라."

"예, 대감!"

한일회는 깊이 고개 숙이며 진평군의 명을 받들었다.

대소신료들이 든 편전 안은 어수선한 분위기였다. 하선은 어좌에 굳은 표정으로 앉아 있었다. 곁에 선 이규와 조내관의 표정 역시 어둡기는 마찬가지였다. 하선이 형판을 내려다보며 말했다.

"형판, 진평군에게 해를 입었다 들었소. 괜찮소?"

"예……. 심려해주시니 황공하옵니다."

형판은 떨떠름한 표정으로 예를 갖추며 답했다. 서장원이 이어 목소리를 높였다.

"전하! 역도가 궁궐을 드나들며 전하의 안위를 위태롭게 만들 동안 이를 살피지 못한 소신들의 죄가 참으로 크옵니다! 원컨대 소신에게 중벌을 내려주시옵소서!"

이한종 또한 앞으로 나와 고개를 숙이며 무겁게 말했다.

"소신에게도 중벌을 내려주시옵소서!"

중벌을 내려달라며 고개를 숙이는 신료들이 줄을 이었다. 그 모습을 보며 눈빛을 교환하던 형판과 공판도 같이 나서서 고개를 숙였다.

하선이 이제 더는 미룰 수 없다는 듯 말했다.

"정녕 나를 위한다면 폐모 논의를 시작해주시오."

그러자 형판이 굳은 표정으로 나섰다.

"송구하오나 전하, 그 명은 따를 수 없습니다."

하선은 형판이 이해되지 않았다.

"형판은 진평군에게 죽을 뻔해놓고 어찌 아니 된다 하는 게요?"

하선의 목소리가 분노로 커졌다. 형판 또한 물러서지 않았다.

"전하, 진평군의 죄가 곧 대비전이 역심을 품었다는 증좌는 아니지 않습니까?"

형판의 예상치 못한 일격에 하선과 이규의 표정이 굳어졌다.

편전을 나온 하선과 이규의 고뇌는 밤과 함께 깊어져갔다.

"부원군이 변을 당하고 진평군이 도주했는데도 조정에서 폐모 논의를 주저하니 이젠 어쩔 수 없습니다. 내일 상참에 나가 그냥 폐모를 명하겠습니다."

"아니 된다. 명분 없이 폐모를 명하면 사림의 반발이 거셀 게다."

하선이 결심한 듯 말하자 이규가 만류했다.

"……하지만!"

"진평군을 추포하여 토설을 받아낸 후 내 앞장서서 폐모 주청을 올리겠다."

하선과 이규는 말없이 서로를 노려보았다. 조내관은 이들의 반목이 불안하기만 했다. 이때 협시내관이 고했다.

"전하, 장무관 들었습니다!"

하선은 기대감에 찬 표정으로 장무영에게 물었다.

"진평군은 추포하였는가?"

장무영은 고개를 숙였다.

"송구합니다."

하선의 얼굴에 금세 낭패의 빛이 어렸다. 이규의 마음 또한 무겁기는 마찬가지였다.

이규와 장무영이 물러간 후에도 하선은 잠을 이루지 못했다. 아니 잠들 수 없었다. 방도가 없는지, 어찌하면 좋을지 분노와 갈등으로 방을 서성이는 하선의 곁을 조내관 또한 떠나지 못했다. 근심에 근심을 더할 뿐이었으나 곁을 지키는 것만이 그가 할 수 있는 일이었다. 이규 역시 집무실에서 깊은 생각에 잠겨 있었다. 타오르는 초와 함께 이규의 마음도 타들어가고 있었다.

다음 날 굳은 표정으로 대전을 나서는 하선에게 협시내관이 급히 다가와 고했다.

"전하, 의금부에서 연통이 왔습니다. 죄인 신치수가 진평군의 일로 고할 것이 있다며 긴히 뵙기를 청한다 하옵니다."

"신치수가……?"

뜻밖의 이름에 하선의 눈꼬리가 올라갔다. 하선은 재빨리 발걸음을 의금부로 향했다.

옥사에 갇힌 후 신치수의 머릿속에는 이규에 대한 생각뿐이었다. 법천사 대웅전의 빈 위패 앞에 서 있던 이규.

'이름 없는 위패……, 위패?'

신치수의 눈이 번쩍 뜨였다.

'설마……'

아니, 설마가 아니라 역시다. 그 순간 신치수의 눈앞에 용포 자락이 보였다. 신치수는 고개를 들었다. 그는 틀리지 않았다. 눈앞에 선이자는 임금이 아니라 광대가 분명했다. 용포 차림의 하선을 멍하니 바라보던 신치수는 피식 웃음을 흘리며 한껏 빈정댔다.

"오셨습니까, 전하. 꼴이 이 모양이라 예를 갖추지 못함을 용서하십시오."

하선이 굳은 표정으로 말했다.

"진평군의 일로 고할 것이 있다 해서 왔다."

"도승지가 제 뒷배인 부원군이 죽은 일로 대비를 폐모하자 청하는 모양인데, 저라면 그 말을 듣지 않겠습니다. 그건 결국 진평군이 원하는 일을 해주는 꼴이 될 것이니."

하선은 신치수를 노려보았다.

"고작 그걸 알려주려고 날 불렀느냐?"

아까운 시간만 낭비했다는 생각에 돌아서려는 하선을 신치수가 불러 세웠다.

"임금 놀이가 꽤 재미진 모양이지?"

하선이 걸음을 멈췄다. 신치수가 음흉한 목소리로 말을 이었다.

"용상에 앉아 있으니 진짜 임금이라도 된 것 같겠지. 허나 넌 학산의 꼭두각시에 불과하다. 진짜 임금 노릇은 네가 아니라 학산이 하고 있으니. 아니 그러냐?"

하선이 다시 신치수에게 다가가 나직하게 읊조렸다.

"틀렸다. 나으린 그런 분이 아니야."

신치수의 얼굴에 비웃음이 번졌다.

"이리 순진하다니! 학산이 전하를 죽이고 널 선택할 만했구나."

"……방금 뭐라 했느냐?"

하선이 얼어붙었다. 신치수는 반신반의하는 표정으로 되물었다.

"정녕 몰랐느냐? 학산이 전하를 죽인 것을?"

하선은 충격에 빠져 간신히 말했다.

"……헛소리 마라."

"아무리 심신이 미령해지셨다 해도 전하께서 갑자기 붕어하신 것이 이상하지 않느냐? 게다가 분명 학산 외엔 누구도 전하께서 붕어하시는 모습을 보지 못했을 게다."

하선의 시선이 흔들렸다. 소운에게 이헌의 임종을 지키지 못했다는 말은 들었으나 소운 역시도 이헌이 왜 죽었는지, 어떻게 죽었는지 알지 못하는 눈치였다.

"네놈이 용안을 닮았고 말을 꽤 잘 들으니 학산도 한동안은 널 진짜 임금인 양 잘 모실 게다. 허나 자기 뜻에 맞지 않는다 싶으면 언제든 너도 죽이겠지. 학산은 능히 그러고도 남을 자니까."

하선은 혼란스러웠지만 매섭게 받아쳤다.

"진짜 하고 싶은 말이 뭐냐?"

신치수가 본심을 드러냈다.

"꼭두각시 노릇이라면 꼭 학산의 손만 잡을 필요는 없지 않느냐? 어떠냐? 내 손을 잡아보는 것이. 네놈이 이제껏 맛보지 못한 부귀영화를 안겨주겠다. 학산이라면 결코 허락하지 않을 권력의 맛, 용상의 즐거움을 누리게 해주겠다."

"닥쳐라!"

순진하고 어리석은 놈이라 생각했는데 갑작스러운 하선의 고함에 신치수는 순간 움찔했다. 하선이 냉정한 눈으로 신치수를 내려다보았다.

"네놈이 어찌하여 지금 옥에 갇혀 있는 줄 아느냐? 그건 네놈이 날 너무 얕봤기 때문이고, 나으리를 너와 같은 간신배라 지레짐작했기 때문이다."

신치수의 얼굴이 웃음과 함께 일그러졌다.

"천한 광대 놈이 이제 날 가르치려는구나."

"천한 건 내가 아니라 너다. 죽을 날 받아놓고도 이런 이간질을 일삼다니. 참으로 불쌍하구나."

하선은 신치수를 동정하며 돌아섰다. 천하디 천한 광대에게 자존심이 짓밟힌 신치수는 분노에 차 그 뒷모습을 한참이나 노려보았다. 무거운 마음으로 대전 마당으로 들어서는 하선에게 장무영이 급히 다가왔다.

"전하, 긴히 드릴 말씀이 있습니다."

"대비마마께 알현을 청해주게."

이규의 갑작스러운 알현에 대비전 최상궁은 당황했지만 대비전의 주인은 전혀 당황하지 않고 태연한 얼굴로 찻잔을 들었다.

"도승지가 나를 찾아올 줄은 미처 몰랐소."

"진평군의 일로 대비마마께 긴히 여쭐 말씀이 있어 왔습니다."

대비에게 말하고 있는 이규의 얼굴에는 알 수 없는 미소가 떠올라 있었다.

"진평군 소식은 들었소. 역모를 획책했다지요?"

남의 일인 양하는 대비의 말을 이규 또한 태연하게 받았다.

"진평군이 대비전 안부를 잘 챙긴 것으로 압니다. 작은 것이라도 좋으니 혹 마음이 걸리시는 것이 있다면 말씀해주십시오."

"이상한 점이라……, 글쎄요. 진평군은 내게 세상 돌아가는 소식을 알려주는 말벗이었을 뿐 이상한 기색을 보인 적은 없소."

"정녕 그뿐이었습니까?"

이규가 웃으며 묻자 찻잔을 돌리던 대비의 손이 멈추었다.

"무슨 뜻이오?"

대비는 매섭게 이규를 노려보았다.

"제가 알기론 진평군은 뒷배 없이 일을 저지를 배포가 없는 자입니다. 헌데 전하를 몇 번이나 시해하려 했고 부원군까지 죽였습니다. 자신이 다음 대통을 이을 것이라는 확신이 없다면 감히 그런 짓을 꾸밀 위인이 못 되는데 말입니다."

찻잔을 내려놓는 대비의 손에 힘이 들어갔다.

"주상이 그 아비와 형을 역모로 몰아 죽였으니 원수를 갚고 싶었나 보지요."

"진평군의 마음을 어찌 그리 잘 아십니까?"

대비의 표정에는 어떤 흔들림도 없었다.

"인지상정이요."

"그러고 보니 경인대군의 기일이 코앞이군요."

이규의 말에 찻잔을 입으로 가져가던 대비의 손이 멈칫했다.

"기억하고 있을 줄 몰랐소."

대비의 표정이 싸늘해졌다. 이규가 속을 알 수 없는 표정으로 무겁게 되물었다.

"어찌 잊을 수 있겠습니까?"

도대체 무슨 말을 하는지 알 수 없었던 대비가 순간 이상함을 느끼고 멍하니 이규를 보았다. 이규가 말을 이었다.

"마지막 가시던 모습이 아직도 눈앞에 생생합니다. 참으로 맛나게 석반(夕飯)을 드셨지요."

이규의 목소리에는 주저함도, 흔들림도 없었다.

"지금…… 무슨 말을 하는 게요?"

서서히 차오르는 분노에 대비의 눈가가 파르르 떨렸다. 이규는 눈 하나 깜짝하지 않았다.

"거친 잡곡밥에 무른 나물들. 대군께 올리기에는 참으로 별 볼일 없는 찬이었는데도 고사리 같은 손으로 젓가락질을 잘도 하셨습니다."

찻잔을 쥔 대비의 손이 부들부들 떨렸다.

"그것이 이승에서의 마지막 끼니인지도 모르고 말입니다."

이규가 쐐기를 박듯 말했다.

"이놈!"

대비가 괴물 같은 비명을 지르며 찻잔을 내던졌다. 이규를 스쳐 바닥에 떨어진 찻잔이 산산조각 났다. 이규는 낯빛 하나 변하지 않은 채 고요히 앉아 있었다.

"······신치수가 아니라 너였구나! 내 아들을 죽인 게!"

대비의 목소리가 떨렸다. 이규가 대비를 똑바로 바라보며 답했다.

"예. 전하를 위해 제 손으로 경인대군의 목숨을 거뒀습니다."

이규를 노려보는 대비의 눈에 핏발이 섰다.

"피를 토하시고 마지막 숨으로 어마마마를 부르셨습니다."

"네 이놈! 내 주상이 아니라 네놈부터 죽였어야 했거늘!"

대비가 발작하듯 소리쳤다. 이규의 눈빛이 매섭게 변했다.

"그래서 진평군에게 두 분 전하를 시해하라, 부원군을 죽이라 명하셨습니까?"

대비의 눈에 불쑥 눈물이 차올랐다. 대비의 분노에는 거칠 것이 없었다.

"오냐, 내가 진평군에게 주상과 중전을 척살하라 명했다! 부원군도 죽이라 했다! 그게 어쨌단 말이냐! 내 생때같은 자식 죽인 죄인들이니 벌을 내린 것인데! 뭐가 잘못이란 말이냐!"

그 말이 떨어진 순간 이규가 절도 있게 일어나 뒤로 물러섰다. 방문이 열리자 하선이 모습을 드러냈다. 분노로 일그러진 대비의 시선이 멍하니 하선을 향했다.

"대비마마의 자백 잘 들었습니다. 죄가 드러났으니 조정에 나가 폐모를 명하겠습니다."

하선의 말에 함정에 빠졌음을 깨달은 대비는 부들부들 떨리는 몸으로 이를 악물고 벌떡 일어서며 서안을 내동댕이쳤다.

"네 이놈들, 두고 봐라! 내 아들의 무덤에 맹세컨대 내 네놈들의 사지를 갈기갈기 찢어 조선 팔도에 뿌릴 것이다! 까마귀 밥이 되어 흔적조차 남지 않게 만들 것이다! 내 네놈들의 혼이 지옥 불에 떨어져 영원히 고통받는 것을 보고야 말 것이야!"

하선은 대비의 악을 뒤로하고 굳은 표정으로 걸어 나갔다. 이규도 그 뒤를 따랐다. 최상궁이 급히 들어와 대비를 부축했다.

"네 이놈들, 네 이놈들!"

피를 토할 듯 부르짖던 대비는 결국 최상궁의 품에서 쓰러졌다.

대비전을 나서는 하선과 이규의 뒤를 협시내관과 상궁나인들이 따랐다. 장무영은 대비전 앞에서 하선을 기다리고 있었다.

하선이 굳은 표정으로 멈춰 서자 이규가 다가와 나직하게 말했다.

"시간에 대어 못 오는가 걱정하던 참이었다."

그날 새벽, 대전으로 찾아온 이규는 하선에게 '대비에게 자백을 받아낼 것이다. 무영이를 통해 연통을 할 터이니 시간에 맞춰 대비전에 오거라' 하고 말했었다.

이규는 담담하게 말을 이었다.

"대비마마와 나눈 이야기를 들었으니 내게 묻고 싶은 것이 있을 게다."

"편전으로 가시지요."

하선은 아무런 내색도 하지 않은 채 먼저 발걸음을 옮겼다. 하선의 표정은 이규의 예상대로였다. 경인대군의 일을 들었으니 마음이 흔들린 게 분명했다. 대비전에 들기 전부터 이 같은 상황이 일어날 것을 예감하고 있었던 이규는 가슴에 품은 것을 지그시 한번 눌러 보고 하선을 따라 편전으로 향했다.

어좌 앞으로 걸어가던 하선이 이규를 돌아보며 불쑥 물었다.

"전하를 위해 경인대군을 독살하셨다면, 저를 위해선 누굴 죽이셨습니까?"

하선은 무감한 표정이었다. 그것이 더 무서워 답을 못 하고 있는 이규에게 내처 하선이 물었다.

"전하입니까?"

예상치 못한 질문에 이규는 얼어붙었다.

"······누가 그러더냐?"

"신치수 그자가 일러주었습니다. 나으리가 전하를 죽였고 저도 쓸모가 없어지면 죽일 거라고."

하선은 잠시 숨을 고르고 물었다.

"사실입니까?"

이규는 잠시 동안 하선을 바라보았다. 그러고는 결심이 선 듯 고백했다.

"그래, 내가 전하를 시해했다."

하선의 표정은 바뀌지 않았으나 이규는 느껴졌다. 하선이 감당하기에는 너무 엄청난 일임을. 하여 지금 그는 흔들리고 있음을.

"······아까 장무관이 제게 나으리의 연통을 전하면서 진평군의 사저에서 찾은 화살촉은 자기가 만든 거짓 증좌라 고백했습니다. 그렇게까지 했는데 진평군을 잡지 못했으니 죄를 청한다 하면서."

"무영이 잘못이 아니다. 내가 그리하라 시켰다. 증좌가 하나라도 있어야 폐모 논의가 시작될 수 있을 거라 생각했다."

이 말에는 하선의 표정이 무너졌다. 충격받은 기색이 역력했다. 그런 하선을 묵묵히 보던 이규는 품에서 상소를 꺼내 내밀었다.

"받아라."

하선이 받으며 물었다.

"이게 무엇입니까?"

"체직(替職, 벼슬을 갈아냄)을 청하는 상소다. 내 도승지 직을 내려놓겠다. 대비전과 신치수가 경인대군과 전하의 일을 알게 되었으니 내 존재가 너에게 걸림돌이 될 게다. 내가 지은 죄는 내가 온전히 감당할 것이니……."

"그것이 어찌 나으리의 죄입니까?"

순간 제 귀를 의심하며 이규가 하선을 바라보았다.

"나으리의 죄가 아니라 저의 죄입니다. 임금인 저의 죄란 말입니다. 혼자 그 참혹한 죄를 감당하는 것은 이제 그만하십시오!"

이규는 너무 놀라 다음 말을 잃었다. 이규는 하선이 자신의 뜻을 오해할까 두려웠다. 그런데 알고 보니 이규가 하선의 모든 표정과 행동을 오해하고 있던 것이었다. 하선이 한 걸음 다가섰다.

"임금의 자리는 사람을 잡아먹고 피를 흘리는 참혹한 자리라 하셨지요? 그 참혹한 일들을 나으리 혼자 감당하셨으니 신치수 같은 자는 나으리가 임금 노릇 한다고 오해했겠지요. 허나 전 그리 생각

안 합니다. 나으리께서 어떤 마음으로 그리하셨는지 차마 가늠은 안
되지만 마음이 너무 아픕니다. 얼마나 힘들고 외로우셨을지 상상도
안 됩니다!"

그간 누구에게도 속내를 드러내는 법이 없던 이규였다. 대동계 역
모 사건으로 길삼봉 어르신을 떠나보낸 후, 자비와 측은지심만으로
는 권세 가진 자들의 억세고 날카로운 발톱을 상대할 길이 없음을
깨달았다. 사특한 뱀을 상대하려면 뱀보다 더한 꾀를 내어야 했고,
목덜미를 물어뜯으려 달려드는 들개를 물리치려면 들개가 되는 수
밖에 없었다. 그렇게 뱀보다 더하고 들개보다 더한 짐승이 되어 살아
온 이규였는데 이 순간만은 울컥하는 마음을 가눌 길이 없었다.

"이 모든 일을 알고도 내가 두렵지 않느냐? 나를 믿을 수 있겠냔
말이다."

"어찌 나으리를 두려워하고 의심하겠습니까? 전 나으리를 믿습니
다! 화살촉 일만 해도 그렇습니다. 제가 성급하게 구는 바람에…….
제게 힘이 되고자 그리하신 게 아닙니까?"

하선의 시선은 올곧았고 말에는 한 치의 망설임도 없었다. 하선은
이규가 건넨 상소를 찢어버렸다.

"사직은 윤허하지 않을 것입니다. 절 진짜 임금이라 생각하신다면
제 곁에서 저와 함께 이 나라와 백성을 지켜주십시오!"

이규의 눈에 눈물이 차올랐다.

"내 실은 불안했다. 누구든 용상에 앉아 권력에 취하게 되면 순식
간에 성정이 변하고 마음이 병들어 결국 돌이킬 수 없게 된다는 것

을 너무나 잘 알기에…… 두려웠다. 너마저 그리될까 봐. 내가 또 실패할까 봐."

하선에게 이규의 절절한 마음이 전해져왔다.

"이제는 분명히 알겠다. 하선이 넌 그분과 다르다는 걸. 다르기에 널 선택해놓고 너를 온전히 믿지는 못했다. 믿는다는 것이 얼마나 중한 일인지 너를 통해 깨닫는구나."

이규가 천천히 무릎을 꿇었다.

"전하, 소신 이제 더는 두려워하지 않을 것입니다. 신하 된 도리를 지켜 전하를 온전히 믿고 섬길 것이니……. 소신의 지난 불찰을 부디 용서해주십시오……!"

이규는 믿음과 충심을 담아 하선에게 큰절을 올렸다. 그 모습을 바라보던 하선이 이규에게 맞절로 예를 갖췄다.

이규는 자신이 선택해 하선을 임금의 자리에 올려놓고도 그를 믿지 못했다. 이제껏 힘을 가져본 적 없는 하선이기에 용상의 힘에 취하면 어쩌나, 성정이 망가지면 어쩌나 전전긍긍했다. 하지만 하선은 그런 이규의 마음을 의심하지 않고 한결같은 마음으로 그를 믿어주었다. 오직 나라와 백성을 지극히 염려하며 제 스스로 진짜 임금이 되었다. 이규는 오래도록 꿈꿔왔던 새로운 세상을 열어줄 진짜 주군을 이제야 마주한 셈이었다.

하선이 먼저 일어나 이규를 일으켜 세웠다.

"전하, 이제부턴 존대로 예를 갖추겠습니다."

이규의 목소리가 감동하여 떨리고 있었다.

"날 믿어주어 고맙소."

하선 역시 이규와 같은 마음이었다.

다음 날 하선은 어명을 내려 대소신료들의 입시를 명했다. 조내관이 하선 앞에 도승지가 만든 상소를 내려놓고 물러섰다. 하선은 상소를 펼쳐 보았다. 이규가 앞으로 나아가 고했다.

"전하, 폐모를 주청하는 상소를 올리오니 가납해주십시오!"

"전하, 대비마마를 폐모하면 그 불효의 기록이 후세까지 남아 전하의 치세를 욕되게 만들 겁니다! 부디 은혜를 베푸시옵소서!"

형판이 반대하자 공판도 가세했다.

"형판의 말이 옳습니다. 삼강(三綱, 유교의 마땅히 지켜야 할 도리)을 보전하고 백성들의 본이 되기 위해서라도 폐모만은 절대로 아니 될 것입니다!"

이규가 다시 한 발 나서며 목소리를 높였다.

"전하, 대비전이 진평군을 사주하여 전하를 해하고 역모를 획책했음을 이미 자복했습니다! 대비전이 또 다른 간악한 무리와 손을 잡고 난을 일으키려 할 수도 있으니 환란의 싹을 멸하여 국란을 미연에 방지함이 옳을 것입니다!"

"도승지, 말을 삼가시오! 환란의 싹이라니! 전하와 대비전 모자간 의리는 그리 쉽게 폄하해 말할 수 있는 게 아니오!"

형판이 목소리를 높였지만 이규는 형판을 쳐다보지도 않고 주군에게 말씀을 올렸다.

"전하, 대비전이 역적의 수괴 노릇을 하여 스스로 모자간 의리와 신하 된 도리마저 저버렸으니 폐서인하고 출궁케 하심이 옳을 것입니다."

이규의 말에 형판과 공판은 더 반박할 말이 없었다. 이때 서장원이 앞으로 나섰다.

"전하, 역신 진평군과 손을 잡고 전하를 해하려 한 대비전의 죄가 명백합니다. 하여 소신 또한 전하께 대비 폐모를 주청하오니 가납하여주시옵소서!"

서장원과 이한종의 주위에 선 신하들이 일제히 '가납하여주시옵소서!'를 외치며 허리 숙여 청했다. 형판과 공판은 이 모습을 황망한 표정으로 지켜보고 서 있을 뿐이었다.

하선이 굳게 결심한 듯 입을 열었다.

"경들의 주청을 가납하겠소!"

이규가 어명을 내리는 하선을 우러러보았다.

편전을 나와 대전에 든 하선이 이규를 향해 돌아섰다.

"도승지, 고맙네."

대비 폐모 주청에 앞장선 도승지를 파직시키고 죄를 물으라는 상소문이 빗발칠 것임을 하선도 알고 있었다. 하지만 이규는 하선이 자신을 지키기 위해 어떤 상소도 가납하지 않을 것을 알았다.

"전하, 저들의 분노를 잠재울 희생양이 필요합니다. 그를 위해서라도 소신의 체직상소를 가납하심이 옳습니다."

하선은 뭔가 말하려다 미소를 지으며 이규에게 다가가 말했다.

"자네를 무어라 불러야 할지 모르겠네. 계속 도승지라고 부르니 나와 자네 사이가 그만큼 멀어진 듯하고 편하지 않군."

"학산이라 불러주십시오. 전하."

학산(鶴山)은 본시 많이들 학산(鶴山)으로 오해하는 이규의 호였다. 다른 사대부들도 종종 이 호를 썼기에 어느 날 이규가 뒤의 글자를 운다는 뜻의 산(山)으로 바꾸었다.

학이 운다. 누군가는 《시경》에 나오는 시 학명(鶴鳴)의 내용을 떠올렸고, 누군가는 학이 우는 의미를 따져 물었다. 이규는 한 번도 호의 의미를 설명한 적 없지만 실은 새로운 세상이 오기를 바라며 하늘을 향해 우는 학을 떠올리며 지은 호였다.

"학산……. 입에 착 붙는군. 부르기 좋은 이름이야."

하선이 웃으며 말했다. 이규는 전하의 옥음으로 듣는 자기 이름이 참으로 좋다고 생각했다.

도승지 집무실로 들어서는 이규를 녹관복을 입은 대동계 계원이 뒤따라 들어와 예를 갖췄다.

"도승지 영감."

"아, 어서 오게."

"폐모 주청이 가납됐단 소식을 듣고 달려왔습니다. 사림들의 반발이 거셀 듯한데 괜찮겠습니까?"

"대비전의 죄가 분명하고 전하의 의지가 뚜렷하니 자네는 아무 걱정 말고 전하를 믿고 따르게."

"알겠습니다."

계원이 품에서 서찰 하나를 꺼내 이규에게 건넸다.

"참, 함경도에 있는 계원에게서 온 서찰입니다."

"그만 나가보게."

이규가 서찰을 받으며 말했다. 계원이 예를 갖추고 나간 후에야 이규는 서찰을 펼쳤다. 서찰을 읽는 이규의 표정이 굳어졌다. 급히 책상 앞에 앉아 붓을 들고 답장을 써 내려가기 시작했다.

> 변방의 상황을 알려주어 고맙네. 내 곧 도승지 자리를 내려놓고 갈 것이니 그때까지 함경북도 병마사 강인복 장군에게 상황을 보고해주게.

중궁전에서 소복을 입은 소운이 아버지 유호준을 위해 만들었던 옷을 눈물로 어루만지고 있었다. 곧 아버지가 신원이 되리라 생각했는데, 이 옷을 입은 아버지를 궁에서 다시 만나리라 기대했는데, 옷은 그대로이나 사람은 여기 없었다. 옷이 아버지인 양 소운의 손길에 한없는 그리움이 묻어났다.

"중전마마께서 부원군 대감을 위해 정성껏 지으신 옷인데 한 번 입어보지도 못하시다니……."

애영은 눈물이 나 말을 잇지 못했다.

"사가 어른들께 입관(入棺, 시신을 관에 넣음)할 때 부장품으로 이 옷을 넣어달라 부탁해다오."

소운이 애영에게 당부했다.

"예, 그리하겠습니다."

애영은 굳게 고개를 끄덕이며 답하고 유호준의 옷을 받아 보자기에 쌌다. 그때 명상궁이 다급하게 안으로 들어왔다.

"중전마마! 전하께서 대비마마의 폐모를 가납하셨다 합니다!"

명상궁의 말에 소운은 충격을 감추지 못했다.

"전하께서 결국 부원군의 원수를 갚아주시나 봅니다."

애영이 기쁘게 말했으나 소운은 어두운 얼굴로 일어서며 말했다.

"내 지금 바로 대비전으로 가야겠다."

명상궁이 얼른 다가가 소운을 부축했다. 애영은 의아했다.

"아직 부원군 대감의 상도 다 치르지 않으셨는데, 어찌……."

"대비께서 출궁하시는 것을 막아야 한다!"

소운이 단호하게 말했다. 소운의 말에 애영은 깜짝 놀랐다.

"예? 어찌요?"

"대비께서 폐모가 되시면 전하의 치세에 큰 위협이 될 게야!"

소운은 급히 방을 나섰고 애영은 할 수 없이 그 뒤를 따랐다.

대비전 침전 방 안은 정적에 휩싸여 있었다. 대비의 눈앞에 함 하나가 놓여 있었다. 함을 물끄러미 내려다보던 대비가 천천히 뚜껑을 열었다. 피가 얼룩진 옷. 경인대군의 피가 묻은 옷이었다. 금세 대비의 눈이 충혈되더니 눈물이 차올랐다.

"대군, 내 저들을 모조리 죽여 대군의 원수를 갚으려 했는데! 적들의 간악한 계략에 빠져 오히려 원통함만 더하게 되었구려. 허나 염려 마세요. 이 어미는 결코 포기하지 않을 것이니."

그때 최상궁이 급히 안으로 들어왔다.

"대비마마, 중전마마께서 뵙기를 청하십니다."

대비의 표정이 금세 냉랭해졌다. 대비가 함을 닫으며 말했다.

"……들라 하라."

소복 차림의 소운이 들어와 고개만 숙여 예를 갖추었다.

"상중이라 간단히 예를 올리는 것을 용서하십시오."

소운이 자리에 앉으며 말했다. 대비는 개의치 않는다는 듯 비아냥거렸다.

"날 폐서인한다는 소식을 듣고 구경 오셨소?"

소운은 담담하게 말을 이었다.

"지금까지 대비마마께서 제게 행한 사술들과 백화차에 대해서는 거론치 않겠습니다. 허나 아버지의 신원을 막고자 사사로이 시해(弑害)한 것만은 결코 용서할 수 없습니다. 하여 폐모 주청에 앞장서고 싶은 마음 절실했으나, 전하를 위해 이를 악물고 참았습니다."

소운을 보는 대비의 표정이 날카로웠다.

"이제야 속마음을 털어놓으시는구려. 차라리 이게 낫소. 입에 발린 소리 듣느라 내 그간 고역이었는데……."

"폐서인 되기 전에 스스로 물러나 절로 들어가십시오."

소운이 대비의 말을 잘랐다. 대비는 어이없다는 듯 코웃음 쳤다.

"뭐라? 비구니가 되란 말이오?"

"전하와 이 나라 조정을 위해 그리고 더 큰 환란이 생기는 것을 막기 위해섭니다. 죽는 날까지 경인대군과 능창 부원군의 극락왕생을 위해 불공을 올리신다면, 그간 대비마마께서 지으신 이승에서의 죄와 업보를 소멸시키는 불공은 제가 올리겠습니다."

"중전, 참으로 가증스럽구려."

대비가 기가 막힌 표정으로 말했다.

"당장 조리돌림을 당하고 돌에 맞아 죽어도 할 말 없는 죄인이 누군데! 국모의 자리를 더럽힌 죄를 어찌 갚으려고!"

소운은 물러서지 않았다.

"저의 죄를 감출 생각은 추호도 없습니다. 대비마마께서 죄를 청하고 벌을 받으시겠다면 저도 그리하지요."

당당한 소운의 태도에 대비가 어이없다는 듯 노려보며 말했다.

"뭐가 그리 당당한 게요?"

"당당하지 못할 이유가 없으니까요. 어찌하시겠습니까?"

소운은 올곧게 맞섰다.

"아니 되겠소. 천한 광대 놈에게 자리보전을 구걸하느니 차라리 폐서인 되는 게 낫소."

대비가 회심의 일격을 가했다. 소운은 놀란 마음을 티내지 않으려 애써 담대하게 대비를 응시했다. 그런 소운을 보며 대비가 웃음을 터뜨렸다.

"중전이 그간 수가 많이 늘었구려."

소운이 한 번 더 청했다.

"대비마마, 부디 다시 생각하십시오."

"난 할 말 없으니 썩 물러가시오!"

버럭 화를 내며 물러서지 않는 대비를 소운은 가까스로 표정을 다잡으며 바라보다 대비전에서 물러나왔다. 마당을 지나는 소운의 걸음이 휘청거렸다. 애영이 얼른 다가와 소운을 부축했다. 소운에게 예를 갖춘 감찰상궁들이 그 곁을 지나쳐 대비전으로 들어갔다. 소운의 무거운 시선이 대비전 앞을 떠나지 못했다.

대비가 유폐되는 날, 서궁의 대문 앞을 성균관 유생들과 관복을 입은 사림이 가득 메웠다.

"전하, 대비마마를 서궁에 유폐하다니 아니 되옵니다!"

"대비마마! 대비마마!"

성균관 유생들과 사림들이 대비를 부르며 울부짖었다. 서궁의 쓸쓸한 마당으로 첩지 없이 당의도 입지 않은 대비가 여염의 복색으로 들어섰다. 복색은 초라했으나 서슬만은 시퍼렇게 살아 있었다. 최상궁이 보따리를 들고 따라 들어서자 지켜보던 감찰상궁들이 물러났다. 한이 어린 대비의 얼굴 뒤로 서궁의 문이 서서히 닫혔다. 문이 닫히는 소리가 들릴 때까지 대비는 조금도 자세를 흩트리지 않았다.

"전하, 폐모의 일이 일단락되었으니 소신 청이 하나 있나이다."

처음 듣는 이규의 존대에 조내관과 장무영이 놀라 이규를 보았다. 하선이 말을 이었다.

"그게 무엇이오?"

하선이 담담하게 하대하자 조내관과 장무영은 다시 한 번 놀라며 붙어 섰다. 어찌 된 영문인지 도무지 짐작이 가지 않았다. 이규는 개의치 않는 듯 차분한 표정으로 말했다.

"명과 후금의 전쟁이 임박하여 어느 때보다 변방이 혼란스러우니, 소신 도승지 직을 내려놓고 변방의 일을 돌보고자 하옵니다. 어떤 자리든 맡겨주시면 소임을 다할 것이니 윤허해주십시오."

하선의 표정이 굳어졌다. 조내관과 장무영이 이번에는 진심으로 놀라 이규를 바라보았다. 하선이 어렵게 입을 뗐다.

"내겐 아직 도승지가 필요하오. 꼭 그리해야겠소?"

이규는 뜻을 접지 않았다.

"소신, 도승지의 소임이 막중함을 모르지 않습니다. 허나 지금은 변방을 안정시키는 것이 무엇보다 시급하니 부디 소신의 청을 가납해주십시오!"

하선은 차마 비답을 내리지 못하고 이규를 응시하기만 했다.

대전에서 나온 이규는 자신의 집무실에서 책상 위를 정리하고 있었다. 곁에 서서 그 모습을 지켜보던 장무영이 설명이 필요하다는 듯 이규를 몰아세웠다.

"영감, 대체 어찌된 일입니까? 전하께 갑자기 존대를 하시는 것이며, 변방으로 체직을 청하시는 것이며 도무지 이해할 수 없습니다."

"내 그간 전하께 존대를 하지 않은 게 잘못이지, 존대하는 게 뭐가 잘못이란 말이냐? 또한 도승지 자리도 내려놓을 때가 되어 내려놓는 것뿐이니 놀랄 일이 아니다."

"하지만……."

"서궁은 어떠하냐?"

이규가 말을 잘랐다. 장무영이 하려던 말을 삼키고 대답했다.

"아직 별다른 조짐은 보이지 않습니다."

"진평군이 언제든 접촉을 시도할 수 있으니 경계를 강화해라."

"예, 영감."

"그리고 앞으로는 내게 보고하지 말고 전하께 직접 고하거라."

그렇게 말하는 이규를 장무영이 의아하다는 듯 바라보는데, 이때 밖에서 주호걸의 목소리가 들렸다.

"형님!"

주호걸이 안으로 들어오며 말했다.

"퇴청하려는 참인데 어찌 날 부른 게요?"

"양전사업과 대동법 시행 준비는 어찌 되고 있느냐?"

"뭐 다들 대비마마께서 폐모 되신 일로 정신이 나간 듯싶소만 걱정 마슈. 내 회초리를 휘둘러서라도 예정대로 진행시킬 것이니."

주호걸이 장난스럽게 대답했다.

"너만 믿는다."

이규는 덤덤하게 말하고 집무실을 나갔다. 그 모습을 보며 주호걸이 고개를 갸웃거렸다.

"어찌 저런대. 꼭 죽을 날 받아놓은 사람처럼? 혹시 나 모르게 죽을병에라도 걸렸나?"

장무영의 표정이 굳어지자 주호걸이 웃었다.

"농이요, 농! 생각보다 담이 콩알이네."

아무것도 모른 채 해맑게 웃고 있는 주호걸이 장무영은 한심하기만 했다.

기루 운심의 방에서 술을 들이켜는 이규의 얼굴에는 여느 때와는 다른 미소가 떠올라 있었다.

"좋은 일이 있으신 모양입니다."

운심은 이규의 곁에 앉아 술을 따르며 물었다.

"그래, 내 오래된 정인을 다시 만난 듯 마음이 좋구나."

이규의 말에 운심이 엷은 미소만 짓자 이규가 퉁명스럽게 물었다.

"내 오랜 정인을 다시 만났다는데 어찌 질투도 아니 하느냐?"

"소인, 나으리의 어깨에 짊어지신 짐을 누구든 나눠 지길 기원해 왔습니다. 제가 아니라 해도 나으리를 편케 해드린다면 그게 누구든 상관없습니다."

덤덤하게 대답하는 운심을 보며 이규는 못내 서운한 마음이 들어 말했다.

"거짓말이다. 헌데 좀…… 섭섭하구나."

그런 이규를 보며 운심이 웃었다.

"그러게 어찌하여 그런 거짓말을 하신 겁니까?"

대답은 않고 이규는 술을 한 잔 더 따라 들이켰다.

"내 그간 뒤를 돌아보지 않으려 애쓰며 살아왔다. 이미 여러 번 후회 속에 살아봤기에, 더는 미련을 두지 않겠다 다짐했었다."

운심의 낯빛이 어두워졌다.

"후회라면, 길삼봉 어르신의 일을 말씀하시는 겁니까?"

"그것도 그렇지만……, 실은 그만치 후회하는 일이 또 있다."

운심이 무엇이냐는 듯 이규를 바라보았다.

"그때…… 막 동기 수련을 마친 네가 내게 화초머리를 올려달라 청했을 때."

운심은 내심 놀랐으나 애써 담담히 말했다.

"나으리께선 제 청을 단박에 거절하셨지요."

"그때 널 데리고 도망치지 않은 것을 내내 후회했다."

이규가 낮게 읊조렸다. 처음 듣는 이규의 진심에 운심은 놀라며 그를 보았다.

"그리고 때때로 한 번씩……, 지금도 늦지 않은 것은 아닐까 생각하곤 한다."

운심의 눈에 눈물이 고였다. 그런 운심을 보는 이규의 눈에도 어느새 눈물이 차올랐다.

"외지고 험한 변방으로 가자 해도 함께 가겠느냐?"

운심은 울음이 터질까 손으로 입을 가린 채 간신히 고개만 끄덕였다. 그 모습을 보던 이규가 스르르 운심의 품으로 쓰러졌다. 운심의 무릎을 베개 삼아 잠든 이규의 얼굴이 평온해 보였다. 운심은 그런 이규를 내려다보며 눈물 어린 미소를 지었다.

"제가 얼마나 이 말을 듣고 싶었는지……, 나으린 결코 모르실 겁니다."

아무것도 모른 채 이규는 점점 깊은 잠에 빠져들었다.

"미련이라 해도 어쩔 수 없습니다. 이제라도 그 말을 들으니 참으로 좋습니다."

곤하게 잠든 이규의 숨소리만이 방을 채웠다. 운심은 고운 미소로 그 모습을 오래도록 바라보았다.

진평군은 한일회와 무장한 반란군들과 함께 야산 일각에 모였다.

"사대문에서 내응(內應, 내부에서 은밀하게 외부와 호응하여 내통함)의 준비가 끝났소."

진평군이 서찰을 펼쳐 보고는 말했다.

"훈련도감과 5군영의 장수들도 모두 진평군께 힘을 보태기로 했다는 연통을 보내왔습니다."

무장한 사내 중 한 명이 말했다.

"그 수를 모두 더하면 삼천이 넘을 것입니다."

"명을 내리시면 바로 움직일 것입니다!"

"아직 내 손에 들어오지 않은 패가 도성 안에 있소! 그것 먼저 손에 넣어야 하오!"

진평군은 무언가 생각하는 듯한 얼굴로 도성 쪽을 보며 말했다.

의금부 옥사 안, 나무 함을 든 나졸이 옥사를 돌며 죄수들에게 주먹밥을 던져주고 있었다. 칼을 차고 앉아 있는 신치수 옆에는 먹지 않은 주먹밥 여러 개가 나뒹굴고 있었다. 눈을 감은 채 쳐다보지도 않는 신치수에게 나졸이 주먹밥 하나를 던지며 말했다.

"꼭 먹어야 할 게요."

순간 뭔가를 직감한 듯 신치수가 주먹밥 한 입을 베었다. 입안에서 뭔가가 씹혔다. 작게 접힌 종이였다. 신치수는 주변을 살피고 얼른 종이를 펼쳐 보았다.

破獄(파옥, 죄수가 달아나기 위해 옥을 부숨)

신치수의 얼굴이 환희로 일그러진 것도 잠시, 누가 볼세라 재빨리 종이를 입에 넣고 씹기 시작했다.

하선이 서고로 들어서자 상복을 벗고 다시 중전의 복색을 한 소운이 예를 갖추었다. 반가우면서도 소운이 안쓰러워 하선의 표정은 밝은 듯 어두웠다.

"부원군의 상은 잘 치렀소?"

하선이 다가서며 물었다.

"예. 전하의 배려로 상을 잘 마쳤습니다."

소운은 하선에게 애써 미소 지어 보였다.

"미안하오. 함께 슬픔을 나누자 해놓고 약조를 지키지 못했소."

"아닙니다. 조정의 일이 다급했다는 것 알고 있습니다. 오히려 신첩이 전하와 함께 그 어려움을 나누지 못해 송구합니다."

하선은 도리어 자신을 위로하는 소운을 물끄러미 바라보았다.

"실은 좀 어렵긴 하오. 내 이미 들어 알고 있다 생각했는데……. 임금의 자리란 것이 하루하루가 다르고 매번 무겁고 힘든 일 앞에 홀로 서야 하는 일임을 깨닫는 중이오."

"……두려우십니까?"

소운이 그런 하선이 안쓰럽다는 듯 물었다. 하선의 맑고 솔직한 눈이 소운을 향했다.

"두렵소."

"다시 예전으로 돌아가고 싶으십니까?"

"솔직히…… 가끔 그런 생각도 했소."

"도망치고 싶다 하시면 같이 도망을 칠 것이고, 견디겠다 하시면 같이 견딜 것입니다."

소운의 진심 어린 말에 하선은 순간 마음이 가벼워지는 듯했다.

"그리 말해주니 고맙소. 허나 내 알고 있소. 내가 도망치려 하면 누구보다 앞장서서 막을 사람이 중전이라는 것을."

소운은 그저 미소로 하선을 보았다.

"내 도망치거나 피하지 않고 있는 힘을 다해 견딜 것이오. 지켜봐 주시오."

하선이 힘주어 말했다.

"신첩이 언제든 전하의 곁에서 힘을 드리겠습니다."

"허면 날 좀 도와주겠소?"

소운의 대답을 들은 하선이 밝게 웃으며 말했다.

"무엇이든 말씀하십시오."

하선은 책상으로 다가가 그 위에 놓인 장계들을 보여주었다.

"이건 각 도에서 올라온 장계가 아닙니까?"

"맞소. 그간 조내관이 침침한 눈 비벼가며 언문 주해를 붙여주었는데 이젠 중전이 좀 대신해주시오."

소운의 얼굴에 기쁨의 미소가 번졌다.

"알겠습니다."

하선과 소운은 장계를 앞에 두고 나란히 앉았다. 하선이 장계 하나를 펼치며 말했다.

"이건 경상도에서 올라온 장계구려."

소운이 하선을 격려하듯 보았다.

"천천히 하셔도 좋으니 한번 풀이해 읽어보십시오."

하선은 조금 긴장한 듯한 얼굴로 소운을 본 후, 찬찬히 장계를 읽기 시작했다.

"왜란 때 잡혀갔다 돌아온 이들이…… 사람들로부터 해코지를 당하고 있다는 내용 같은데……, 내가 제대로 읽은 게 맞소?"

"예, 한 치도 틀리지 않고 잘 읽으셨습니다."

소운은 마치 스승처럼 담담하게 말했다. 하선의 얼굴에 뿌듯한 미소가 번졌다.

"계속 읽어보십시오."

소운의 말에 하선은 다시 심각한 표정으로 장계를 읽었다.

"하여 상께 고하오니…… 대책을 마련하여주시옵소서."

하선을 지켜보는 소운의 얼굴에 내내 미소가 떠올랐다.

기루로 향하는 이규는 전에 없이 가뿐한 마음이었다. 그간 이규는 운심의 마음을 알면서도 모른 체했었다. 사실 이규의 마음 또한 평생 운심뿐이었기에 묵묵히 자신의 곁에서 함께 걸어준 운심에게 늘 고마우면서도 미안했다. 운심에게 자신의 마음을 털어놓고 함께 떠나자고 한 후, 한시라도 빨리 떠나고 싶은 마음에 괜히 설렜다. 비록 변방의 보잘것없는 벼슬자리가 되겠지만 운심과 함께라면 어느곳이든 이규에게는 꽃길이 될 터였다.

기루에 들어서며 마당에 나와 있는 운심을 보고 밝게 인사하려는데, 운심이 급히 다가와 이규에게만 들리는 나직한 목소리로 말했다.

"나으리, 봇짐장수가 와 있습니다."

심상치 않은 운심의 표정과 말투에서 이규는 무언가 잘못되었음을 직감했다.

"……어디 있느냐!"

운심의 방에는 동아격이 머리에 붕대를 감은 채 앉아 기다리고 있었다.

"이게 어찌된 일인가!"

이규가 놀라 물었다. 동아격의 모습은 초췌하기 그지없었다. 이규를 보고 일어서던 동아격이 가슴을 부여잡고 심하게 기침을 했다.

"무슨 일이 있었던 게야?"

이규가 재차 물었다.

"나으리와 헤어져 돌아가던 중 습격을 당했습니다."

동아격이 면목이 없다는 듯 말했다. 이규는 경악했다.

"허면 밀서는! 밀서는 어찌 되었는가!"

"절 습격한 자들에게 뺏기고 말았습니다. 며칠 만에 깨어나는 바람에…… 이제야 알리게 되었습니다."

이규는 충격을 받아 한동안 말을 잇지 못했다.

"그 밀서엔 전하의 어보가 찍혀 있네! 대체 자네에게서 밀서를 뺏어간 자가 누구란 말인가!"

"뒤를 맞는 바람에 얼굴은 보지 못했고……. 정신을 잃기 전, 절 습격한 자들이 말하는 것을 들었습니다. 분명 좌상대감께서 기뻐하실 것이라 했습니다."

"좌상대감……? 좌상…… 신치수?"

이규의 가슴이 섬뜩해졌다.

이규는 그길로 의금부 옥사를 향했다. 신치수가 갇힌 옥 앞에 서자 인기척을 느낀 신치수가 눈을 뜨고 이규를 보았다. 신치수의 한쪽 입꼬리가 올라갔다.

"이 누추한 곳까지 도승지 영감께서 어인 행차신가?"

"대체 언제까지 전하의 치세에 누를 끼칠 작정이십니까?"

이규는 답답하다는 듯 울분에 차 말했다. 신치수는 태연했다.

"무슨 말을 하는 겐가? 알아듣게 말을 하시게."

이규가 좀 더 가까이 다가서며 나직하게 말했다.

"전하의 밀서, 어디로 빼돌리셨소이까?"

신치수는 대답 대신 피식 웃음을 흘렸다.

"아……! 그 패역한 문서 말인가."

이규는 흠칫 놀라면서도 신치수를 노려보았다.

"그것은 이 나라와 백성을 위한 전하의 결단입니다. 그것이 어찌 도리에 어긋난단 말입니까!"

"난 자넬 도무지 모르겠네. 명문가의 자제로 태어나 그 누구보다 누리며 살아온 자네가 어찌 비천한 자들과 어울려 세상의 뜻과는 어긋나는 삶을 사는 건지. 난 한미한 가문에서 내 힘으로 여기까지 올라왔네. 내가 자네라면 가진 것을 제대로 누리고 그것을 몇 갑절

늘려 후손에게 물려줄 생각을 하겠네만."

"후손을 위한다는 명분으로 사리사욕을 쫓는다? 그것이 정녕 대감이 품은 대의명분입니까?"

이규가 매섭게 다그쳤다. 신치수가 우습다는 듯 받아쳤다.

"자네야말로 광대를 자네의 꼭두각시로 세워 사리사욕을 채우고 있지 않나?"

이규는 말문이 막혔다. 신치수가 코웃음을 치며 말을 이었다.

"내 전에 얘기했지? 자네와 난 같은 족속이라고. 그걸 애써 부인하지 말게."

"부인하지 않겠습니다. 허나 난 대감과 가는 길이 다릅니다."

이규의 눈빛이 맑았다. 신치수는 어쩐지 불쾌해져 물었다.

"길이 다르다니, 무슨 말인가?"

"나는 다행히 내 마음을 알아주는 임금을 두 번이나 만났소이다. 한 번은 길을 잃고 헤맸지만 이번엔 결코 헤매지 않을 작정입니다. 그 길에서 물러설 것이니."

이규는 스스로에게 다짐하듯 한 마디 한 마디 힘주어 말했다.

"물러서? 자네가? 그런 말로 날 속일 수 있다 생각하는 건가?"

"안 믿어도 상관없습니다. 밀서, 어디 있습니까!"

"알려줄 수 없네. 차라리 이참에 날 죽이게."

신치수의 눈빛은 냉혹했다.

"정녕 끝까지 이래야겠습니까?"

이규의 분노가 의금부 옥사를 무너뜨릴 기세였다. 신치수는 개의치 않는다는 듯 웃으며 이규를 노려보았다.

"어차피 죽을 목숨, 자네 손에 죽는 것도 재미있을 성 싶은데."

이규의 시선이 흔들렸다.

"뭘 망설이는 게야? 검이 없어 그러는가?"

그 순간 이규의 목에 서늘한 기운이 느껴졌다. 검이었다. 복면을 한 자객들이 어느새 의금부 안을 가득 채운 채 이규를 에워싸고 있었다. 이규가 황망하게 지켜보는 가운데 자객들이 옥사의 자물쇠를 부수고 신치수의 목에 걸린 칼을 풀쳐냈다. 신치수가 칼을 벗고 일어서는 모습을 멍하니 바라보는 이규를 자객들이 옥사 밖으로 끌고 나갔다.

옥사 마당에는 자객의 습격을 받은 나졸들이 죽어 있었다. 자객들이 이규를 무릎 꿇렸다. 봉두난발로 걸어 나온 신치수에게 한일회가 도포를 걸쳐주었다. 신치수는 한일회의 검을 받아 들고 의기양양하게 이규에게 다가갔다.

"검을 찾으니 이렇게 내 손에 검이 쥐어졌네. 하늘이 날 도우시는 모양이야."

신치수의 검이 이규의 목을 겨눴다.

"그렇다면 그 하늘은 썩어빠진 하늘이겠군!"

이규는 분노에 차 신치수를 노려보았다. 신치수는 비릿한 웃음을 흘렸다.

"아무렴 어떤가. 내 뜻이 그 하늘과 같다면야."

절망과 무력감에 이규는 하늘이 무너지는 듯했다.

　　　　　　　　❖

　도성을 둘러싼 밤이 길어지고 있었다. 사대문 중 서쪽을 지키는 돈의문 누각 위에서 보초를 서던 군졸들이 뭔가를 발견하고 눈이 휘둥그레졌다.

　"저, 저것이 뭐지?"

　말이 끝나기 무섭게 화살이 날아와 군졸에게 박혔다. 그대로 뒤로 넘어가 절명하는 군졸을 보고 겁에 질린 다른 군졸이 누각에서 뛰어 내려왔다.

　"무슨 일인가?"

　종사관과 군졸 몇을 거느린 수문장이 다가오며 물었다.

　"수문장 나리! 크, 큰일 났습니다요! 아무래도 전쟁이 난 것 같습니다!"

　수문장은 경악했다.

　"뭐라? 내 어찌 된 일인지 자세히 알아볼 터이니 자네들은……."

　수문장은 말을 미처 마치지도 못한 채 피를 흘리며 고꾸라졌다. 뒤에 서 있던 종사관의 검에서 수문장의 피가 뚝뚝 떨어졌다. 군졸들은 겁에 질린 채 멍하니 보고 있을 뿐이었다.

　"대문을 열어라!"

　종사관의 말에 수문장의 시신을 보고 섰던 군졸들 넷이 벌벌 떨며 성문을 열었다. 굳게 닫혔던 빗장이 풀리고 거대한 성문이 굉음을 내며 열렸다. 그 앞으로 마치 해가 뜬 듯 환한 횃불들과 말을 탄 진평군, 그를 따르는 반란군들이 위용을 드러냈다.

종사관이 예를 갖추고 물러서자 진평군은 만면에 흡족한 미소를 띤 채 위풍당당하게 도성 안으로 들어섰다. 반란의 시작이었다.

반란의 서막

깊은 어둠이 채 가시지 않은 이른 새벽, 금군들은 궁궐 문을 굳게 지키고 있었다. 궁궐 안을 순시하던 장무영이 금군대장에게 다가가 물었다.

"별일 없습니까?"

"특별한 움직임은 없소."

금군대장의 답에 고개를 끄덕이며 장무영은 주변을 둘러보았다. 그때 궁궐 문밖 저 멀리서 군졸 하나가 절뚝거리며 힘겹게 달려오는 모습이 보였다. 장무영은 군졸을 향해 버럭 외쳤다.

"누구냐! 군호(軍號, 군사 암호)를 대라!"

등에 화살을 맞은 군졸은 허우적대며 달려오다 절규했다.

"나으리……! 사대문이…… 사대문이 뚫렸습니다……! 반란…… 반란군이 몰려오고……."

궁궐 문을 지키던 군졸 둘이 뛰쳐나가 다친 군졸을 부축했으나 그는 말을 마치지 못하고 꼬꾸라졌다.

"정신 차리게! 이보게!"

장무영이 급히 다가가 군졸을 안으며 소리쳤으나 군졸은 그대로 절명했다. 궐 밖에서 심상치 않은 일이 벌어졌음을 감지한 장무영은 궐내로 달려가며 크게 외쳤다.

"궐문을 닫아라!"

궐문이 닫히는 찰나 장무영이 돌아보니 절명한 군졸이 달려오던 곳에서 이글거리는 횃불들이 몰려오고 있었다. 그 속에서 어렴풋이 반란군의 모습이 보였다.

곧바로 끼익 육중한 소리를 내며 궁궐의 모든 문이 닫혔다. 거대한 빗장을 걸어 닫는 소리가 요란하게 울려 퍼졌다. 횃불들이 밝혀지며 어둠 속에 싸였던 궁궐이 깨어나기 시작했다. 그러자 비상 상황을 알리듯 대낮처럼 환해진 궁궐의 전경이 드러났다.

말을 탄 진평군이 장수 몇과 반란 군사들을 이끌고 오다 궁궐과 서궁의 갈림길에서 멈춰 섰다. 대궐 쪽을 보던 진평군은 말머리를 서궁으로 돌리며 말했다.

"서궁으로 가자!"

그날 밤, 하선과 소운은 늦은 시간이 되도록 서고에 앉아 책을 읽고 있었다. 《삼국지》 역사서였다.

"조운은 유비의 어린 아들(유선)을 품에 안고…… 감부인을 보호하여 모두 화를 면하게 했다……."

천천히 한 글자 한 글자 읽어나가던 하선이 무언가 생각난 듯 외쳤다.

"아, 이거!"

"전하, 이 이야기를 아십니까?"

소운의 물음에 하선이 답했다.

"저잣거리에서 재담꾼이 하는 이야기를 들은 적이 있소. 유비가 처음엔 조자룡이 아들을 구해온 것을 기뻐했으나 충신을 잃을 뻔했다며 아들을 내던졌다는 그 유명한 이야기 아니오?"

"예. 전하께서 유비라면 아들을 선택하시겠습니까, 충신을 선택하시겠습니까?"

하선은 생각에 잠겼다.

"나라면……."

그때 서고의 문이 벌컥 열리며 조내관이 뛰어 들어왔다. 하선과 소운은 불길한 기운을 느끼고 동시에 조내관을 보았다. 조내관의 입에서는 절규와 같은 한마디가 터져 나왔다.

"전하, 반란입니다! 반란군이 쳐들어오고 있습니다!"

반란이라는 말에 하선이 벌떡 일어섰다. 소운 역시 깜짝 놀라 일어나 하선의 팔을 잡았다. 하선은 소운이 놀라는 것을 보자 오히려 놀란 마음이 진정되며 침착해졌다.

"조내관, 진정하시오. 반란이라니, 그게 무슨 말이오?"

그제야 조내관도 호흡을 가다듬고 침착하게 말했다.

"송구하옵니다. 그것이…… 진평군이 반란군을 이끌고 도성 안으로 진입했다 합니다."

"진평군이?"

하선의 얼굴이 충격으로 일그러졌다. 소운은 하선을 걱정 어린 눈으로 바라보았다. 하선과 소운은 잠시도 지체할 수 없음을 깨닫고 조내관을 거느리고 대전으로 돌아왔다. 그때 장무영이 급히 대전으로 들어왔다.

"전하!"

장무영이 예를 갖추며 말했다.

"궁궐 밖 상황은 어떤가?"

"횃불이 움직이는 방향으로 보아 반란군들이 서궁 쪽으로 돌아선 듯합니다."

"서궁? 대비께로 갔단 말이냐?"

"아마도 대비께서 반란군의 대의명분이 되실 모양입니다!"

소운이 근심 어린 표정으로 하선을 보며 답했다. 하선은 굳은 표정으로 장무영에게 물었다.

"도승지는 어디 있는가?"

"궐 안에는 없는 것 같습니다. 헌데 전하께 급한 서찰을 보내왔습니다."

장무영이 품에서 서찰을 꺼내 하선에게 올렸다. 서찰을 받아 급히 펼쳐보던 하선의 얼굴이 순간 굳어졌다.

이규는 의금부 옥사로 신치수를 만나러 가기 전 집무실에 들러 다급한 손놀림으로 하선에게 서찰을 남겼다.

전하, 송구하옵니다. 소신의 불찰로 누르하치에게 보낸 전하의 밀서가 사라졌습니다. 소신, 밀서를 반드시 찾아낼 것이나 만일에 대비하여 전하께선 밀서에 대해서는 일절 모르시는 것으로 하는 게 좋겠습니다. 이 서찰은 보시는 대로 태우십시오!

근심 어린 표정으로 하선의 얼굴을 살피던 소운이 물었다.

"전하, 어찌 그러십니까?"

"아무것도 아니오."

하선은 곧장 서찰을 촛불에 태웠다. 자리에 있던 모두가 하선의 굳은 표정을 주시하고 있었다. 낭패라고 생각하던 하선은 불현듯 입을 열었다.

"장무관, 믿고 부를 만한 장수가 있는가?"

"함경북도 병마사 강인복이 도승지와 오래전부터 변방의 일을 논의해왔으니 난이 일어난 것을 알면 전하께 힘을 보탤 것입니다!"

하선이 고개를 끄덕였다. 그런 하선을 보며 소운이 말했다.

"전하, 황해도 병마사 김기준에게도 병부를 보내 도움을 청하십시오. 아버지의 오랜 친우셨으니 분명 전하의 편에 설 것입니다!"

소운의 말을 들은 하선이 장무영에게 말했다.

"내 병부를 내어줄 것이니 전령을 띄우게! 지금 보내면 군사는 언제쯤 도성에 당도할 것 같은가?"

"전력을 다해 가도 군사를 이끌고 오는 데 시간이 걸리니, 나흘은 족히 걸릴 것입니다."

"나흘이라……. 그럼 나흘 동안 궁궐을 방비할 인력과 무기는 충분한가?"

"인력도 무기도 충분치 않으나 있는 힘을 다할 것이니 심려 마십시오."

"내시부와 별감들도 궁궐의 방비에 힘을 보태겠습니다."

조내관이 말을 보탰다. 소운도 말을 이었다.

"신첩은 내명부와 궁궐 사람들을 먹일 양식을 챙기겠습니다."

"다들 고맙소."

"도승지가 빨리 와야 할 텐데요."

조내관의 마지막 말에 하선은 밀서 이야기를 떠올리고는 깊은 생각에 빠졌다.

삐걱하는 요란한 소리를 내며 서궁의 대문이 열렸다. 진평군이 마당으로 들어서자 서궁을 지키던 마지막 군졸이 한일회의 검을 맞고 쓰러졌다. 그 옆으로 군졸들의 시신이 널려 있었다. 시신을 넘어 성큼성큼 들어서는 진평군과 반란군 앞에 작고 낡은 서궁 마당과 전각의 모습이 펼쳐졌다.

진평군은 의기양양하게 전각을 보고 섰다. 그의 얼굴로 비웃음이 서린 미소가 번졌다.

"겁에 질린 대비마마를 구하러 가볼까."

그 시각, 서궁 침전에 있던 대비는 바깥의 심상찮은 분위기를 느끼고는 긴장하여 하얗게 질렸다. 곁에 있던 최상궁 역시 나가보지도 못한 채 대비와 함께 겁에 질려 떨고 있었다.

문밖에 칼을 찬 무관의 그림자가 어른거리자 창백한 얼굴로 얼어붙은 대비가 입을 뗐다.

"주상의 사냥개들이 날 죽이러 온 게냐?"

"대비마마……."

그때 침전 방문이 확 열리고 진평군이 들어섰다. 진평군은 대비를 향해 한껏 예를 갖춰 절을 올렸다.

"대비마마!"

진평군을 보고서야 긴장이 탁 풀린 대비는 예상치 못한 환희로 몸을 떨며 말했다.

"진평군. 어찌 이리 늦게 온 게요!"

"송구하고 망극하옵니다. 대비마마를 구하기 위해 달려온 동지(同志)가 밖에 와 있습니다."

"어서 들라 하세요!"

열린 방문을 통해 진평군 뒤로 신치수가 모습을 드러냈다. 봉두난발을 단정히 하고 옷도 갈아입어 말쑥한 모습이었다. 신치수는 대비에게 절을 올리고 말했다.

"대비마마, 강건하신 모습을 뵈니 천신의 마음이 이제야 비로소 놓입니다!"

대비는 싸늘한 표정으로 신치수를 외면하고 진평군을 향해 매섭게 말했다.

"진평군, 이게 무슨 짓이오?"

"대비마마, 진평군께 뭐라 하지 마십시오. 소신이 스스로 대비마마를 뵙기 위해 온 것입니다."

신치수가 대비에게 머리를 조아렸다.

"감히 내 앞에 나타날 생각을 하다니, 네놈이 정신줄을 놓았다는 게 사실이었구나!"

"소신이 대비마마를 위해 준비한 것을 보시고 말씀하시지요."

잠시 후 대비가 진평군과 신치수를 이끌고 서궁 행랑각으로 들어섰다. 대비는 오라에 묶인 채 한일회에게 잡혀 서 있는 이규를 보고 놀라 멈춰 섰다. 진평군의 눈짓에 한일회가 이규의 무릎을 강제로 꿇렸다.

대비는 무릎 꿇린 이규의 코앞까지 다가가 내려다보며 말했다.

"꼴좋다!"

이규는 한 치의 흔들림 없이 당당한 표정으로 대비를 쳐다보았다.

"내 이제 네놈이 천벌 받는 것을 보지 못하나 했는데! 하늘이 나를 저버리지 않고 대군의 원수를 갚게 해주시는구나!"

대비의 말에 신치수와 진평군은 순간 이상한 기운을 느꼈다.

"대비마마, 대군의 원수라니. 그게 무슨 말씀이십니까?"

진평군의 물음에 대비는 이규를 노려보며 말했다.

"이놈이 내 아들 경인대군을 독살한 진짜 범인이오."

진평군은 입이 떡 벌어진 채로, 신치수는 멍한 표정으로 이규를 보았다. 그 순간에도 이규의 시선은 당당했다.

"네놈이 아버지의 원수이긴 하나 내 아들의 원수를 갚게 날 도왔으니 목숨만은 살려주마."

대비가 신치수를 돌아보며 말했다. 신치수가 고개를 깊이 숙였다.

"대비마마의 은혜가 하해와 같습니다. 허나 천신이 능창 부원군을 해한 것은 주상의 명령 때문이었습니다. 이제라도 제가 앞장서 폭군을 몰아내고 대비마마를 다시 대궐로 모실 것이니 잘못을 바로잡을 기회를 주십시오!"

"오냐, 간신 이규에게 놀아나 죄 없는 아우를 죽이고 용상을 찬탈한 것도 모자라 어미를 폐서인하는 불효를 저지른 패역한 임금 이헌을 용상에서 몰아내라!"

갑자기 이규가 크게 웃기 시작했다.

"하하하! 하하하!"

"어찌 웃는 겐가?"

"아무리 저를 간신이라 칭하고 그걸 지렛대 삼아 전하를 몰아내려 해도, 온 나라 백성들의 신망을 얻고 있는 임금을 몰아내면 명분도 대의도 없는 반역일 뿐이니 결국 대비께선 역도의 수괴가 되시는 겁니다. 제게 원수를 갚겠다고 하면서 자멸의 길로 들어서시니 어찌 웃지 않을 수 있겠습니까?"

대비는 이규의 말에 움찔했다. 그러자 진평군이 말을 이었다.

"대비마마, 명분 없는 반역이 아닙니다! 주상이 도를 저버리고 상국 몰래 북방 오랑캐와 손을 잡았다는 증좌가 있습니다!"

순간 대비가 이규의 표정을 확인했다. 그러나 이규의 표정에는 변화가 없어 보였다.

"그 증좌가 무엇이오?"

"고성군, 대비마마께 어서 밀서를 보여드리게."

진평군의 말에 이규가 신치수를 바라보았다. 신치수는 말없이 서 있기만 했다.

"뭣 하는가. 어서 보여드리지 않고!"

신치수가 천천히 입을 뗐다.

"보여드릴 수가 없습니다. 지금 제 손에 없습니다."

"뭐라? 그럼 어디 있단 말인가!"

"그건…… 말씀드릴 수 없습니다."

진평군의 호통에 신치수가 눈치를 보며 말했다.

"네 이놈!"

진평군이 신치수의 멱살을 잡자 이규가 웃으며 말했다.

"진평군, 형과 아버지를 죽인 신치수의 손을 잡고 용상에 오르려 하다니…… 어리석은 게요, 순진한 게요?"

신치수의 멱살을 놓은 진평군이 분노로 가득 찬 눈빛으로 이규를 노려보았다. 그러자 이규가 도발하듯 말을 이었다.

"차라리 내게 말하지 그랬소. 내 진평군을 불쌍히 여겨 자비를 베푸는 마음으로 용상에 한 번 앉게라도 해드렸을 것을."

"한 마디만 더 하면 네놈의 혀를 뽑을 것이다!"

진평군이 분노해서 목청을 돋우자 이규가 비웃으며 말했다.

"비루한 지렁이가 감히 용이 되길 꿈꾸다니…… 참으로 우습지 않소?"

순간 이규의 속셈을 깨달은 신치수가 말리려 나섰지만 검을 뽑아 든 진평군을 말릴 수는 없었다. 진평군이 이규를 치려고 검을 치켜들었다.

"죽어라, 이놈!"

이규는 죽을 각오로 진평군을 쳐다보았다.

"진평군, 멈추시오!"

대비의 말에 진평군이 검을 거두었다.

"대비마마, 이놈을 죽여 경인대군의 원수를 갚으려는데 어찌 말리시는 것입니까?"

"정녕 모르겠소? 이놈은 진평군을 도발해 자기를 죽이게 만들 속셈인 게요. 허나 그리해선 아니 되오! 이놈을 죽이면 주상은 결코 항복하지 않을 것이니!"

진평군이 검을 내리며 말했다.

"그건 염려 마십시오. 명만 내리시면 당장 궁궐 문을 부수고 들어가 주상을 척살하고 옥새를 가져오겠습니다!"

대비가 이규를 흘깃 노려보았다.

"그런 명은 내릴 수 없소. 이놈 말처럼 내 역도의 수괴가 되어 환
궁할 순 없소! 반드시 반정(反正, 나쁜 임금을 폐하고 새 임금을 세우는
것)이어야 정통성을 인정받을 수 있을 것이니 먼저 주상의 항복을
받아오시오!"

진평군은 내키지 않는 표정으로 대비의 명을 받들기 위해 고개를
숙였다. 신치수가 이규 쪽을 바라보았다. 이규의 표정도 어느새 무겁
게 가라앉아 있었다.

진평군과 신치수가 서궁 마당을 나서자 한일회가 검을 들고 신치
수를 막아섰다. 흠칫한 신치수가 한일회를 바라보자 진평군이 그의
앞으로 다가서며 말했다.

"감히 날 속이다니! 주상의 밀서는 어디 있느냐?"

"……주상의 항복을 받으러 궁궐에 들어가면 말하겠소."

"나를 상대로 감히 저울질을 하겠다?"

한일회의 검을 가로챈 진평군이 신치수의 목을 향해 칼을 겨눴다.

"나흘! 우리에겐 나흘밖에 시간이 없소이다!"

여전히 검을 겨눈 상태로 진평군이 신치수에게 물었다.

"그게 무슨 말인가?"

"분명 지금쯤 주상이 병부를 누군가에게 보냈을 것이오! 십중팔
구 도승지와 긴밀한 관계인 병마사들에게 보냈을 테니……. 나흘 안

이면 주상을 보위할 군사들이 당도할 게요!"

신치수의 말에 깨달음을 얻은 진평군의 표정이 굳어졌다.

"나흘 안에 반정을 성공시켜야겠군!"

"그렇소. 우리끼리 이리 자중지란하고 있을 겨를이 없소이다!"

검을 거둔 진평군은 신치수의 코앞까지 다가가 속삭였다.

"나흘, 나흘 안에 내게 옥새를 가져와야 할 것이야."

"여부가 있겠소이까. 저도 더 이상 물러설 곳이 없습니다."

진평군이 한일회를 거느리고 가자 신치수가 픽 웃으며 돌아섰다. 그런 신치수의 곁으로 최상궁이 다가섰다.

"대감, 대비마마께서 부르십니다."

신치수가 대비 앞에 예를 갖추고 앉자마자 대비가 단도직입적으로 하문을 시작했다.

"주상을 능멸한 벽서를 네놈이 붙였다던데, 사실이냐?"

"벽서를 붙인 건 사실입니다. 허나 주상을 능멸했다는 건 거짓입니다. 광대 놈을 광대라 칭했는데 어찌 그것이 능멸이 되겠습니까?"

김상궁이 최상궁을 통해 대비에게 전한 선물도 이것이었다.

— 제가 지밀상궁으로서 간언을 하자면, 대전에 들어 있는 자는 금상 전하가 아닌 듯 싶습니다. 아무래도 광대인 것 같으니 그 정체를 밝혀 죄를 주심이 마땅할 것이라고 대비마마께 전해주시오.

"김상궁의 말이 사실이었구나. 그럼 주상은 어디 있단 말이냐?"

"소신도 모릅니다. 다만 주상이 살아 있다면 저 천한 광대가 저리

설치는 것을 그냥 두고 보겠습니까?"

순간 놀란 대비가 신치수를 바라보았다.

"주상이 이미 죽고 없다?"

신치수는 말없이 수긍하듯 대비를 보았다. 잠시 말없이 신치수를 보던 대비는 태세를 전환하며 부드러운 목소리로 말을 이었다.

"진짜와 가짜를 한자리에 세울 수만 있다면, 그것만으로도 국정을 농단한 죄로 주상을 끌어내릴 수 있을 것인데 아쉽구면."

"심려 마십시오. 소신이 책임지고 저 가짜 놈에게 항복을 받아오겠습니다."

"밀서도 없는데 무슨 재주로 항복을 받아오겠다는 겐가?"

"제 손에 있는 것과 진배없습니다. 소신을 믿고 전권(全權)을 주십시오."

대비가 가늠하듯 신치수를 보았다.

"전권이라……, 어디까질 원하는지 분명히 하게."

신치수가 나직하게 대답했다.

"무엇보다도 용상의 새 주인은 대비마마께 효심과 충심을 다 바칠 수 있는 자여야 하지 않겠습니까?"

"진평군이 아니었으면 하는 겐가?"

신치수가 말없이 수긍하듯 대비를 보았다.

"허긴……. 내가 수렴청정하려면 진평군보다는 더 나이 어린 종친이 더 좋겠지. 알겠네. 내 대통을 정하는 자교(滋敎, 대비나 대왕대비의 지시나 분부)를 내릴 때 자네 의견을 물음세. 그 대신, 옥새와 함께 그

가짜 놈의 머리를 내게 가져오게! 중전의 것까지 가져오면 더 좋고. 할 수 있겠는가?"

"성은이 망극하옵니다!"

고개를 숙이고 절하는 신치수를 대비가 싸늘한 미소로 보았다.

서궁 마당으로 나온 신치수는 종사관에게 명을 내렸다. 그 뒤에는 군졸들이 대기 중이었다.

"호조정랑 주호걸을 추포해오거라!"

"예, 대감!"

군졸들이 신속하게 흩어졌다.

반란으로 궁궐이 혼란스러운 그 시각, 선화당에선 상전과 아랫것이 밀서를 사이에 두고 서로를 마주 보고 앉아 있었다. 마침내 선화당이 입을 열었다.

"내 어찌해야 할지 모르겠네. 백부님의 명을 따라야 한다 싶다가도…… 전하께 먼저 이걸 보여야 하지 않나 싶고. 자네라면 어찌하겠는가?"

"대감마님 명이 우선 아니겠습니까?"

조상궁의 대답에 선화당의 머릿속은 실망과 혼란으로 뒤섞였다.

"……그렇지. 전하께선 나 같은 건 안중에도 없으시니. 허나 백부께서도 내게 독을 먹이셨는데……."

눈물을 흘리던 선화당이 말을 이었다.

"대체 누굴 믿어야 한단 말인가……."

날이 밝을 때까지 진평군의 군사는 범궐(犯闕)할 기미가 보이지 않았다. 소운이 대전 침전에 들어 친히 융복을 입는 하선의 수발을 들었다. 내색은 하지 않았지만 하선의 표정이 평소보다 굳어 있는 것을 감지한 소운이 조심스럽게 입을 열었다.

"전하, 도승지가 나타나지 않는 것이 마음에 걸리십니까?"

"별일 없을 거라 생각하면서도……, 오고도 남을 시간인데 나타나질 않으니 괜히 마음이 쓰이는구려."

"심려 마십시오. 반란군에 맞설 방도를 찾느라 늦는 걸 겁니다."

하선이 애써 미소 지으며 고개를 끄덕여 보였다. 그때 조내관이 들어왔다.

"전하, 조내관이옵니다!"

"도승지 왔소?"

하선이 짐작하며 물었다.

"송구하옵니다. 도승지가 아니오라…… 주호걸이 왔습니다."

"주호걸이……? 반란군이 길을 막고 있을 것인데 어찌!"

소운 역시 의아하다는 듯 조내관을 보았다.

융복 차림의 하선이 조내관을 거느리고 급히 대전 마당으로 나오자, 장무영과 함께 기다리고 있던 주호걸이 급히 예를 갖추었다. 하선이 주호걸에게 다가서며 말했다.

"이 와중에 어찌 여기까지 왔는가."

"전하……!"

"나리, 어서 도승지의 일을 전하께 고하십시오!"

주호걸은 울상이 되어 말을 잇지 못하자 옆에 있던 장무영이 다그쳤다. '도승지'라는 말에 하선이 불길한 예감으로 주호걸을 보며 물었다.

"도승지? 도승지가 어찌 되었는데 그러는가?"

"전하……, 형님이 지금 진평군과 신치수에게 잡혀 있습니다!"

하선이 흠칫하고 얼어붙었다.

"의금부에 하옥된 신치수가 어찌……!"

주호걸이 소매에서 서찰과 호패를 꺼내 하선에게 올렸다.

"신치수 그자가 전하께 이것을 전하라 했습니다."

호패를 본 하선의 표정이 확 굳어졌다.

"도승지의 것이 맞네."

조내관과 장무영이 동시에 놀랐다. 하선이 황급히 서찰을 펼쳤다.

"……대궐 문을 열고 간신 이규의 참수를 윤허하면 반란을 풀겠다는구려."

"혀, 형님……!"

다리에 힘이 풀린 주호걸이 눈물을 흘리며 그대로 자리에 주저앉았다. 하선은 서찰을 구겨 쥐고 분노로 부들부들 떨었다. 겨우 정신을 차린 주호걸이 하선 앞에 엎드리며 말했다.

"전하! 제발 학산 형님을 살려주십시오! 형님은 이리 개죽음을 당해선 아니 되는 사람입니다! 이제야 겨우 형님이 바라고 꿈꾸던 세상이 오는가 했는데……. 전하! 제발 형님을…… 형님을 구명해주십시오!"

하선도 마음이 찢어질 듯 아팠다. 안타깝게 바라보던 조내관이 끼어들었다.

"그만하시오. 도승지를 살리고자 하는 마음은 우리 모두가 매한가지요."

장무영이 말을 이었다.

"전하! 나흘만 버티시면 저들과 맞서 전하를 보위할 군사들이 도착합니다. 부디 그때까지 마음을 강건히 하시어 후일을 도모하심이 마땅할 것입니다!"

"내게 생각할 시간을 좀 주게."

"예? 예, 전하……!"

주호걸의 표정이 밝아졌다. 그와 반대로 장무영의 표정은 어둡게 변했다.

궁 후원 일각의 제일 높은 곳에 융복 차림의 하선이 고민하며 서 있었다. 뒤에 있던 소운이 다가섰다.

"중전……."

"전하, 도승지의 소식 들었습니다. 괜찮으십니까?"

"내 어찌하면 좋을지 모르겠소. 내가 답을 몰라 헤맬 때마다 곁에 있어준 도승지가 없으니……. 대체 어찌해야 맞는 건지 확신이 들지 않소."

"전하, 신첩이 일전에 여쭌 것 기억하십니까?"

"무슨······. 아, 유비와 조자룡의 이야기 말이오?"

"예. 신첩, 전하께서 유비라면 아들과 충신 중 누굴 선택하시겠느냐 여쭸었지요. 그 대답을 해주십시오."

하선은 지금 왜 그 질문을 하는지 소운을 보며 의아해했다. 어리둥절한 표정으로 소운을 보던 하선은 정신을 다잡고는 대답했다.

"내가 유비라면······, 난 어느 누구도 포기하지 않을 것이오. 죄 없는 내 사람, 내 백성이 죽거나 다치는 것은 절대로 용납할 수 없기 때문이오!"

소운이 미소 지으며 말했다.

"예, 전하께선 그런 분입니다. 답이 없다 싶을 때도 답을 찾아내시고, 모두가 아니 된다 하는 일에 된다고 답하시는 분입니다. 분명 이번에도 답을 찾아낼 것입니다. 신첩은 믿습니다."

소운의 말에 하선은 더없이 힘이 났다. 궁에 돌아와 수많은 위기를 견디고 넘어섰던 기억들이 머릿속을 스쳤다. 하지만 그 모든 건 하선 혼자만의 힘으로 이뤄낸 게 아니었다.

하선은 담담하게 말했다.

"그 일들은 나 혼자 한 일이 아니오. 도승지와 조내관, 조정 신료들과 주호걸까지 모두의 힘을 모아주었기에 내 답을 찾을 수 있었던 거요."

소운은 하선의 손을 두 손으로 잡고 힘을 주어 말했다.

"신첩이 전하와 함께하겠습니다. 용기를 내십시오."

"고맙소!"

소운의 말에 하선의 마음이 뜨거워졌다.

하선이 대전 복도로 들어서자 침전 문 앞에 선화당이 조상궁과 나인 둘과 함께 기다리고 있었다.

"전하께 긴히 여쭐 말씀이 있어 왔습니다. 주변을 물려주십시오."

대전 침전으로 자리를 옮긴 하선과 선화당은 서안을 앞에 두고 마주 앉았다.

"무슨 말인지 해보시오."

"전하, 제 백부가 대역죄를 지은 것도 모자라 반란군의 수괴와 한 패가 되어 전하께 죄를 짓고 있는 것 참으로 송구하옵니다. 하여 소첩, 이 궁에서 나가야 하는 것 아닌가 마음이 괴롭습니다. 나가라 하시면 나갈 것이고 머물라 하시면 머물겠습니다. 전하의 뜻을 밝혀주십시오."

하선은 그간 선화당이 겪었을 고통과 괴로움이 느껴지는 듯했다. 선화당은 간절한 눈으로 하선을 바라보았다.

"선화당은 어찌하고 싶소?"

"전…… 궁에 남고 싶습니다."

긴장하며 답한 선화당이 하선을 보며 대답을 기다렸다.

"그럼 그리하시오. 선화당의 죄가 아니니 궁에 남아도 좋소."

"그냥 나가라 하시면 어쩌나 걱정했는데 이제 기쁜 마음으로 말씀을 올리겠습니다."

울컥 눈물을 쏟는 선화당을 하선은 의아해하며 바라보았다.

"실은 소첩의 백부가 의금부 옥사에 갇히기 전 소첩에게 서찰 하나를 부탁했는데 살펴보니 전하의 옥새가 찍혀 있었습니다."

하선은 순간 그것이 밀서임을 직감했다.

"그 서찰, 어디 있소?"

"제 전각에 잘 숨겨두었습니다."

"당장 가서 가져오시오!"

"예, 전하!"

선화당은 일어나 물러나가다가 멈춰 서 미소 지으며 말을 이었다.

"전하를 한 번은 기쁘게 해드리고 싶었는데……, 다행입니다!"

선화당이 나가는 모습을 짠하게 보던 하선의 머릿속에 문득 어떤 생각이 스쳤다. 벌떡 일어난 하선이 외쳤다.

"조내관!"

조내관이 침전으로 들어와 섰다.

"전하, 부르셨습니까?"

"당장 장무관을 불러오시오."

잠시 뒤 하선이 장무영에게 서찰을 건넸다. 그 옆에는 조내관이 서 있었다.

"내 명을 적은 서찰일세. 신치수와 진평군에게 가서 내일 조참(朝參, 만조백관이 일정 기간마다 모여 임금에게 문안하고 할 말을 아뢰던 일)을 열 것이니 입시하라고 전하게."

서찰을 받은 장무영이 놀라며 물었다.

"예? 전하, 저들을 궁궐 안으로 들이겠다는 말씀이십니까?"

서찰을 쓰느라 이미 내용을 알고 있었던 조내관은 담담하게 서 있었다.

"그렇다네."

"하오나 조참을 연다 해도 저들은 위험을 무릅쓰고 들어오지 않을 것입니다."

"저들은 반드시 들어올 걸세. 조참에 참석할 때 도승지를 데려와야 한다는 조건을 적었으니 그것에 대한 확답을 받아오게."

"예, 알겠습니다."

할 수 없이 어명을 받게 된 장무영은 위험을 무릅쓰고 서궁으로 갔다. 장무영은 진평군에게 서찰을 전한 뒤 대문 너머에서 반란군의 감시를 받으며 서 있었다.

하선이 보낸 서찰을 읽던 진평군의 표정이 확 어두워졌다. '어찌 그러는 게요?' 하고 묻는 신치수에게 진평군이 서찰을 내밀었다.

"직접 보게."

서찰을 받아든 신치수가 소리내어 서찰을 읽었다.

"도승지 이규에게 죄가 있는지 없는지 대소신료들과 함께 논하여 정할 것이니, 내일 조참에 입시하라?"

"내 주상이 이리 나올 줄 알고 있었네! 분명 탁상공론(卓上空論)으로 시간을 끌려는 계략이야!"

"그렇다 해도 궐로 들어가야 하오."

"뭐라? 주상의 호위무관과 금군들이 지키고 있는데 군사도 없이 어찌 들어간단 말인가?"

신치수가 나직하게 말했다.

"주상이 오랑캐와 손을 잡았다는 증좌, 그 밀서가 궁 안에 있소. 들어가 그 밀서를 손에 넣기만 하면 그걸로 주상의 목을 옭아맬 수 있는데 여기서 포기하겠단 게요?"

신치수의 말에 진평군은 갈등했다.

서궁 대문 밖에 서 있던 장무영은 진평군과 신치수가 다투는 듯한 모습을 유심히 바라보았다. 이때 신치수가 장무영에게 다가와 말했다.

"전하께 전하게. 내 진평군과 함께 내일 조참에 입시하겠다고. 대신 전하의 호위무관과 금군들의 수만큼 우리도 군사들을 끌고 들어가겠다는 조건을 받아들인다면 말일세."

순간 장무영이 놀라며 신치수를 바라보았다. 하선이 어명을 내린 후 한 말이 떠올랐기 때문이었다.

― 군사와 함께 들겠다 하면, 만조백관이 빠짐없이 모두 참석해야 한다는 조건을 걸고 대동할 수 있는 군사의 수를 줄여 부르게.

장무영은 하선의 선견지명에 내심 놀랐다. 그런 장무영을 가늠하 듯 보던 신치수가 물었다.

"듣고 있는가?"

장무영은 애써 내색하지 않으려고 신치수를 겨눠 보았다.

"전하께서 만조백관을 모두 참석하게 할 것이니 열 명 이상의 군사는 들이지 말라 하셨습니다. 어찌하시겠습니까?"

잠시 장무영을 바라보던 신치수가 입을 열었다.

"그럼 편전 마당에서 조참을 하되 전하께서도 열 명의 호위무관만 거느리고 드셔야 할 것이네. 전하께서 그리하시겠다면 우리도 따르겠다고 전하게."

하선이 대전 마당에서 협시내관과 상궁나인들을 이끌고 나오는데 장무영이 급히 들어와 고했다.

"전하, 다녀왔습니다!"

"그래, 내 제안을 받아들이겠다 하던가?"

"예. 모두 전하의 예측대로였습니다. 어찌 아셨습니까?"

"저들은 궁궐로 들어오지 않으면 아니 되는 이유가 있네. 나와 도승지를 무너뜨릴 증좌가 궁궐 안에 있거든."

장무영이 놀라 근심하며 물었다.

"예? 허면 저들을 궁궐로 들이면 안 되는 것 아닙니까?"

"저들이 원하는 증좌가 내게 있으니 저들 뜻대로 되지 않을 걸세."

"대체 그 증좌가 무엇입니까?"

"선화당이 가져오기로 했는데 늦는군."

그때 협시내관이 다급하게 들어와 고했다.

"전하! 선화당으로 빨리 가보셔야겠습니다!"

순간 하선은 불길한 기운을 예감했다.

선화당 침전의 열린 방문으로 급히 들어서던 하선이 그 자리에 얼어붙었다. 선화당이 이부자리 위에 엎드려 있었고 등에 칼이 꽂혀 있었다. 선화당을 섬기는 상궁나인들이 시신의 옆에서 울고 있었다. 망연자실한 채로 선화당을 보던 하선은 분노하며 소리쳤다.

"장무관!"

장무영이 달려 들어와 죽은 선화당을 보고 놀라며 섰다.

"궐 안을 이 잡듯 뒤져 선화당을 죽인 자를 추포하라! 먼저 선화당 처소의 상궁나인들부터 신문을 시작하라!"

"예, 명을 받들겠습니다!"

장무영이 벌벌 떠는 조상궁과 나인 둘을 데리고 나갔다.

하선은 선화당에게 조용히 다가가 눈을 감겨주었다. 궁에 머물게 되어 기뻐하던 모습이 떠올라 마음이 아팠다. 선화당을 해한 이유는 한 가지밖에 없을 터였다. 하선은 조내관을 보며 나직한 목소리로 말했다.

"선화당 처소 안팎을 뒤져 서찰 하나를 찾아주게."

"어떤 서찰을 말씀하시는 것이온지……."

"옥새가 찍힌 밀서일세."

순간 조내관은 할 말을 잃고 얼어붙었다.

그날 밤, 하선은 분노로 굳은 표정을 한 채 대전 침전에 서 있었다. 조내관과 장무영이 침전으로 들어오자 하선이 다급하게 물었다.

"어찌 되었는가?"

"선화당 처소는 물론 선화당에 속한 상궁나인들 처소까지 모조리 뒤졌으나 밀서는 나오지 않았습니다."

낭패라는 듯 조내관을 보던 하선이 장무영에게 물었다.

"선화당을 해한 자는 찾았는가?"

"선화당을 지근거리에서 보살피던 상궁나인들을 신문했사온데 사가에서부터 같이 들어온 조상궁이 가장 유력해 보입니다."

"토설을 받아내고 밀서를 찾게. 조참 전까지는 반드시 찾아내게!"

"예, 전하!"

하선의 표정이 무거워졌다.

한편 서궁에서는 분노한 대비의 목소리가 울려 퍼졌다.

"항복을 받아오라 했지, 누가 조참 따위에 들라 했소!"

대비가 들고 있던 찻잔을 신치수에게 집어 던졌다. 신치수는 눈하나 꿈쩍도 않고 앉아 있었다.

"그 광대 놈의 항복을 받아올 수 있다 그리 장담하더니!"

"송구하오나 소신에게 분명한 계략이 있어 그리한 것이니 믿어주십시오!"

대비가 씩씩대며 말했다.

"듣기 싫소! 내 그 광대 놈을 직접 봐야겠소. 궁궐로 서찰을 보내당장 세검정(洗劍亭)으로 나오라 하시오."

대전 침전에 있던 하선은 대비가 보낸 서찰을 보고 즉시 대비를만나러 갈 채비를 했다. 그 모습을 본 조내관이 앞을 막아섰다. 장무영도 굳은 표정으로 하선 옆에 섰다.

"전하, 이렇게 나가시면 아니 되옵니다! 분명 전하를 해하려는 저들의 계략일 것입니다!"

하선이 굳은 표정으로 조내관을 보며 말했다.

"도승지를 죽게 놔둘 순 없지 않소?"

"하오나……."

"제가 모시고 가겠습니다."

장무영이 말했다. 하선이 고개를 저었다.

"호위무관들을 데려갈 것이니 자네는 궁궐의 방비를 맡아주게!"

"전하의 안위가 제일 중요합니다! 궁궐의 방비는 금군대장에게 맡길 것이니 심려 마십시오."

"알겠네. 가세."

나서려는 하선을 조내관이 다시 한 번 말렸다.

"전하, 꼭 나가셔야겠습니까?"

"걱정 마시오. 내 무사히 돌아올 것이니."

하선은 장무영을 거느리고 비밀 문으로 나갔다. 조내관은 하선을 근심하며 지켜보았다.

세검정 정자 위로 초승달이 낮게 떴다. 융복 차림의 하선이 단단한 표정으로 홀로 정자에 서 있었다. 여염 복색의 대비가 최상궁을 거느리고 오다가 멈춰 섰다. 대비는 홀로 정자 안으로 들어섰다.

하선이 매서운 눈빛으로 대비를 마주보고 섰다. 하선과 대비의 등 뒤 저 멀리에는 장무영과 호위무관들, 한일회와 반란 군사들이 창검을 들고 대치 중이었다. 대비가 싸늘한 목소리로 말했다.

"천한 광대 놈아. 예를 갖춰라."

"폐모되어 이제 서인이니 내 예를 갖출 이유가 없습니다!"

날카로운 대비의 목소리와 달리 하선의 목소리는 담대했다. 그러자 대비가 픽 웃으며 말했다.

"내 주상만큼 미친놈은 세상에 없을 거라 여겼거늘, 학산이 더한 놈을 찾아냈구나! 허긴 천하디 천한 놈이 용상의 힘까지 맛보았으니 오죽하겠느냐?"

하선은 대비를 노려보며 도승지가 무사한지 물었다. 대비가 우습다는 듯 맞받아쳤다.

"주인이 죽을까 걱정되느냐? 염려 마라. 내 왕실과 이 나라 조정을 능멸한 그놈을 제대로 벌주어 주상의 복수를 하기 전에는 숨통을 끊지 않을 것이니."

"모르는 사람이 들으면 의붓아들을 엄청 아끼는 줄 알겠습니다."

하선은 대비의 말에 헛웃음이 나왔다. 그러자 대비가 하선 쪽으로 다가서며 말했다.

"내 오랜 세월 주상이 죽기를 빌고 또 빈 것은 사실이다. 허나 반쪽짜리라 해도 선왕의 뒤를 이은 정당한 왕통이었거늘! 광대 놈에게 용상을 내어주고 국정을 농단한 학산의 죄를 내 어찌 좌시할 수 있겠느냐!"

"도승지를 벌하기 위해 반역의 수괴가 되었다? 그걸 누가 믿겠습니까? 차라리 아들의 원수를 갚기 위해서라고 하십시오. 그렇다 해도 용상을 탐내는 그 더러운 속셈을 가릴 수는 없겠지만 말입니다!"

대비가 태세를 전환하며 부드러운 목소리로 말했다.

"네놈이 아무리 기를 쓰고 임금인 척해도 천한 태생을 가릴 수는 없다. 학산 그놈이 사라지면 네놈이 무너지는 건 순식간이야."

대비의 말에 순간 하선의 눈빛이 흔들렸다. 그것을 놓치지 않은 대비는 말이 통했다고 여기며 다시 다정하게 말했다.

"네놈은 학산의 명을 받고 그대로 행한 죄밖에 없지 않으냐? 학산의 죄를 발고하면 네놈의 죄는 용서해주마. 그러니 순순히 항복하고 옥새를 내놓아라."

"대체 무슨 자격으로 내게 죄를 묻고 용서를 해주겠단 겁니까? 죄를 토설하고 벌을 받아야 할 사람은 바로 지금 내 앞에 서 있는 사람입니다!"

"네 이놈! 네놈이 임금을 참칭한 가짜이고 광대라는 걸 내 백성들에게 알리랴?"

"알리십시오! 내가 가짜라는 것을 무슨 수로 증명할 겁니까? 백성들이 역도의 말은 믿을 것 같습니까?"

"중전이 천한 광대를 지아비로 섬기고 세상을 속인 죄가 알려져도 말이냐? 소문만으로도 중전은 악독하고 부덕한 여인으로 역사에 기록되고 후세에 알려질 게다. 그런 굴욕을 안고 중전이 정녕 제정신으로 살 수 있을 것 같으냐?"

대비가 소운을 들먹이며 위협한 것이 패착이었다. 분노한 하선이 대비 앞으로 썩 다가섰다. 그 순간 대비는 섬뜩한 한기를 느꼈다. 하선이 무섭도록 낮은 목소리로 대비에게 말했다.

"어디 그리해보시오. 내 중전의 눈에서 눈물이 한 방울 떨어질 때마다 그 눈에서도 피를 흘리게 만들 것이고, 중전의 입에서 한탄이 터질 때마다 그 입으로 비명을 지르게 만들 것이니!"

하선의 말에 대비는 두려움을 느꼈지만 애써 아무렇지 않은 척 미소 지으며 말했다.

"네 이놈……, 이 무도하고 무엄한 놈. 감히 광대 주제에 뭘 믿고 이리 뻗대는 게냐? 하늘이 무섭지도 않은 게냐! 정녕 신성한 왕통을 네놈의 천한 피로 더럽히려는 게냐!"

하선도 버럭 소리쳤다.

"개소리 마시오! 귀하고 천한 것은 사람이 아니라 하늘이 정하는 것이오! 타고난 신분이 아니라 마음과 행동에 달린 것이란 말이오! 그런 것도 모르면서 말로만 왕통이니 뭐니 떠들다니! 부끄럽지도 않으시오!"

대비가 부들부들 떨리는 목소리로 말했다.

"……다, 닥쳐라."

"허긴 내세울 게 혈통뿐이니 어쩔 수 없겠지."

대비를 매섭게 노려보던 하선이 돌아섰다. 그의 뒷모습을 바라보며 대비는 분노를 참기 위해 이를 악물었다.

하선을 만난 후 대비는 서궁으로 돌아갔다. 최상궁을 거느리고 들어서는 대비를 보고 마당에서 기다리고 있던 진평군과 신치수가 예를 갖추었다.

"내일 조참에 나가 학산 저놈의 죄를 드러내고 그 광대 놈의 항복을 받아올 자신이 있소?"

"만반의 준비를 다해 들어갈 것이니 심려 마십시오."

신치수가 나서며 답했다. 진평군은 그런 대비와 신치수를 가만히 바라보았다.

서궁의 한 창고 안에서 오라에 묶여 눈을 감고 앉아 있던 이규는 행랑각 문이 열리는 소리에 눈을 떴다. 그의 앞에는 신치수가 서 있었다. 신치수가 입술을 비죽이며 운을 뗐다.

"내 자네에게 사과를 하러 왔네. 그간 자네가 고고하고 깨끗하게 전하와 부원군 뒤에 숨어 책사 노릇만 한다고 생각했거늘, 이제 보니 자네가 나보다 몇 곱절이나 앞서 있었더군."

"하고 싶은 말이 무엇입니까?"

이규가 굳은 표정으로 신치수를 보지도 않고 말했다.

"내 대비마마께 청해 자네를 살려줌세. 대신 저 천한 광대 놈에게 한마디만 하게. 용상을 버리고 항복하라고 말일세. 그놈이 다른 자의 말은 몰라도 자네 말은 듣지 않겠나?"

"잘못 보셨습니다. 전하께선 전하의 뜻대로 하실 뿐 내 말에 주견 없이 휘둘리는 분이 아닙니다. 그렇게 당하고도 모르시겠소?"

"정녕 저 천하디 천한 가짜 임금을 위해 자네 목숨을 버리겠단 말인가?"

"뭐가 천하고 뭐가 가짜란 말입니까? 그분이 한 일들은 모두 백성과 이 나라를 위한 일이니 천하다 할 수 없고 가짜라는 건 더욱 당치 않습니다!"

그제야 얼굴을 들어 자신을 노려보며 말하는 이규에게 신치수가 어이없다는 듯 웃으며 말했다.

"이거야말로 그 광대 놈이 말하던 개똥 같은 소리일세!"

이규가 맑게 웃으며 답했다.

"개똥 같은 소리······, 맞습니다. 하늘은 보지 못하고 땅만 보고 제 발끝만 보는 대감과 진평군 같은 자들은 결코 알 수 없을 겁니다."

"내 더는 구역질이 나서 들어줄 수가 없네. 내일 그 광대 놈이 자넬 조참에 데려오라 제안했네."

신치수가 뒤로 물러서며 말하자 이규가 놀라 물었다.

"전하께서 조참을 열기로 하셨단 말입니까?"

"겁도 없이, 조참이 무언지 알고나 하는 건지."

신치수가 비웃으며 말했다. 이규가 미소를 지으며 되받아쳤다.

"전하께서는 겁박하면 할수록 담대해지는 분입니다. 반란군에 맞서 싸우기로 작정하신 겁니다."

"광대 놈이 이기는지, 임금의 혈통이 이기는지 두고 봐야겠군."

신치수가 나가자 이규의 입가에 떠돌던 미소가 사라졌다. 전하께서 조참을 여시는 이유를 알 것 같았다. 이규의 마음은 신치수를 대할 때와 달리 불안해졌다.

한편 서궁 대문 앞에서는 수행원을 거느린 영화군이 서궁으로 들어오려다 한일회에 길이 막혀 분노하고 있었다.

"네 이놈! 물러서라."

"웬 소란이냐?"

뒤에서 나오던 진평군이 외쳤다. 영화군이 날카로운 목소리로 대답했다.

"진평군, 내 대비마마께 문안 인사를 온 것인데 어찌 막는 게요?"

입꼬리만 올려 웃던 진평군이 영화군에게 위협적으로 다가섰다. 영화군이 순간 긴장한 표정으로 진평군을 바라보았다.

"죽고 싶지 않으면 그냥 돌아가시오."

나직한 진평군의 목소리에 영화군이 몸을 돌려 나갔다. 진평군은 그 모습을 매섭게 지켜보았다. 이 일을 전해 들은 대비가 진평군을 불러 호통쳤다.

"어찌 영화군의 문안을 막은 게요?"

"꼴 보기 싫어서 말입니다."

진평군이 미소 짓자 대비가 날카롭게 말했다.

"뭐라?"

"대비께서 종친들을 만나시는 이유를 제가 모를 줄 아십니까?"

진평군의 말에 대비가 당황했다.

"조심하십시오. 제가 여기 있는 이유는 오로지 주상을 몰아내고 용상에 오르기 위해섭니다."

"이를 말이요. 내 다음 대통으로 진평군 아닌 사람은 생각해본 적이 없소."

대비가 미소로 답하자 진평군 역시 날 선 미소로 화답했다.

"그 말씀을 반드시 지키셔야 할 겁니다."

세검정에서 돌아온 하선은 착잡한 심정으로 하늘을 바라보며 대전 마당에 섰다. 그의 곁으로 소운이 천천히 다가왔다. 인기척을 느낀 하선이 소운을 돌아보았다.

"중전, 추운데 어찌 나온 게요?"

"전하께선 어찌 나와 계십니까?"

하선이 애써 웃으며 말했다.

"중전에게 무얼 속이겠소? 내일 조참의 일을 생각하니 잠이 오지 않는구려. 중전도 나와 같은 게요?"

"신첩, 전하께 힘이 되어드려야 하는데……. 실은 어쩐지 불안합니다. 홀로 조참에 나가 저들을 상대하셔야 한다 생각하니, 혹시 전하께 무슨 일이 생길까 하여……."

하선이 소운의 손을 잡고 서로를 지그시 응시했다.

"아무 일 없을 거요."

"송구합니다. 신첩이 단단하게 버텨야 하는데……."

"괜찮소. 회화나무 두 그루가 서로에게 얽혀들어 단단해지듯이 중전이 내게 기대고 내가 중전에게 기대면 되지 않겠소?"

하선이 미소 지으며 소운을 가만히 끌어당겨 품에 안았다. 품에 안긴 소운이 하선을 올려다보았다. 하선은 소운의 이마에 입을 맞춘 뒤 뺨을 대고 꼭 끌어안았다. 그제야 소운이 안도의 미소를 지었다. 하선 역시 소운에게 위안을 받았다. 그렇게 회화나무 두 그루처럼 두 사람은 서로에게 기댔다.

육중한 소리를 내며 궁궐 문이 열리자 금군들이 절도 있게 나와 대문을 보위하듯 창을 들고 섰다. 궐 담장에는 활을 든 사수들이 언제든 쏠 수 있게 활시위를 바짝 당긴 채 반란군들을 지켜보고 있었다. 대문 앞에는 관복을 입은 대소신료들이 서 있었다. 신치수와 진평군이 맨 앞이었다. 그 뒤로 서장원, 이한종, 형판, 공판을 비롯한 대소신료들이 반란군의 검에 둘러싸인 채 조참에 참석하기 위해 와 있었다. 누군가는 전하의 어명을 받들기 위해 왔고 누군가는 반란군의 검에 겁박당해 끌려왔으나 모두들 마음은 하나였다. 어서 빨리 궁궐 대문이 열려 조참이 시작되기를 바랐다.

관복 대신 흰 소복을 입은 이규는 오라에 묶인 채 검을 든 한일회와 반란 군사 아홉에게 둘러싸여 서 있었다. 장무영이 나와 이규를 보고는 멈칫했다. 대역죄인이 되어 오라에 묶여 끌려온 도승지 영감의 모습은 쉽게 감정을 내색하지 않는 장무영조차 무너지게 만들었다. 장무영의 표정을 읽은 이규의 표정이 순간 부드럽게 변했다. 그 표정이 마치 나는 아무렇지 않으니 너무 마음 쓰지 말라고 말하는 듯하여 장무영의 마음은 또다시 무너졌다.

진평군을 시작으로 대소신료들이 궁궐로 들어가면서 한일회와 반란 군사 아홉을 뺀 나머지는 궁궐 대문 밖에 남았다. 이규가 한일회와 반란군들의 손에 끌려가고 마지막으로 장무영이 뒤를 살피며 들어가자 궁궐의 대문이 굳게 닫혔다.

대전의 복도에서는 조내관이 협시내관과 여섯 명의 젊은 내관들에게 비장하게 명을 내리고 있었다.

"오늘 편전마당에서의 조참은 평시와 다르네. 어떤 일이 일어나도 전하 곁을 떠나선 아니 될 것이네!"

"예, 상다 어르신!"

내관들의 대답을 들은 조내관이 협시내관에게 일렀다.

"별감들에게도 지금 내가 한 말을 단단히 일러두게."

"심려 마십시오."

협시내관과 다른 내관들이 물러나는 것을 지켜보던 조내관이 하선의 곁을 지키기 위해 안으로 들어갔다.

대소신료들이 모두 편전 마당에 들었다는 소식을 들은 하선은 대전을 나섰다. 그때 장무영이 급히 달려왔다. 하선이 다급하게 물었다.

"밀서는 찾았는가?"

"송구하옵니다. 조상궁이 끝내 자복하지 않았습니다."

하선의 표정이 침통하게 변하자 조내관이 하선에게 다가서며 나직하게 말했다.

"전하, 조참을 미루셔야 하는 것 아닙니까?"

"아니오. 오늘이 아니면 도승지를 구할 기회가 없소."

하선이 편전으로 가려는데 이번에는 함경북도 병마사 강인복에
게 보냈던 호위무관이 달려와 예를 갖췄다.

"전하!"

"왔는가! 군사들은 언제 당도한다 하는가?"

"함경북도 병마사 강인복 장군이 군사를 이끌고 출발하는 것을
보고 말을 달려왔으니 내일을 넘기지 않고 당도할 것입니다!"

"알겠네. 수고했네."

그제야 겨우 하선의 얼굴이 밝아졌다. 이제 조참을 시작할 시간
이 되었다.

궁궐 안 편전으로 가는 길, 나인들이 우르르 몰려가다 맞은편에
서 오던 진평군과 신치수를 발견했다. 나인들은 겁에 질려 멈춰선 뒤
내명부로 다시 돌아서 갔다. 그때 한일회와 반란 군사에게 둘러싸여
오라에 묶여 가던 이규가 신치수를 부르며 멈춰 섰다. 그 소리에 신
치수와 진평군이 돌아보았다.

"어찌 멈추는 게냐?"

"내 대감의 제안을 밤새 생각해봤소."

그러자 진평군이 날카롭게 보며 물었다.

"무슨 제안 말인가?"

"마지막으로 주상을 직접 만나 항복시키라 했소이다."

신치수가 여유롭게 대답했다.

"전하를 따로 뵙게 해주시오."

"그리는 아니 되지. 둘이 만나 말이라도 맞추게 되면 내가 위험을 무릅쓰며 조참에 드는 이유가 없지 않은가?"

"같이 가도 좋소. 전하를 뵙게만 해주시오."

진평군과 신치수는 이규와 주상을 만나게 할지 말지 잠시 고민하다 일단 쉬운 길을 가보자는 결론을 내렸다.

하선은 무거운 마음으로 편전 어좌 앞에 섰다. 그 옆을 조내관이 지키고 서 있는데, 잠시 후 진평군과 신치수가 오라에 묶인 이규를 데리고 들어와 한껏 예를 갖춰 절했다.

이규가 고개 숙여 절한 후 담담하게 하선을 바라보았다. 오라에 묶인 이규를 본 하선의 마음이 검에 찔린 듯 아파왔다.

"전하, 그간 강녕하셨습니까?"

신치수가 서늘한 미소를 띠며 말했다. 하선은 굳은 표정으로 신치수를 노려보았다.

"그놈의 명줄은 참 길기도 하오! 파옥도 모자라 반란군 수괴와 손을 잡다니!"

진평군이 웃음 띤 얼굴로 하선의 말을 받았다.

"반란군 수괴라 하심은 저를 말씀하시는 것입니까? 당치 않습니다. 소신이 반란을 벌일 생각이었다면 무력으로 범궐을 했겠지요!"

"조참 전에 나를 보자 한 연유가 무엇인가?"

"이자가 전하께 고할 것이 있답니다."

신치수가 이규를 부르기 전에 이규가 먼저 한 발 앞으로 나서며 고했다.

"전하, 소신이 궁 안에서 살아남는 방도는 둘이라고 했던 것 기억하십니까?"

"기억하네."

이규의 의도를 깨달은 하선이 대답했다. 궁에 처음 들었을 때 부원군을 구명해달라는 중전마마께 약조를 했으니 지켜야 한다고 매달리는 하선에게 이규가 말했다.

— 궁에서 살아남는 방법은 둘뿐이다. 철저히 밟아 숨통을 끊어놓거나, 철저히 외면하거나.

신치수와 진평군은 그때 나눈 대화를 알 리 없었으나, 이규가 하선에게 항복하라고 말하는 게 아니라는 것은 눈치챌 수 있었다. 신치수와 진평군이 속았음을 깨닫고 이규를 노려보았다. 이규가 그 시선에 아랑곳 않고 하선에게 간절하게 말했다.

"오늘 전하께서는 그중 두 번째 방도만 쓰시면 됩니다."

"다른 할 말은 없는가?"

"전하께서 중히 여기셔야 할 것은 오로지 이 나라와 백성뿐입니다. 그 밖에는 모두 언제든 버릴 수 있어야 하고 버리셔야 합니다."

잠시 이규의 말이 멈췄다.

"소신까지도 말입니다."

하선이 울컥하며 말했다.

"그 말은 동의할 수 없네. 자네를 버리라니! 유비에게 조자룡을 버리라는 말과 같지 않나!"

"소신을 명장에 충신인 조자룡에 비유해주시니 눈물이 날 만큼 황공하옵니다."

이규가 미소를 띠며 말하자 신치수가 비웃으며 말했다.

"전하께서 소신이 뵙지 못한 사이 광대처럼 신하를 웃기는 재주가 생기신 모양입니다?"

"아닐세. 내 타고났네."

하선이 신치수의 말을 받아치자 순간 이규가 너털웃음으로 소리 내어 웃었다. 이규의 웃음이 편전에 울려 퍼졌다. 그러자 하선과 조내관도 웃음이 터졌다. 신치수와 진평군의 표정이 더욱 굳어졌다. 이규가 여전히 미소를 지은 채로 말했다.

"예. 전하께선 타고나셨지요. 제가 그걸 잊고 있었습니다."

하선은 기쁜 듯 슬픈 듯 웃으며 이규를 바라보았다. 이규 또한 어느새 붉어진 눈으로 하선을 보며 말을 이었다.

"전하, 소인 전하를 만나 섬기는 은혜를 넘치게 받았으니 여한이 없습니다."

"여한이 없다는 말은 당치 않네! 남은 날이 얼마나 많은데."

"예, 그렇지요. 제가 올리려던 말씀도 그것이었습니다. 이 나라와 백성을 위해서라도 부디 남은 날들 동안 굳건히 용상을 지키셔야 합니다."

"도승지……."

진평군이 짜증스러운 듯 하선의 말을 잘랐다.

"전하! 계속 이리 장황한 이야기를 듣고 있을 수는 없습니다. 그만 조참을 진행하시지요!"

"그리하라."

하선이 진평군을 노려보며 말했다.

한낮 편전 마당에 기묘한 풍경이 펼쳐졌다. 진평군과 신치수, 형판과 공판 뒤로 반란군들이 검을 들고 서 있었고, 서장원과 이한종의 뒤로는 금군들이 창을 들고 서 있었다. 언제라도 혈전이 일어날 듯 일촉즉발의 상황이었다. 그 한가운데 오라에 묶인 이규가 두 눈을 감은 채 무릎을 꿇고 앉아 있었다. 이윽고 조내관과 장무영을 거느린 하선이 월대 위 옥좌로 나아와 섰다.

그때 서장원이 앞으로 나서며 말했다.

"전하, 소신들 조참의 예를 갖춰 사배(四拜, 네 번 절함)를 올려야 마땅하거늘! 작금의 변란 앞에 예를 갖춤이 황망하고 망극하여 한 번만 절을 올리겠습니다."

서장원의 말에 진평군과 신치수가 놀라 노려봤다.

"전하, 강녕하시옵소서!"

서장원과 이한종 쪽 신료들이 모두 하선을 향해 예를 갖추며 허리 굽혀 절했다. 반면 진평군과 신치수, 형판과 공판 등은 시선을 피하며 그냥 서 있었다.

하선은 오라에 묶인 이규의 모습에 가슴이 아팠다.

"도승지의 오라를 풀어주게."

"전하, 간신 이규는 대역죄인으로 이 자리에 온 것입니다. 오라를 풀라 하심은 당치않습니다."

형판의 말에 하선이 버럭 소리를 질렀다.

"신치수와 진평군도 내게는 똑같이 역모죄인이다! 도승지는 아직 처결 전이니 죄인 취급은 당치않다! 당장 오라를 풀라!"

어명이 떨어지자 하선의 옆에 서 있던 장무영은 이규에게 다가가 오라를 풀어주었다. 손이 풀린 이규는 하선에게 예를 갖췄다.

"성은이 망극하옵니다, 전하."

소운은 숙원 양씨 등 후궁들과 애영, 상궁나인들과 함께 편전 전각 뒤쪽에서 그 모습을 지켜보고 있었다. 협시내관과 내시부, 별감들이 위험에 대비하여 소운과 후궁들을 둘러쌌다. 후궁들과는 별개로 다른 쪽에 상궁나인들이 서 있었다. 그중에는 선화당 처소의 나인 둘도 섞여 있었다.

"전하, 간신 이규의 죄목을 고하겠습니다. 그전에 증좌를 보이고자 하오니 윤허해주시지요?"

신치수의 말에 하선은 결국 밀서를 손에 넣었구나 싶어 흠칫했다.

"……그리하라."

"앞으로 나와 증좌를 보이거라!"

신치수의 말에 모두 증좌를 가지고 있는 이가 누구인지 궁금해하며 주위를 살폈다. 그때 선화당 처소의 나인 중 어린 나인이 빠른 걸

음으로 신치수를 향해 다가갔다. 하선과 소운, 이규와 장무영, 조내
관 모두 놀라 그 나인을 바라보았다. 아침에 궁궐 문밖에서 편전으
로 가던 길에 신치수와 마주쳤던 상궁나인 중 하나였다. 그때 신치
수와 눈을 마주치며 신호를 주고받았던 것이다. 나인은 신치수 앞으
로 나아와 품에서 선화당의 피가 묻은 밀서를 꺼내 건네더니 반란
군 쪽으로 가서 섰다. 신치수가 밀서를 펼치고 읽기 시작했다.

"조선의 임금과 조정은 후금과 싸울 마음이 없다. 명나라에는 군
사를 내어주지 않을 것이고 후금이 명나라와 전쟁을 벌인다 해도,
후방을 공격하지 않을 것이다. 조선은 누구 편도 아니니 누르하치께
선 부디 이 말을 믿어주시라!"

신치수가 말을 마치자 대소신료들이 웅성거리기 시작했다.

"어찌 저런!"

"정녕 도승지가 혼자서 오랑캐에게 저런 서찰을 보냈다고?"

"허허, 대체 어쩌려고?"

여기저기서 수군대는 소리가 들렸다. 그러자 진평군이 나섰다.

"사대의 예를 저버리고 오랑캐와 내통을 한 죄인 이규는 앞으로
나와 죄를 자복하라!"

"자복이라니 당치 않다! 난 내가 한 일에 한 치의 부끄러움도 없으
니! 진짜 부끄러워 할 자들은 내가 아니라 너희들이다!"

당당하게 말하는 이규의 태도에 대소신료들은 모두 놀라 아무 말
도 하지 못했다. 이규가 호통을 치듯 큰 소리로 말을 이었다.

"언제까지 우리와 상관없는 명나라를 섬기고 사대의 예에 매여 있

을 참이냐? 상국인 명을 섬기면 어떻고 오랑캐인 후금과 화친하면 어떠하냐! 중요한 건 이 나라, 이 땅의 백성들을 지키는 일이거늘!"

하선은 감격하며 이규를 바라보았고 이를 지켜보던 소운의 얼굴에도 눈물과 미소가 동시에 번졌다. 이규의 일갈에 대소신료들도 모두 말문을 잃고 바라보았다. 그때 신치수가 밀서를 들고 앞으로 나왔다.

"참으로 감동적이구나!"

신치수의 말에 이규가 그를 노려보았다.

"헌데 전하, 이 밀서에는 전하의 옥새가 찍혀 있습니다. 정녕 전하께선 이 밀서를 모르고 계셨습니까?"

당당했던 이규의 표정이 순간 하선에 대한 근심으로 무너졌다. 하선이 이규를 바라보자 이규가 아니 된다는 듯한 표정으로 살짝 고개를 저었다.

"모르고 계셨다면 도승지가 어명을 참칭한 것이고! 알고 계셨다면 전하께서 오랑캐와 내통하셨다는 뜻인데! 대체 어느 것이 진실입니까!"

"그건……!"

갈등 끝에 하선이 입을 열려 하자, 이규가 다급하게 외쳤다.

"전하! 소신, 전하의 옥새를 찍어 어명을 참칭하였으니 그것은 분명 저의 죄입니다!"

"도승지, 그리 말라……."

"전하, 남은 날들을 지켜달라는 소신의 말을 유념해주십시오!"

말을 마치자마자 이규가 분연히 일어났다. 결심한 듯 굳은 표정으로 하선을 본 후 성큼성큼 앞으로 나가더니 금군의 허리춤에 매달린 검집의 검을 쑥 빼 들었다. 그러고는 지체 않고 방향을 돌려 검을 들고 진평군을 향해 내달렸다. 자신에게로 달려오는 이규를 진평군은 꼼짝달싹 못한 채 경악하며 지켜보았고, 한발 늦게 한일회와 반란군이 이규를 막아서려고 몸을 움직였다.

이규가 진평군의 가슴을 베려던 찰나, 한일회가 먼저 이규의 등에 검을 휘둘렀다. 이규는 검을 맞고도 물러서지 않았다. 오히려 한 발더 나아가 끝내 검으로 진평군의 배를 찔렀다.

"윽!"

놀란 진평군의 얼굴이 고통으로 일그러졌다.

한일회와 반란군이 다시 이규를 향해 검을 휘두르려 하자 하선은 이규에게로 뛰쳐나가며 소리를 질렀다.

"멈춰라! 멈추지 못하겠느냐!"

"안 됩니다, 안 됩니다, 전하!"

절규하며 이규에게 달려가려는 하선을 장무영이 사력을 다해 붙잡았다.

"놔라! 놓지 못하겠느냐!"

장무영이 호위무관들을 향해 '전하를 보위하라!'고 소리쳤다. 일사불란하게 호위무관들과 내관들이 서로 팔짱을 낀 채 하선을 둘러쌌다. 하선이 눈물로 이규를 바라보는데 그 순간 한일회의 검이 이규의 목 뒤를 쳤다. 이규보다도 하선이 먼저 고통을 느끼고 얼어붙었다. 이규가 피를 흘리며 진평군의 얼굴에 대고 말했다.

"저승길 동무나 하자!"

진평군은 고통과 충격으로 무릎이 꺾였다. 동시에 이규도 무너져 내렸다. 이규는 마지막으로 있는 힘을 다해 진평군의 몸에서 검을 뽑았다. 진평군이 피를 쏟으며 뒤로 넘어갔다.

이규는 흐릿해지는 시야 속에서도 하선을 보았다. 장무영에게 붙들린 하선은 애가 끊기는 고통으로 울부짖고 있었다.

"……학산!"

하선이 처음이자 마지막으로 이규의 호(號, 허물없이 부르는 이름)를 불렀다.

소리치는 하선을 바라보는 이규의 몸이 천천히 기울어져 바닥으로 쓰러졌다.

쓰러지는 이규를 보며 하선은 울부짖었다. 신치수는 황급히 밀서를 챙겨 그 자리를 벗어나 도망치기 시작했다. 형판과 공판도 신치수의 뒤를 따라 급히 편전 마당을 빠져나갔다. 다른 대소신료들 역시 우왕좌왕하며 도망치고, 한일회는 반란군들과 함께 피투성이가 된 진평군을 부축해 편전 밖으로 나갔다.

"궁궐 문을 닫아라!"

장무영이 호위무관들에게 명을 내렸다.

"전하!"

소운이 다급하게 하선의 안위를 확인했다.

"중전마마를 보위하게!"

조내관이 외치며 내시부 별감들과 함께 소운과 후궁들을 둘러싸고는 내명부 쪽으로 빠져나갈 수 있게 했다.

"전하!"

소운은 하선에게서 눈을 떼지 못한 채 조내관에게 이끌려 편전을 빠져나갔다.

난리 속에서도 하선의 눈에는 핏빛으로 물들며 서서히 바닥을 향해 떨어져가는 이규만 보였다. 하선은 자신을 둘러싼 호위무관들을 뚫고 이규에게 달려가 머리를 받쳐 안았다. 고통으로 정신이 흐려지는 가운데 이규의 눈과 손이 하선을 향했다.

"전하……!"

"학산……! 어찌…… 어찌 이런 무모한 짓을 한 게요?"

이규가 있는 힘을 다해 하선의 어깨를 붙잡으려 애쓰며 말했다.

"소신…… 약조를 지키지 못해 송구합니다."

"무슨……?"

이런 상황에 무슨 약조인가 싶은 하선의 머릿속에 이규의 목소리가 스쳤다.

─ 지금 이 순간을 심장에 새겨놓아라. 이제 그 어떤 위험이 닥쳐도 내 너의 곁을 떠나지 않고 지킬 것이다……!

"……전하의 곁을 지켜야 하는데……."

하선과 함께라면 꿈꾸던 나라를 만들 수 있을 거라 믿었기에 이규는 칼에 맞은 아픔보다 하선을 홀로 두고 가야 한다는 고통이 더

컸다.

하선은 자신의 눈앞에서 점점 꺼져가는 충신의 생명을 느끼고 솟구치는 눈물을 주체할 수 없었다. 약조를 지키지 못하더라도 그저 이규가 살아서 자신과 함께하길 간절히 바랐다.

"제발 말을 아끼시오……."

"제가 죽으면…… 저의 시신을 성문 앞에 내거십시오."

하선의 눈에서 쉼 없이 눈물이 쏟아졌다. 이규가 그 눈물을 보며 마지막 힘을 다해 말했다.

"전하께서 올바른 판단으로 죄인을 단죄하셨음을 보이시고…… 불안한 백성들의 마음을 달래십시오……."

하선이 이규의 몸을 끌어안으며 고개를 저었다.

"아니 되오……. 그리할 수 없소. 학산은 내게 죄인이 아니라 충신인데 어찌!"

"……그렇습니까…… 그 말을 들으니…… 좋습니다……."

이규는 흐릿해진 시선으로 허공을 향해 손을 내밀어 하선의 손을 찾았다. 하선은 학산의 마지막 가는 길을 지켜주기 위해 그 손을 잡았다.

"학산……!"

하선은 마지막을 예감하면서도 이대로 보낼 수 없다는 듯 한 번 더 이규를 붙들었다. 하선의 손을 잡자 이규는 안도한 듯 서서히 눈을 감았다.

임금이 정쟁에 휘둘리지 않고 굳건하게 용상을 지키고, 백성들은 너나들이 어우러져 살아가는 나라, 그런 나라를 만들자던 이규였다. 그 나라에 정작 이규가 없을 거라고는 생각지 못했다. 어느새 차가워진 이규를 깨우기 위해 하선은 몸부림쳤다. 하지만 하선이 아무리 애를 써도 이규는 깨어나지 않았다. 하선은 오열했다. 장무영과 호위무관들은 하선과 이규를 둘러싸고 서서 숙연하게 고개를 숙이며 이규의 죽음을 애도했다.

금호문에서는 금군대장과 금군들 그리고 신치수와 대소신료들이 대치 중이었다.

"어서 문을 열게!"

형판이 소리쳤다.

"어명이 아니면 아니 됩니다!"

금군대장은 한 발도 물러서지 않고 강하게 맞섰다.

"쳐라!"

이규의 칼에 찔려 치명상을 입은 진평군을 거의 끌듯 부축하고 온 한일회가 수하들에게 명령했다.

금방이라도 칼부림이 날 듯 금군들과 진평군 일당이 팽팽하게 마주 서 있었다. 겁에 질린 형판과 공판 그리고 대소신료들은 궁궐 문이 열리는 대로 도망칠 기회만 노리고 있었다.

"전하, 마지막 가는 길, 형님을 아끼는 사람들과 함께하게, 관을 내가게 허락해주십시오!"

이규의 상여 앞에 엎드려 아이처럼 펑펑 울던 주호걸이 정신을 가다듬으며 힘겹게 말했다. 흰 비단을 덮은 이규의 관을 바라보는 하선의 눈에서는 여전히 눈물이 흐르고 있었다.

장무영은 침통한 심정으로 한 발 나서며 말했다.

"전하, 지금 궐문을 여는 건 너무 위험합니다. 반란군들에게 범궐의 여지를 주는 게 될 수도 있습니다."

"윤허만 해주시면 제가 형님을 들쳐 업고 나가겠습니다!"

주호걸이 맞서듯 말했다. 넋이 나간 듯했던 하선이 정신을 차리고 장무영에게 말했다.

"장무관, 지금 금호문에서 진평군과 신치수가 금군들과 대치 중이라 했지?"

"예, 전하. 그것은 어찌……?"

장무영이 의아하다는 듯 물었다.

"학산의 마지막 가는 길을 제대로 챙겨주고 싶네."

서궁 침전에서 하선이 보낸 서찰을 읽는 대비의 표정이 점점 굳어졌다. 최상궁과 서찰을 가져온 한일회가 숨을 죽이고 대비의 명을 기다렸다.

도승지의 관을 내보내고자 하니 반나절 동안 상례(喪禮, 상
중에 지키는 예절)를 지킬 수 있게 공격을 멈추십시오.

싸늘하던 대비가 피식 실소를 흘렸다.

관을 내가지 못하게 하면 도승지의 시신을 궐문 밖에 내걸
어, 내 올바르게 죄인을 처결했음을 보일 것입니다. 그리되면
명분 없이 반란을 일으켰다는 것이 백성들에게 알려질 것이
니, 조참에 들어와 내게 무례를 행한 진평군과 신치수에게
죄를 물어 죽인다 해도 누구도 뭐라 하지 못할 겁니다. 어찌
하시겠습니까?

서찰에 적힌 글이었으나 하선의 매서운 목소리가 들리는 듯했다.
대비의 입가에서 웃음기가 사라지고 눈초리가 매서워졌다.

"상례? 하! 대역죄인에게 무슨……!"

대비는 어림없다는 듯 서찰을 확 구겼다.

"대비마마, 반 시진 안에 답을 받아오지 않으면 저의 주군 진평군
의 목부터 치겠다고 했습니다! 제발 주군을 살려주십시오!"

한일회가 간절하게 애원했다. 대비는 생각에 잠긴 듯 먼 곳을 응
시하다 말했다.

"……죄인의 시신을 내걸게 하여 괜한 분란을 만들 필요는 없겠
지. 그리하겠다고 전해라."

"예, 대비마마!"

한일회는 그제야 기쁜 낯으로 대비의 침전을 빠져나갔다.

금호문이 열리자 신치수와 대소신료들이 먼저 빠져나갔다. 진평군은 한일회의 부축을 받으며 문을 나섰다.

그리고 잠시 뒤 이규의 관을 실은 수레가 금호문에 도착했다. 주호걸과 서장원, 이한종이 수레를 따르고 있었다. 수레가 잠시 멈춰 섰다. 하선이 조내관과 장무영을 거느리고 다가왔다.

하선은 이규의 관 가까이 다가와 관에 손을 얹었다. 참을 수 없는 슬픔이 밀려왔다가 떠나지 못하고 하선의 심중에 머물렀다. 하선의 손이 이규의 관 위에 붙어서 떨어질 줄 몰랐다.

소운도 애영과 상궁나인들과 함께 멀리서 눈물로 이규의 관을 향해 예를 갖춰 절하며 배웅했다.

마침내 하선의 손이 이규의 관에서 떨어졌다. 수레가 조금씩 움직이며 이규의 관이 금호문을 빠져나가기 시작했다. 주호걸이 눈물로 그 뒤를 따랐다. 관이 나가자 금호문이 천천히 그러나 굳게 닫혔다. 문이 닫힐 때까지 하선은 관에서 시선을 떼지 못했다.

이규의 관이 기루 앞에 멈추었다. 운심은 애써 슬픔을 누르며 하염없이 이규의 관을 어루만졌다. 주호걸과 정생, 대동계원들은 그 모습을 눈물로 바라보았다. 외지고 험한 변방으로 가자 해도 함께 가겠냐고 묻던 이규의 목소리가 아직 운심의 귓가에 쟁쟁했다.

"이제야 온전히 나으리와 함께할 수 있다 여겼는데……. 함께하자 하셔놓고 어찌 이리 먼저 가신 겁니까……."

흐느끼던 운심이 결국 관을 붙잡은 채 오열했다. 다리에 힘이 풀려 비틀거리는 운심을 계원 한 명이 붙들었다.

"내 나으리의 원수를 갚으러 가야겠소!"

계원이 분노에 차 눈물을 삼키며 말했다.

"나도 함께 가겠네!"

다른 계원도 동조했다. 주호걸이 눈물을 흘리며 이들을 막아섰다.

"관두게! 원수를 갚는 게 아니라 개죽음이 될 게야!"

주호걸의 말을 들은 정생도 만류했다.

"호걸이 말이 맞네. 학산이 자네들의 희생을 원할 것 같은가?"

"그럼 비겁하게 가만있으란 말이오? 난 그리 못하오!"

계원이 반발했다. 그때 운심의 단호한 목소리가 들렸다.

"사는 일인데 좀 비겁하면 어떻습니까?"

운심의 말에 숙연한 침묵이 흘렀다.

"운심의 말이 맞소. 나으리의 유지를 받들기 위해서라도 우린 살아야 하오!"

운심이 그들의 모습을 눈물로 지켜보았다. 어디선가 이규의 낮은 웃음소리가 들려오는 듯했다.

진평군은 죽어가고 있었다. 생전 그가 사냥해온 수많은 짐승처럼, 하찮다는 이유로 힘을 겨루게 하고 쉽게 검으로 베어 죽였던 사내들처럼 거친 숨소리를 내쉬며 누워 있었다. 이규가 남긴 배의 상흔에서 끊임없이 피가 흘러나왔다. 의원이 면포로 피를 막아보려 했지만 헛수고였다.

그때 방문이 열리며 대비가 들어섰다. 영화군과 최상궁이 뒤를 따라 들어왔다. 대비를 본 의원이 뒤로 물러났다. 진평군의 매서운 시선이 대비 옆에 선 영화군을 노려보았다.

"……대비마마, 영화군……."

비난하는 듯한 목소리로 진평군이 말했다. 대비가 진평군 앞에 앉았다.

"진평군, 좀 어떻소?"

진평군은 마지막 남은 힘을 그러모았다.

"……이까짓 것 아무렇지도 않습니다. 내일 아침이면 털고 일어날…… 것이니…… 걱정 거두십시오."

대비는 진평군이 딱하다는 듯 혀를 찼다.

"안타깝소. 용상만 탐하지 않았다면 천수를 누렸을 것을. 참으로 안됐소."

순간 진평군의 눈이 분노로 충혈되었다. 대비가 눈 하나 깜짝 않고 말을 이었다.

"진평군이 모은 삼천의 군사, 내 반정을 성공시키는 데 잘 쓰리다. 내 영화군을 대통으로 삼아 후일을 도모할 것이니 뒷일은 걱정 마시오. 알겠소?"

대비는 비웃음만을 남긴 채 최상궁의 부축을 받으며 일어나 나갔다. 영화군이 진평군을 흘깃 보고는 그 뒤를 따랐다.

진평군은 분노로 몸을 일으키다가 고통에 비명을 지르며 다시 쓰러졌다. 당장 뛰쳐나가 저들을 찢어 죽이고 싶었다. 자신과 같은 고통을 겪게 해주고 싶었다. 비명을 지르게 하고 피를 흘리게 하고 싶었다. 그러나 그저 고통스럽게 죽어가는 것 외에 진평군이 할 수 있는 일은 없었다.

"조참에 나가 그 광대 놈의 항복을 받아올 자신이 있다고 그리 장담하더니! 도승지 그자가 죽지 않았다면, 내 경의 실수를 결코 용납치 않았을 거요."

신치수는 화가 치밀었지만 반박할 말이 없었다.

"진평군에게 유고가 생기면 군사들의 사기가 떨어질 것이오. 그에 대한 방도는 있소?"

대비의 하문에 신치수가 기다렸다는 듯 답했다.

"소신 이미 재물을 풀어 군사들의 사기를 북돋아놓았으니 심려 마십시오."

대비의 표정이 너누룩해지자 신치수가 때를 놓칠세라 말을 이어 갔다.

"아직도 반정이란 명분이 필요하다 생각하십니까?"

"무슨 말이 하고 싶은 게요?"

대비는 싸늘하게 되물었다. 신치수가 눈빛을 번뜩이며 대비에게 고했다.

"오늘 밤을 넘기면 반정은 실패로 돌아가게 될 것입니다. 폐모 교서를 받으신 게 아니니 아직은 주상보다 대비마마가 웃전이십니다. 웃전의 권위로 패역한 폭군을 쳐내라 명을 내리시면 제가 앞장서서 대의명분을 바로 세우겠습니다!"

신치수는 자신이 쥔 마지막 패를 던졌다. 대비는 잠시 고민에 잠겼다. 대비 또한 이것이 마지막 기회라는 걸 그 누구보다 잘 알고 있었다. 대비가 자세를 바로 세우며 신치수를 똑바로 바라보았다.

"범궐을 윤허하겠소. 오늘 밤 그 광대 놈을 용상에서 반드시 끌어내리시오!"

신치수는 미소 지으며 엎드려 절했다.

"대비마마의 명을 받들겠습니다!"

서찰을 손에 쥔 장무영이 편전 마당에 있는 하선과 조내관을 향해 급히 다가갔다. 장무영은 예를 갖추어 하선에게 서찰을 건넸다.

"전하, 함경북도 병마사 강인복 장군이 전령을 보내왔습니다!"

서찰을 받아 읽던 하선의 눈동자가 흔들렸다.

"전하, 어찌 그러십니까?"

"변방의 상황이 급작스럽게 악화되어 후금이 당장이라도 쳐들어올 기세라 하네. 경기도 양주에 막 도착했는데 이대로 군사를 끌고 도성으로 올지, 말을 돌려 변방으로 돌아가 후금에 맞서는 방비를할지 명을 내려달라 하는군."

"이게 다 신치수가 전하의 밀서를 가로챘기 때문입니다!"

조내관이 한탄했다.

"전하의 안위가 우선이니, 당장 도성으로 들어오라고 명하셔야 합니다!"

장무영이 강하게 말했지만 하선은 선뜻 대답할 수 없었다.

"지난 변란 때 선왕께서는 당신께서 곧 이 나라다, 내가 왜적에게 잡히거나 죽게 되면 나라가 망하는 것이니 그리되어선 아니 된다고 하시며 도성을 버리고 피난을 가셨습니다. 전하께서도 강장군을 부르시어 용상을 지켜내심이 옳습니다."

조내관은 하선의 고민을 덜어주려 했다. 하선은 조내관과 장무영을 지그시 바라보았다.

"허나 변방이 무너지면 온 나라 백성들이 후금 군사들에게 짓밟히고 죽임을 당할 것이니 내 용상을 지켜낸다 한들 무슨 의미가 있겠소?"

장무영은 마음이 무거워졌다. 하선은 결의에 찬 표정으로 금군대장을 호출했다. 부름에 급히 달려온 금군대장에게 하선이 물었다.

"반란군의 수는 얼마나 되는가?"

"경기감영과 훈련도감의 군사들까지 합쳐 족히 삼천은 넘을 것입니다."

금군대장의 말을 듣자니 조내관은 절로 한숨이 나왔다.

"우리는 금군들과 별감들, 내시부들까지 모두 합쳐도 사백이 넘지 않을 것인데……!"

"전하, 송구하오나 이 숫자로는 궁궐 방비에 총력을 다한다 해도 이틀을 넘기지 못할 것입니다."

"이 사실을 반란군도 알고 있을 것이니 곧 총공격을 해오겠군."

아군의 수가 절대적으로 부족하다는 말을 들은 하선은 생각에 잠겼다. 장무영이 결심한 듯 말했다.

"전하, 제가 전하와 중전마마를 모시고 궐을 빠져나갈 방도를 마련할 것이니 부디 후일을 도모하십시오!"

"그리할 수는 없네. 궁인들도 내 백성인데 그들을 두고 나만 어디로 간단 말인가?"

하선은 단호했다. 조내관은 이 또한 하선다운 대답이라 생각했다. 장무영 역시 그 뜻을 꺾을 수 없음을 알고 있었기에 불안한 마음은 점점 커져갔다.

저녁 해가 기울면서 서궁 쪽에서는 횃불이 하나둘씩 밝혀지고 있었다. 횃불을 들고 궁궐로 향하는 반란군들의 모습이 어렴풋이 드러나기 시작했다. 반란군들은 주저 없이 돈화문으로 향했다. 그 선봉에는 융복 차림에 검을 든 신치수가 있었다.

신치수는 잠시 멈춰 선 다음 뒤를 돌아 반란군을 보았다. 오늘 밤이 지나면 새로운 세상이 열릴 것이었다. 그러니 더 이상의 실패는 있어선 안 됐다.

"임금을 척살하라!"

모든 힘을 담아 신치수가 외쳤다. 그것을 신호로 한일회와 반란군들이 빠르게 돈화문을 향해 달려갔다.

돈화문은 생각보다 쉽게 열렸다. 궁궐 안은 조용했다. 궁 안에 들어선 신치수와 반란군들은 이상한 기운에 주위를 경계하며 한 걸음한 걸음 신중히 내디뎠다. 그때 대전으로 가는 중문에서 하선이 모습을 드러냈다.

"저기다! 주상을 척살하라!"

신치수가 하선을 쫓아 달려갔다. 그 뒤를 반란군들이 쫓았다. 그때 어디선가 화살들이 빗발쳐 날아오면서 반란군의 허리가 끊겼다. 금군들이 앞뒤로 압박해오는 모습을 보며 신치수는 자신이 함정에 빠졌음을 깨달았다. 돈화문이 쉽게 열렸을 때 의심했어야 했다. 이번에도 신치수는 많은 수의 반란군을 믿고 하선을 얕본 대가를 치르게 될 참이었다.

하선을 죽이기 위해 신치수가 검을 들고 달려들었다. 하선도 신치수와 대적하는 것을 피하지 않고 검을 들고 다가섰다. 이때 황해도 병마사 김기준과 그 군졸들이 열린 돈화문으로 들어와 신치수와 반란군들을 둘러쌌다.

"전하를 보위하라!"

순식간에 반란군들이 진압되었다.

하선 앞에 홀로 선 신치수가 갑자기 하선에게 제안했다.

"나를 살려주면 대비의 목을 가져오겠다."

쥐새끼 같은 제안이었다.

"대비의 목이라……."

하선이 말을 받으며 생각하는 듯하자 신치수는 마지막으로 살 기회를 도모했다.

"예, 전하. 대비마마의 목뿐 아니라…… 반란에 가담한 자들의 목까지 모조리 가져올 것이니 제발 용서……."

신치수가 하선에게 다가서며 무릎을 꿇으려는 찰나 하선의 검이 신치수를 베고 지나갔다.

헉 하는 외마디 신음과 함께 신치수가 비틀거렸다. 하선은 망설임 없이 다시 신치수를 베었다. 더러운 피가 사방에 흩뿌려졌다. 신치수는 고통과 경악에 찬 시선으로 하선을 보았다.

"용서는 없다. 학산을 죽인 죗값은 오직 죽음뿐이다."

단호한 말 속에는 원통함이 서려 있었다. 참으로 질긴 악연이었고 기나긴 싸움이었다. 신치수의 위세 앞에 얼마나 많은 사람들이 무릎을 꿇고 목숨을 잃어갔던가. 하선에게 엽전 두 냥을 던져주었던 신치수는 이제 하선의 검을 맞고 비루 오른 개처럼 쓰러져 죽어가고 있었다.

하선의 칼끝을 타고 신치수의 피가 흘러내렸다. 장무영이 하선의 손에 쥔 검을 받아 들고 물러서자, 김기준이 하선 앞으로 나아와 예를 갖춰 인사를 올렸다.

"전하, 송구합니다. 도성 길목을 막고 있던 반란군을 진압하고 오느라 늦어졌습니다."

김기준이 말했다.

"아닐세. 맞춤으로 왔네."

그날 낮 금군대장, 장무영과 함께 반란군을 진압할 방도를 고심하던 하선은 협시내관에게 황해도 병마사가 도성 근처에 도착했다는 전갈을 받았다. 밤을 넘기지 않고 당도할 것이라 했다. 하선은 곧 반란군을 진압할 작전을 세웠다. 반란군은 아직 자신들의 수가 더 많다고 여기고 있었다. 지원군이 도착했음을 숨긴 채 반란군이 쳐들어올 길을 터주고 그들이 방심한 틈에 퇴로를 차단해 공격하면 될 터였다. 하선의 작전대로 반란군은 속절없이 무너졌다.

"전하, 반란군에게 투항을 명하시어 전하의 위엄을 보이십시오."

김기준이 말했다.

"잠깐 기다리시게. 내 마지막으로 해야 할 일이 있네."

하선은 항복한 반란군들 틈에 무릎 꿇고 앉아 있는 한일회에게 시선을 던졌다.

진평군의 사가는 흡사 적군의 습격을 받은 듯한 모습이었다. 방이며 곳간이며 문이 열린 채 텅 비어 있고 집기들만이 마당을 뒹굴고 있었다. 가노들이 주인을 버리고 떠난 집은 폐허처럼 사위가 고요했다. 사랑채 방 안에 진평군은 홀로 누워 있었다. 피범벅이 된 붕대가 흙빛의 낯과 대조되었다. 겨우 숨만 붙어 있는 진평군의 입술이 달싹였다.

"아무도 없느냐······. 물······ 물을 달라······."

한참을 기다렸으나 아무도 보이지 않았다. 진평군은 한쪽 옆에 놓여 있는 자리끼로 시선을 옮겼다. 마지막 힘을 다해, 진평군은 주전자를 향해 손을 뻗었다. 조금만······, 조금만 더······, 손끝이 주전자를 스치며 주전자가 쓰러졌다. 열린 뚜껑 사이로 물이 흘러나왔다. 진평군의 눈은 텅 비어 있었다. 처참한 최후였다.

서궁 역시 고요하기는 마찬가지였다. 날이 밝아오면서 대비는 점점 더 초조해졌다.

"어찌 이리 쥐 죽은 듯 조용한 게냐? 밖에 나가 상황을 살펴보라!"

대비가 최상궁에게 벼락같은 명을 내렸다.

"예, 대비마마!"

최상궁이 다급히 나가려는데, 한일회가 급히 안으로 들어와 예를 갖춰 절했다.

"대비마마! 승전보를 가져왔습니다! 범궐에 성공하고 주상을 사로잡았습니다!"

그토록 기다린 소식이었으나 대비는 뭔가 꺼림칙했다.

"신치수는 어디 가고 네놈이 온 게냐?"

"고성군은 장렬히 전사했습니다."

신치수가 죽었다니. 생각지도 못한 말에 대비의 동공이 커졌다.

"주상을 대전에 몰아 감금하고 서찰을 받아왔으니 보십시오."

서찰을 받아든 대비의 손이 떨렸다.

> 대비께서 내 사람들에게 죄를 묻지 않겠다 하시면 내 죄를 자복하고 옥새를 내어드리겠습니다. 진시(辰時, 오전 7~9시)까지 궐로 오십시오.

얼마나 이날을 기다려왔던가. 대비의 얼굴이 눈에 띄게 밝아졌다. 제 손을 더럽히지 않고 아비의 원수 신치수까지 처단한 셈이었다. 패역한 주상을 처단하고 반정에 성공했다는 환희로 대비의 마음은 날아갈 듯했다.

"영화군을 불러라."

대비가 한껏 고양된 목소리로 명을 내렸다.

첩지를 하고 당의를 입어 위엄을 되찾은 대비가 임금처럼 당당하게 어도를 걸어 편전으로 들어섰다. 편전 안에는 용포를 입은 하선이 기다리고 있었다. 대비는 하선 너머의 용상을 환희 어린 얼굴로 바라보았다.

"내 눈으로 직접 용상을 보는 건 처음이다! 내 아비가 생전에 내가 낳은 핏줄에게 이 용상을 넘겨주기 위해 그리도 애를 쓰셨거늘! 경인대군은 지금 죽고 없지만 대신 내가 직접 그 원을 풀어드리게 되었구나!"

하선은 말이 없었다.

"죄를 자복하라. 네놈이 후금과 손을 잡고 상국 명나라를 능멸하고 이 나라의 의리와 도리를 끊어낸 죄를 인정하겠느냐?"

대비가 기쁨에 찬 목소리로 추상같은 명을 내렸다.

"난 자복할 죄가 없습니다!"

"뭐라? 밀서를 보낸 죄를 부인하는 게냐?"

"밀서는 내 나라를 지키기 위한 선택이고 방도입니다! 내 백성을 지키기 위해서라면 누구의 손이라도 서슴지 않고 잡을 것이고 그것은 임금으로서의 나의 소임입니다!"

예상치도 못했던 하선의 당당함에 대비는 눈빛이 흔들렸다.

"네 이놈, 죄를 자복하겠단 건 덫이었구나!"

"대비마마를 폐모하는 마지막 절차를 밟기 위해 부른 것입니다!"

하선은 흔들림이 없었다.

"네놈에겐 나를 폐모할 권한이 없다!"

"밖에 있느냐! 모두 안으로 들라!"

둥둥 북소리가 울리고 편전 문이 열렸다. 대소신료들이 성큼성큼 들어와 각자의 자리에 도열하고 하선을 향해 예를 올렸다. 대비는 분해 어쩔 줄 모르며 부들부들 떨리는 몸으로 돌아섰다. 그때 영화 군이 편전으로 들어섰다.

"영화군!"

대비가 반색하며 다가서려 하는데 영화군은 대비를 본체만체하며 그대로 지나쳐 하선 앞에 섰다.

"전하."

하선에게 예를 갖추는 영화군을 보며 대비가 반쯤 넋이 나가서 물었다.

"나를 속인 것이냐?"

"대비마마를 속인 게 아니라 전하의 명을 따랐을 뿐입니다."

"내 명을 잘 받들었으니 자네의 죄는 묻지 않겠다."

영화군은 하선에게 큰절을 올렸다.

"성은이 망극하옵니다!"

대비는 그런 영화군의 모습에 경악하며 발악했다.

"내 너에게 다음 대통을 넘겨주려 했거늘! 이 나약한 놈!"

"조내관."

하선의 부름에 조내관이 폐모 교서 두루마리를 하선에게 올렸다.

하선이 폐모 교서를 읽어 내려가기 시작했다.

"내 임금의 권한으로 다음과 같이 이르노라. 천자의 고명(誥命, 중국의 황제가 주던 임명장)을 받은 선왕의 배필이자 어머니기에, 내 그간 대비 김씨에게 효(孝)를 다하고자 하였으나 중궁전에 사술을 행

354

하고 문성 부원군을 척살하라 명한 것은 물론 반란의 수괴가 되었으니, 이에 대비 김씨를 폐서인하고 사약을 내리노라!"

대비의 얼굴이 퍼렇게 질렸다. 신료들을 향해 돌아선 대비가 악다구니를 퍼붓기 시작했다.

"감히 내게 이런 되도 않는 망극한 짓거리를 하고 있는데! 대체 뭣들을 하고 선 게요! 구경만 하고 있을 게요!"

대소신료들의 시선은 냉정했다. 형판, 공판은 물론 서장원, 이한종 역시 굳은 얼굴로 대비를 외면했다. 대비는 헛웃음이 났다.

"하! 경인대군이 있었더라면 내 이런 굴욕을 겪지 않았을 터인데! 죄 없는 아우를 죽이고 용상을 찬탈한 것도 모자라 어미의 목덜미를 물어뜯고 숨통을 끊으려 하다니!"

"당장 끌어내라."

하선이 더는 듣기 싫다는 듯 차갑게 말했다.

"오냐, 어디 나를 폐모하고 사약을 내려봐라! 내 피를 토하고 죽을 수밖에 없겠지만 결코 네놈에게 패한 게 아니다!"

대비의 분노와 절망이 서린 목소리가 편전 안을 울렸다.

"내가 죽으면 결국 네놈의 치세도 온전치 못하게 될 게야! 후대는 네놈을 어미를 죽인 패역한 군주로 기억할 것이다!"

대비는 하선의 코앞까지 다가가 저주를 퍼부었지만 하선은 피하지 않았다.

"내 죽어도 죽는 게 아니고! 넌 살아도 산 게 아닐 게다!"

대비가 절규했다. 하선이 무겁게 말했다.

"내 죄는 내가 감당할 것이니 대비마마의 죄는 대비마마께서 지고 가십시오!"

대비에게 사약을 내리는 절차가 신속하게 진행되었다. 소복 차림을 한 대비가 대비전 마당 멍석 위에 앉아 앞에 놓인 사약 소반을 바라보았다. 상전과 함께 죄인이 되어 소복을 입은 최상궁이 원통하고 망극함에 오열했다.

경인대군의 한을 풀어주게 되었다 기뻐하며 환궁한 지 반나절 만에 대비는 아들 경인대군과 같은 길을 걷게 되었다. 궁에서 보낸 세월이 눈앞을 스쳐갔다.

대비는 한 치의 흐트러짐도 없이 결연하게 사약을 들어 올렸다. 그러고는 물 한 그릇 마시듯 태연하게 사약을 들이켰다. 사약이 빠른 속도로 대비의 몸을 범하고 지나갔다. 대비의 입에서 울컥 피가 쏟아져 흘러나왔다. 누군가는 한 많은 인생이라 하며 가엾이 여길 수도 있겠지만 실상은 제 것이 아닌 권력을 탐하다 스스로 자멸한 인생이었다.

대비에게 사약을 내리고 돌아온 하선을 소운이 기다리고 있었다.

"……중전."

지친 목소리였다. 하선이 지옥 같은 시간을 견뎌냈음을 누구보다 잘 알기에 소운은 아무 말도 하지 않고 하선을 향해 한 발 다가섰다.

"중전, 내가……."

말을 잇지 못하고 자신을 보는 하선을 소운은 그저 안아주었다.

"……내 처음으로 손에 피를 묻혔소."

하선이 자신의 손을 내려다보며 말했다. 이제껏 누구 하나 해한 적 없는 인생이었는데, 처음으로 사람을 베고 숨이 끊어지는 모습을 보고 나니 두려워졌다.

"허나 내 후회하지 않소. 이 나라와 백성을 지키기 위해서라면 내 이보다 더한 일도 감당할 것이오. 내 사사로이 용상의 힘을 이용해 피를 탐하는 짐승이 되지 않을 것이고, 두렵다 하여 마땅히 해야 할 일 앞에서 머뭇거리지도 않을 것이오."

"용상의 참혹함을 알게 되셨으니 이제 한 걸음 더 나아가실 수 있을 것입니다."

소운은 하선의 손에 자신의 손을 포개며 말을 이었다.

"언제나 신첩이 함께할 것이나 결국은 홀로 가셔야 합니다."

홀로 가야 한다는 말에 하선의 표정이 조금 어두워졌다. 이때 소운의 말이 하선을 부드럽게 감쌌다.

"그러다 지쳐 잠시 쉬고 싶을 때 제게 오세요. 전하를 위해 언제나 이 자리에 있겠습니다."

언제나 함께할 것이라는 말보다 더 위로가 되는 말이었다. 소운이 옅은 미소로 바라보자 하선도 소운을 보며 미소를 지었다.

"전하, 대동법이 삼남 지방까지 확대되었습니다."

주호걸의 경쾌한 목소리가 편전을 울렸다.

"지난 일 년간 자네가 고생이 많았네."

일 년 사이 하선의 얼굴에서는 앳되고 어리숙한 모습이 사라지고 위엄과 기품이 자리를 잡았다. 하지만 해사한 미소와 장난기는 여전했다.

"허면 송구하오나…… 급가를 윤허해주시면 아니 되겠습니까?"

"급가라……."

하선은 잠시 생각에 잠겼다가 문득 좋은 생각이 났다는 듯 말을 꺼냈다.

"급가를 제주로 가면 어떤가?"

"예?"

주호걸이 무슨 말인가 싶어 멍하니 하선을 보았다.

"제주의 백성들도 대동법의 혜택을 누려야 하지 않겠나?"

하선은 자신의 생각이 마음에 드는 듯 밝은 표정이었다.

"아……, 예……."

주호걸은 침통하게 대답했다.

"내 빠른 시일 내에 좋은 배편을 마련해줌세."

"성은이…… 망극…… 하…… 하하하……."

전하의 어명을 어길 방도가 있을 턱이 없었다. 주호걸은 금상 전하의 명을 받들기 위해 억지로 웃음을 지어 보였다.

　상참에 가벼운 점심을 먹고 나면 종친들과 만나는 시간이었다. 반란을 진압한 후 하선은 거의 매주 종친들과 만나 그들의 뜻을 살폈다. 왕실과 종친 사이에 오해와 반목이 쌓일 틈을 주지 않겠다는 하선의 의지였다.

　"이번에 《동의보감》 편찬이 참으로 잘됐더군. 내 이참에 《동의보감》 언해본(諺解本, 한문을 한글로 펴낸 책)도 펴내어 백성들에게 널리 읽히고자 하네."

　"전하, 그는 백성들에게 너무 과분합니다."

　하선의 말에 종친 한 명이 반대의 뜻을 보였다.

　"전하께서 은덕을 베푸신다 한들 아마 백성들은 그 은혜도 모를 겁니다."

　다른 종친 역시 동의한다는 듯 고개를 끄덕이며 말했다.

　"그게 무슨 상관입니까?

　가볍지만 무겁게 반박의 말을 꺼낸 이는 기성군이었다.

　"백성들이 진달래 화전 만들어 먹으려다가 철쭉 먹고 배앓이하는 것을 막고자 하시는 것인데! 철쭉 드셔보셨습니까? 저승 구경하는 수가 있습니다."

　기성군의 말이 하선의 답답한 속을 뚫어주었다.

　"기성군의 말이 맞네. 내 《농사직설》 언해본도 함께 펴내 배곯는 백성이 없도록 할 것이네."

하선과 기성군은 많은 면에서 비슷하고 뜻이 맞았다. 하여 하선은 기성군을 데리고 종종 잠행을 나갔다. 어느 날에는 도성 밖으로 나가 씨를 뿌리는 논밭을 구경하다가 하선이 검은 땅에 씨를 뿌리는 농군을 보고 말했다.

"저기 씨 뿌리고 밭을 가는 순하고 정직한 이들을 보게."

기성군이 그쪽으로 시선을 돌렸다. 하선이 말을 이었다.

"내 당장 용상에서 물러나고 저들 중에 하나를 세워 그 자리에 앉힌다 해도, 아무 문제없이 나랏일이 잘 굴러가야 진짜 좋은 나라일 것이네."

하선의 말에 기성군이 답했다.

"저도 전하의 생각과 같습니다. 임금은 오직 조정의 논의를 윤허하고 그 결과를 책임질 뿐이니 함부로 권력을 휘둘러서도 안 되고 간신에게 휘둘려서도 안 될 것입니다. 그리된 후에야 백성들이 고통받지 않고 너나들이 함께 살아갈 수 있지 않겠습니까?"

학산이 살아 있다면 했을 법한 대답이었다. 하선이 만족스러운 표정으로 기성군의 말에 고개를 끄덕였다.

하선은 때때로 밤늦도록 정무에 몰두하여 조내관을 근심시켰다.

"전하, 안색이 좋지 못하십니다. 어제도 거의 주무시지 못하셨으니 오늘은 일찍 침수에 드시지요."

"아니요. 내 오늘도 봐야 할 장계가 산더미요. 좀만 더 볼 테니 가서 눈 좀 붙이고 오시오."

긴 밤을 잘 버티던 조내관도 나이가 들어 더는 며칠씩 버티질 못했다. 조내관도 자리를 비운 새벽녘 하선은 서고에 엎드려 잠이 들었다. 서툴던 필체가 명필까지는 아니지만 제법 단정한 필체로 변할 정도로 하선은 일하고 또 일했다. 뒤에서 누가 쫓아오기라도 하는 양 그저 앞을 보고 달렸다.

하선을 근심하던 소운이 서고를 찾은 것은 그로부터 한 시진 뒤였다. 하선은 미간을 잔뜩 찌푸린 채 자고 있었다. 소운은 가만히 하선의 미간을 펴주었다. 하지만 그것도 잠시, 하선은 금세 다시 인상을 썼다. 임금의 자리를 감당하기 위해 애쓰는 하선을 보는 소운의 마음이 아려왔다.

하선의 치세는 일 년 만에 안정을 찾았으나 단 하나 근심이 있었다.

"전하의 치세에 광영(光榮)이 깃들어 나라가 태평성대인데, 전하께 아직 후사가 없으심이 걱정입니다."

서장원이 말했다.

"내 심려를 끼쳐 미안하구려."

"전하의 춘추 아직 한창때시니, 후궁을 새로 들이시어 하루라도 빨리 왕자를 생산하심이 옳은 줄로 아뢰옵니다. 중전마마께서도 반대치 않으실 것입니다."

하선은 대소신료들을 말없이 담담하게 내려다볼 뿐이었다.

궁궐에는 저녁이 깃들고 있었다. 하선은 후원에서 가만히 광활한 궁궐을 내려다보았다. 무거운 듯 고요한 표정이었다.

진평군의 반란을 진압하고 반란군의 수괴인 대비를 폐모해 사약을 내린 후 세상은 평온을 되찾은 듯했다. 하지만 대비의 뒷배 노릇을 했던 사림들은 하선 앞에서만 머리를 조아리고 선정을 칭송할 뿐, 돌아서면 폐모살제(廢母殺弟, 어미를 폐하고 아우를 죽인 죄)한 패역한 임금을 섬기는 것은 강상(綱常, 사람이 지켜야 할 도리)을 문란하게 한다며 임금과 조정을 비방했다.

반란의 뜻을 품은 세력들이 준동(蠢動, 불순하고 보잘것없는 세력이 소란을 피움)했다가 진압되고, 발호(跋扈, 권세를 휘두르며 함부로 날뜀)했다가 사라지는 일이 빈번해졌다. 그것만이라면 다행이겠지만 백성들의 불안과 피해가 점점 커지고 있다는 것이 문제였다.

하선을 좋은 임금님이라 칭송하는 백성들을 온갖 이유로 핍박하고 소작을 뺏는 사림들을 처벌할 방도는 없었다. 그것은 가진 자들의 권리였고 그 권리를 보호해주는 것 역시 임금으로서 하선의 소임이었기 때문이었다.

이규와 함께 이루려 했던 일들을 제대로 자리 잡게 하려면 결단이 필요했다. 남아 있는 나날이 많은 만큼 하선의 마음은 무겁고 번다해졌다.

"전하, 신첩은 개의치 마시고 후궁을 들이십시오."

편전에서의 일을 전해 들은 소운이 진심을 담아 청하는 말에 하선은 가슴이 아팠다.

"내가 그리하지 않을 것을 알면서 어찌 그런 말을 하는 게요."

소운은 담담하게 말을 이었다.

"신첩이 원자를 생산치 못하고 있으니 올리는 말씀입니다. 대통이 있어야 전하의 치세가 온전해질 것입니다."

"중전, 그런 것이라면 걱정 마시오. 나는 이미 대통을 정해두었소."

예상치 못한 하선의 말에 소운의 눈이 커졌다.

임금으로서 남은 날들을 지켜달라는 이규의 유지를 생각하면 굳은 결심으로 용상을 지켜내야 마땅했다. 그 마땅함이 하선의 마음 밑바닥을 무겁게 짓누르는 고통이 되기 시작한 것은, 중전 소운에게서 대통을 보지 못하고 있으니 후궁을 들여 왕자를 생산하라는 조정의 목소리가 커지면서였다.

하선은 반란의 기미를 완전히 누르고 치세를 온전히 하려면 대통이 있어야 한다는 대소신료들의 말이 옳다는 것을 알고 있었다. 하지만 하선에게는 자신의 핏줄로 왕통을 이어야 한다는 마음이 처음부터 없었다. 하여 이 나라와 백성을 위해 선위(禪位, 왕위를 다음 임금에게 넘겨줌)의 마음을 품게 되었다.

종친들을 자주 만나기 시작하면서 기성군이 하선의 마음에 들어왔다. 백성들을 아끼는 마음에서 언해본을 편찬코자 하는 하선을 잘 헤아리는 것도 마음에 들었지만, 무엇보다 백성들이 너나들이 함께 사는 세상을 만들어야 한다는 기성군의 정치관이 도승지 이규를 떠올리게 하여 좋았다.

"예? 그게 누구입니까?"

한 번도 그런 뜻을 내비친 적이 없던 하선의 말에 소운이 놀라서 물었다.

"기성군이오. 기성군에게 선위를 하려 하오."

하선은 자신의 결정이 옳음을 한 치도 의심하지 않았다. 그 깨끗한 눈빛을 소운은 놀라 바라보았다.

"난 내 핏줄로 임금의 자리를 이어야겠다는 생각 따위 없소. 하여 그간 종친들을 곁에 두고 계속해서 지켜봐왔소. 이 나라를 믿고 맡길 수 있는 사람을 찾기 위해 말이오. 기성군이라면 분명 이 나라를 잘 이끌 것이오."

하선의 생각을 들은 소운의 마음이 평온해졌다.

"언제부터 그런 생각을 하고 계셨습니까?"

"지난 반란 이후 수많은 사람들의 목숨을 빚졌다는 생각에 쉼 없이 달려왔소. 허나 내 그동안 마음이 괴로웠소."

"선위하시려는 이유가 단지 그것뿐입니까?"

"이 자리는 온전한 내 것이 아니고 그저 잠시 빌린 것이오. 그 누구도 용상을 사사로이 탐해선 아니 되오. 하여 가장 무거울 때, 가장 가볍게 떨치고 일어나려 하오. 나는 임금이고 또한 백성이오. 이제 다시 백성으로 돌아가려 하오. 그리해도 되겠소?"

하선이 오랜 시간 고민해왔음이 느껴졌다. 소운이 진심을 다해 하선에게 답했다.

"전하께선 이미 충분히 할 만큼 하셨습니다. 신첩 역시 전하를 따를 것입니다."

"중전……."

자신의 마음을 백분 이해하는 소운을 보자 하선의 마음이 감동으로 가득 찼다.

"그럼 전하, 신첩을 먼저 폐서인 시켜주십시오."

이번엔 하선이 놀랄 차례였다. 소운이 담담하게 말을 이었다.

"전하께서 선위하시면 신첩 대비가 되어 궐을 떠날 수 없습니다. 허니 먼저 나가 전하를 기다리고 있겠습니다."

그간 하선은 기성군을 대통으로 삼아 선위를 하겠다고 마음먹었지만 이를 쉽게 드러낼 수는 없었다. 하선이 나이가 많고 병들어 선위하는 것도 아니고 상왕(上王, 태상왕의 준말. 임금 자리를 물려준 살아 있는 전 임금)으로 남게 된다면 분명 기성군의 치세가 온전치 못할 것이 자명했기 때문이었다.

상왕 하선을 뒷배 삼아 기성군을 쥐락펴락하려는 자들부터 역심을 품고 반란을 주도하는 자들, 상왕 하선과 금상 기성군을 이간질하여 이득을 보려는 자들이 나타날 것이 뻔했다. 그리되면 기성군에게 선위를 하여 백성들을 위한 정치를 펼치게 하겠다는 하선의 뜻이 퇴색될 것이 분명했다.

하선이 상왕으로 남는 것은 하선도, 소운도 바라는 일이 아니었다. 본시 소운은 필부필녀(匹夫匹女, 평범한 남녀)로 돌아가 하선과 얼굴을 마주 대고 작은 집에서 사는 것을 원했다. 그리되려면 하선이 선위하기 전에 소운을 폐서인 시켜 필녀로 만들고 하선이 선위한 후 조용히 행방을 감추는 방도뿐이었다. 소운이 자신을 폐서인 시켜달라 청한 것은 이런 이유에서였다. 하선이 고마움과 미안함으로 소운의 손을 잡았다. 소운은 말없이 낭군의 손을 매만지며 마음을 받아들였다.

소운의 조언으로 마음을 결정한 하선은 기성군에게 선위하되 상왕으로 남지 않겠다는 뜻을 전했고, 기성군은 황공한 마음으로 하선의 뜻을 받아들여 용상에 오르기로 했다.

며칠 후 하선은 선위교서에 옥새를 찍었다. 피바람 불지 않고 평화롭게 용상의 주인이 바뀐 것은 조선 역사상 처음 있는 일이었다.

음침한 불빛이 어른거리는 방 안에 갓과 도포 차림의 사내들이 하나둘 모여들었다. 모두 다섯이 모이자 나이 지긋한 사내가 말문을 열었다.

"제 어미에게 사약을 내린 임금을 아버지라 섬기고 있는 이 세태를 대체 어쩌면 좋겠소?"

"맞습니다. 저런 패역한 임금이 백성들의 신망을 얻고 있다니, 이

나라의 기강이 참으로 문란해졌습니다!"

어린 사내가 패기 있게 말을 받았다.

"이를 결코 좌시하면 아니 됩니다. 대비마마의 원수를 반드시 갚아야 합니다!"

"더 늦기 전에 결행해야 합니다."

말없이 고개를 끄덕이는 것으로 회합이 마무리되었다.

소운은 여염 복장을 하고 궁궐을 떠나기 전 하선과 마지막 인사를 나누었다. 보따리를 든 애영과 마중을 나온 장무영이 한 발 뒤에 물러서서 그 모습을 지켜보았다.

"먼저 가 계시오. 궐의 일을 정리하는 대로 뒤따라가겠소."

하선이 말했다.

"도성 밖 느티나무골에서 기다리고 있겠습니다."

소운이 미소 지으며 말했다. 하선도 함께 웃으며 고개를 끄덕였다.

"줄 것이 있소."

하선이 소매에서 무언가를 꺼내 소운에게 건넸다.

"이것은……?"

오래전 소운이 아버지 부원군을 구명해달라며 하선을 찾아갔을 때 들고 갔던 은장도였다. 소운조차 잊고 있었는데 하선이 그 은장도를 여태 간직하고 있었다는 것이 놀라웠다.

"내가 그때 그대에게 받아낸 약조를 기억하오?"

하선이 물었다.

"예, 다시는 스스로를 해치지 말라 하셨지요."

소운은 그날의 기억을 떠올리며 답했다. 목숨을 내놓는 것 말고는 아버지를 구명할 방도가 없던 자신에게 하선이 진심으로 약조를 해 준 날이었기에 잊을 수가 없었다.

"맞소. 이것을 돌려주는 이유는 오직 스스로를 지키라는 뜻이오."

하선이 굳게 당부했다.

"염려 마십시오. 그 약조 꼭 지키겠습니다."

소운은 미소로 답했다.

소운을 먼저 보내고 서고에서 자신이 필사한 책들을 보자기에 싸던 하선은 작은 함을 발견했다. 함을 열어보니 소운이 선물한 필낭과 윤도가 나왔다. 소운에 대한 마음을 자르기 위해 몸에서 떼어놓았던 것들이었다. 윤도를 손에 쥐니 금방이라도 소운에게 닿을 것 같아 하선의 마음이 설렜다. 하선은 필낭과 윤도를 고이 챙겼다.

하선과는 달리 곁에서 그 모습을 지켜보던 조내관은 이별의 시간이 다가오는 걸 쉽사리 받아들일 수 없었다.

"전하, 소인도 전하를 따라 나가면 아니 됩니까?"

"아니 되오!"

하선이 단호히 말했다. 조내관은 그런 하선이 못내 서운했다.

"실은 내가 조내관을 상선(尙膳, 조선 시대 내시부의 종2품 벼슬)으로 추천했소! 내가 처음 이 궐에 왔을 때 따뜻하게 보살펴주었듯, 새 임금도 잘 보필해주시오."

하선의 배려를 알아챈 조내관은 마음이 따뜻해졌다. 하지만 서운함을 어찌할 순 없었다.

"⋯⋯전하."

"하지만 아무리 승차를 한다고 할지라도 조내관은 내게는 영원히 상다요!"

하선이 밝게 웃었다. 조내관은 애써 미소를 지으며 품에서 무언가를 꺼내 하선에게 건넸다.

"전하, 받으십시오."

"이게 뭐요?"

하선이 종이를 펼치니 조내관이 그린 그림이 나타났다. '夏仙(하선)'이라는 글자와 함께 신선의 모습을 한 하선이 그려져 있었다. 하선의 얼굴에 미소가 번졌다.

"전에 전하께서 저를 웃게 하시려고 그림을 그려주신 적이 있지 않습니까? 저도 답서로 전하의 이름을 가지고 그림을 좀 그려봤습니다."

하선이 더욱 환하게 웃었다.

"내 이름을 한자로 생각해본 적은 없었는데⋯⋯. 여름 신선이라⋯⋯, 과분할 만큼 좋은 뜻을 붙여주었구려."

"과분하다니요. 전하께선 이미 그런 분이십니다."

하선은 조내관을 바라보았다.

"전하께선 여름 같은 분이십니다. 태양처럼 백성을 공평하게 비추시고, 만물을 초록으로 생동시키셨으니 말입니다."

조내관의 목소리가 물기에 젖었다.

"그런 전하를 주군으로 모셨으니 소인 평생의 복입니다. 영원히 잊지 않을 것입니다."

하선은 조내관을 끌어안았다. 느닷없이 궁에 들이와 왕으로 살게 된 자신을 가장 먼저 전하라 부르고 마음을 열어준 사람이었다. 마음 둘 곳 없이 힘들 때마다 늘 한발 앞서 자신을 보듬어주며 당연한 듯 곁에 있어주었다.

"나도 그렇소. 그동안 고마웠소, 조내관."

하선은 진심을 다해 마지막 인사를 건넸다.

모든 것을 내려놓고 궁궐을 나와 갈대숲을 걸어가는 하선의 귀에 저벅저벅 낯선 발소리가 들렸다. 누군가 뒤를 밟고 있었다. 자객인가 싶었던 하선은 위태로움을 느끼며 경계 태세를 갖추고 돌아섰다. 장무영이었다.

"장무관! 놀랐지 않은가!"

하선이 안도하며 장무영을 나무랐다.

"저를 두고 가실 참이었습니까?"

장무영의 얼굴에는 여느 때처럼 아무 표정도 없었지만 목소리에는 하선을 향한 애정이 묻어났다. 하선은 그런 장무영이 우스워 농을 쳤다.

"자네 정말 나에게 반한 게로군."

농담에도 장무영이 웃지 않자 하선이 머쓱해져 바라보았다. 장무영이 우직하게 하선에게 말했다.

"상다 어르신은 궐에 남는다 해도 저는 전하를 따를 것입니다."

하선은 장무영의 진심에 미소 지었다.

바로 그때 어디선가 날아온 화살이 하선을 스쳐 나무에 꽂혔다. 장무영은 순식간에 검을 빼 들고 하선을 보호하듯 앞으로 나섰다.

"전하, 피하십시오!"

복면을 한 궁수들, 칼을 든 자객들이 갈대밭 여기저기서 모습을 드러냈다. 장무영이 막을 틈도 없이 하선의 등에 화살이 턱턱 꽂혔다. 하선의 동공이 커지며 그대로 쓰러졌다.

"전하!"

장무영이 소리치며 하선에게 다가가려는데 검을 든 자객들이 몰려왔다.

"대비마마의 원수를 갚으러 왔다!"

하선이 반란을 진압한 후 목소리를 감추고 사라진 듯 보였지만 사실 대비의 추종자들은 여전히 남아 있었다. 그들은 어미를 죽인 패역한 임금이 조정과 백성들의 신망을 얻고 있는 상황에 혀를 차며 안타까워했고, 하선이 선위하고 떠난다는 사실을 알게 되자 대의명분을 바로잡을 기회를 놓쳐선 아니 된다며 하선을 죽일 계략을 짰다. 그런 계략이 있을 줄은 꿈에도 모른 채 하선은 '부담을 주지 않으려고 떠나는 것인데 호위무관이라니 당치 않다'며 기성군의 마지막 배려도 마다한 채 길을 떠난 것이었다.

하선을 향해 자객 하나가 검을 휘둘렀다. 장무영이 그 앞을 막아서며 대신 검을 맞았다. 마지막 사력을 다해 장무영이 하선을 지키기 위해 맞섰으나 수가 많아 장무영만으로는 역부족이었다. 자객의 검이 수차례 장무영을 갈랐다. 피투성이가 되어 쓰러진 장무영의 눈에 화살을 맞고 죽은 듯 눈을 감은 채 쓰러져 있는 하선이 보였다.

"전하……."

장무영은 언젠가 하선에게 했던 말을 떠올렸다. 중양절 소원을 적어 연을 날리는 아이들을 보며 하선이 물었다. 장무영의 소원은 무엇이냐고. 장무영은 전하를 위해 목숨을 다 바쳐 충성하다 장렬하게 죽는 것이라 답했고, 하선은 담담하게 말했다.

― 나는 자네가 나를 위해 훌륭하게 죽는 것보단 자네 자신을 위해, 자네가 마음에 품은 이를 위해 살면 더 좋겠네.

그때부터였을 것이다. 장무영이 마음에 하선을 품은 것은. 하선이 광대인 것을 알았을 때는 혼란스럽고 화도 났다. 하선이 보인 진심까지 가짜일지도 모른다는 배신감과 두려움 때문이었다. 하여 궁을 떠나려 했지만 떠나지 못했고 결국 돌아와 충심으로 하선을 지키는 호위무관이 되었다. 장무영은 자신의 소원대로 주군을 위해 장렬하게 죽는 순간을 맞이하게 된 셈이었다. 억울하다면 하선을 살리지 못하고 죽는 것뿐이었다. 애통함을 어찌하지도 못한 채 장무영의 눈이 서서히 닫혔다.

무슨 일이 벌어진지도 모른 채 소운은 도성 밖 느티나무골에서 하염없이 하선을 기다리고 있었다. 날이 저물고 있었지만 하선을 기다리며 설레는 소운의 마음은 아침 해처럼 밝았다.

초가집들이 모여 있는 작은 골목, 어디선가 은은하게 풍악 소리가 들려오기 시작했다.

"광대패가 왔대!"

아낙들 몇몇이 수다를 떨며 걸음을 옮겼다.

"와아아!"

아이들이 함성을 지르며 그 뒤를 따라 달려갔다. 아이들 중 하나가 소운과 부딪히며 넘어지려는 것을 애영이 잡았다. 아이는 고개를 숙여 감사 인사를 하고 계속 달려나갔다.

"중전마마, 마을에 광대패가 들어온 모양입니다."

광대패라는 말을 들은 소운의 얼굴이 그리움에 젖었다.

저잣거리 광대놀음판에서는 경쾌한 꽹과리와 장구 소리가 신명 나게 울려 퍼졌다. 사람들이 그 주위를 둘러싸고 있었다. 탈을 쓴 광대 둘이 양쪽에서 공중제비를 돌며 막을 올리자 우레와 같은 박수가 쏟아졌다. 그 뒤로 갑수가 모습을 드러냈다. 여전히 동글동글 귀여운 얼굴의 달래가 바가지를 들고 갑수 뒤에 서 있었다. 갑수는 풀피리를 담배처럼 문 채 휘익 불었다.

"옛날 옛적 호랭이 담배 피던 시절, 어진 임금님이 살고 계셨는디! 아따 그 임금님, 얼굴이 나맹키로 잘생겨불고!"

사람들이 장난스레 야유를 보냈다. 갑수는 아랑곳하지 않고 뻔뻔하게 말을 이었다.

"춤이면, 춤! 노래면, 노래! 못허는 것이 없었다 이 말이여!"

갑수의 말에 맞춰 광대 둘이 덩실덩실 춤을 춰 흥겨운 분위기를 조성했다.

"근디 그중에서도 젤로 잘하는 것이 있었으니, 고것이 바로 백성 위허는 마음이라! 천하고 귀헌 것이 도대체 뭣이다냐! 너나들이 함께 사는 세상 맹글면 그만이재! 해서 우리 임금님 다시 보고 잡어허는 백성들이 겁나게 많은 것인디! 땅 가진 이들에게만 세를 걷어 없는 백성들 구휼허고!"

아이들을 따라 놀음판으로 온 소운은 금세 그것이 하선의 이야기임을 알았다. 소운의 얼굴에 슬픈 미소가 어렸다.

"겨울 가야 봄이 오고, 똥거름 뿌린 뒤에 뽀얀 싹이 트듯! 작금의 태평성대도 다 고 임금님 덕분이 아니겠는가!"

"옳소!"

"그렇지!"

구경꾼들이 여기저기서 추임새를 넣었다.

"시방 워찌 이리 귀가 간지럽댜? 누가 내 얘기 허는가!"

그때 붉은 천을 조각조각 이어 만든 조악한 곤룡포 차림의 광대 하나가 가면을 쓰고 나타났다. 순간 소운의 심장이 터질 듯 뛰었다.

소운이 한 걸음 가까이 다가서려는 순간, 광대가 신명 나게 두 바퀴를 돌고는 착지하더니 가면을 탁 벗었다. 순간 젊은 사내의 얼굴이 드러났다. 그럴 줄 알았음에도 소운은 허망하고 허탈해 눈물이 날 것 같았다.

"노는 걸로는 우덜이 조선서 젤로 윗자리라! 어디 이제 한번 지대로 놀아볼꺼나!"

갑수의 말에 젊은 광대가 다시 가면을 쓰고 옷자락을 휘날리며 춤을 추었다. 달래는 바가지를 들고 구경꾼들 사이를 돌았다. 사람들이 떡이며 쌀이며 엽전 몇 푼씩을 바가지 안에 넣어주었다. 달래가 소운 앞에 섰다. 소운은 가만히 달래를 보다가 끼고 있던 가락지를 빼서 주었다.

"오매, 워찌 이리 귀한 것을 주신다요?"

달래는 가락지를 도로 소운에게 건넸다.

"엽전 한 푼, 보리쌀 한 줌이면 충분혀라!"

소운은 그런 달래 손에 가락지를 쥐어주며 미소 지었다.

"받아라. 내 귀한 분의 이야길 오랜만에 들으니 마음이 매우 좋아 그런다."

달래는 잠시 소운을 보다가 꾸벅 인사했다.

"……참말로 고맙구만이라."

소운은 슬픈 미소로 달래에게 답했다. 달래는 다른 구경꾼에게 가면서도 그런 소운을 자꾸만 바라보았다.

⟡

　운심은 기루에 남아 있던 이규의 유품을 정리했다. 이규가 세상을 떠난 지 꼭 3년 만이었다. 그가 쓰던 문방사우(文房四友), 그가 보던 서책들……. 담담한 표정으로 이규의 도포와 갓을 정리하던 운심의 눈에서 눈물이 떨어졌다.

　'이제 더 흘릴 눈물은 없을 거라 생각했는데…….'

　이규의 도포를 끌어안고 오열하며 운심은 이규를 생각했다.

　이규와 운심의 인연이 시작된 것은 기녀 수련을 받던 중 대동계라는 조직을 알게 되면서부터였다. 처음부터 그들과 뜻을 함께할 생각을 한 것은 아니었다. 천하고 귀하고에 상관없이 너나들이 함께 살아가자는 그 뜻이 너무나 아름다워 차마 믿을 수가 없었다. 하지만 이규를 알게 되면서 운심의 마음에 믿음이 생겼다. 이규는 나이가 어리고 여인이라고 하여 운심을 함부로 예단하지 않았고, 기녀라 하여 하대하지 않았다. 세상에 이런 사내가 있다는 것을 처음으로 알게 된 운심은 이규에게 끌리지 않을 방도가 없었고 그에게로 향하는 마음은 날로 커져갔다.

　하여 기녀 수련을 마칠 즈음 고심 끝에 부끄러움도 저버리고 이규에게 청해 화초머리를 올리고자 했으나, 이규는 운심의 청을 단칼에 거절했다. 이규의 무참한 거절의 말에도 운심은 그를 향한 마음을 다 잘라내지는 못했다.

　운심은 이규가 그토록 차갑게 거절한 이유를 알 것도 같았다. 이규는 운심이 기녀로 살기를 바라지 않는 듯했다. 아무리 예기라는 말로 포장한다 해도 결국 웃음 팔고 몸을 파는 일이었기 때문이었다. 그렇다고 운심이 양인이나 양반의 적처로 살 길도 없었다. 이규가 운심을 거두어준다 해도 결국 애첩이 되어 별당에 숨어 살아야 할 운명이었다. 시를 쓰고 읊으면 노래가 되고 어깨를 들썩이면 춤이 되는 운심의 재주는 세상 모두가 함께 누려야 한다고 이규는 말하곤 했다. 아마도 이규는 운심이 누군가의 첩이 되어 숨어 살기보다는 마음껏 가진 재주를 펼치며 사는 게 더 낫다고 생각한 것이리라.

결국 운심은 행수어른의 주도 하에 가장 높은 값을 제시한 사대부 도령에게 화초머리를 올리게 되었다. 여태 이렇게 어마어마한 화초머리 값을 받은 기녀는 없었다는 세간의 평을 들으며 기녀가 된 운심은 이규에 대한 미련을 떨쳐내지 못하고 이규와 함께할 새로운 세상을 꿈꾸며 살게 되었던 것이었는데…….

잊으려 애쓰면 애쓸수록, 날이 가면 갈수록 이규에 대한 연모의 마음은 깊어지고 커지기만 했다. 산 사람이 죽은 사람에게 마음이 기울어져 있으니 그 삶은 온전해 보여도 온전치 못했다. 하여 운심은 결단을 내려야 했다. 이규에 대한 기억을 지키고 제대로 살아가기 위해.

"대체 혼자서 어딜 간다는 게냐?"

보따리를 든 운심을 주호걸이 따라 나오며 말렸다.

"걱정 마십시오. 내 전국 팔도 돌아다니며 세상 구경하고 풍류를 즐기려 합니다."

운심이 주호걸을 안심시키려 웃으며 말했다.

"그래, 이제 그만 놓고 훨훨 날아가도 되지 뭐. 형님도 자넬 이해하실 거야."

"그런 것 아닙니다."

운심이 미소 지었다.

"오냐, 그렇다 치자. 어디 가든 꼭 연통하고. 응?"

"예. 그리하겠습니다."

'나도 학산 형님을 생각하면 이렇게 힘든데 운심이는 오죽이나 힘들까……'

주호걸은 운심이 이규와의 추억으로 가득한 기루를 떠나는 것을 이해할 수 있었다. 다만 운심의 그 길이 고되고 외롭지 않기를 기도했다.

소운과 애영이 사는 초가지붕에 달이 걸렸다.

하선의 피가 얼룩으로 남은 윤도를 보며 소운은 차가워진 심장으로 그날의 기억을 떠올렸다. 이제는 너무 옅어져 본디 이 얼룩의 색이 붉었다는 것을 상상하기 어려웠다. 늦도록 하선이 나타나지 않아 조금씩 불안해지던 그 밤, 소운 앞에 하선 없이 호위무관들만 나타났을 때 소운의 심장은 멎었다.

— 전하께선 어디 계시는가?

소운이 그렇게 묻자 호위무관이 그대로 무릎을 꿇었다.

— 중전마마, 아무래도 전하께서 붕어하신 듯합니다. 부디 소인들을 죽여주시옵소서.

소운은 가슴이 철렁 내려앉았다.

— 그럴 리가 없다! 분명 내게 여기에서 보자 하셨으니 여기로 오고 계실 게야!

소운이 믿지 못하고 하선을 만나러 가겠다는 듯 걸음을 옮기자 다른 호위무관 하나가 품에서 윤도를 꺼내 올렸다.

— 혹시 이것이 전하의 것입니까?

피 묻은 윤도는 소운이 하선에게 선물한 것이 분명했다. 소운은 다리에 힘이 풀려 그대로 주저앉았다.

— ……전하!

— 호종하던 장무관의 시신은 발견했으나 전하는 찾지 못했습니다. 송구합니다. 중전마마.

— 중전마마……!

곁에서 애영이 울기 시작했다.

— 아니다. 그럴 리 없다. 전하를 찾지 못했다면 살아계실 것이다. 분명 돌아오실 것이다!

소운은 윤도를 더 꽉 움켜쥐며 울부짖었다.

그러나 2년이 지나도록 하선은 돌아오지 않았다. 시신을 찾지 못했으니 반드시 살아 있으리라 믿었으나, 살아 있다면 이렇게 오래도록 자신을 찾아오지 않을 리 없다는 생각이 들어 괴로울 때도 있었다. 소운은 밀려드는 그날의 기억에 고통스러워하며 윤도를 꼭 쥐었다. 이 윤도만이라도 하선에게 있었다면 이토록 헤매진 않았을 텐데. 하선은 어디쯤 있는 걸까.

소운은 두 무릎을 끌어안고 고개를 묻었다. 소운의 어깨가 계속 들썩였다.

"중전마마, 제가 그만 늦잠을 잤습니다! 얼른 조반을 준비할 것이니 조금만 기다리십시오!"

애영이 방문을 열고 급히 나오며 말했다.

"괜찮다. 마침 내 조금 걷고 싶던 참이니, 천천히 해라."

소운은 애영을 안심시키며 아무 일 없다는 듯 굴었다.

"그럼 멀리 가지 마시고 한 바퀴만 돌고 오셔야 합니다?"

"오냐."

소운이 미소로 답하고 길을 나섰다.

또 같은 꿈을 꾸었다. 하선이 환한 미소로 자신을 찾아왔지만 다가가면 사라지는 꿈. 깨고 나면 편린처럼 사라져버리는 하선의 얼굴. 그렇게 아침을 맞이한 날이면 소운은 하선이 남기고 간 말들을 되뇌었다.

― 중전이 크고 환하게 웃는 것 한번 보면 좋겠다, 그리 빌었소.

― 중전을 연모하고 있소. 이 심장이 터질 만큼……, 터져도 좋을 만큼 연모하오.

― 하루를 살더라도 중전마마와 함께 살고 싶다……, 중전마마의

곁에서 중전마마의 웃음소릴 들으며 그렇게 함께……, 아주 오래 말입니다.

— 나와…… 백년해로해주지 않겠소?

동네 한 바퀴 돌면 나아질까 하여 내처 걸었지만 한 걸음 내디딜 때마다 그 순간들이 생생하게 되살아나 숨이 차기 시작했다. 결국 소운은 걷는 것을 포기하고 멈춰 섰다.

그때 소운의 귀에 '와작!' 하고 요란한 소리가 들렸다. 마을 어귀 나무 아래 앉아 있던 계집아이가 뭔가를 깨문 것이다. 개암나무 열매였다. 아이는 두 손을 모으고 소원을 빌기 시작했다.

"집을 지켜주는 도깨비님. 봄이 빨리 오게 해주세요. 진달래로 화전도 부쳐 먹고, 얼른 풀각시인형도 만들게요."

그 모습을 본 소운의 심장이 빠르게 뛰기 시작했다. 소운은 애써 침착하게 다가가 아이에게 물었다.

"애야, 누가 가르쳐주더냐. 그리 소원 비는 방법."

아이는 천진하게 답했다.

"아까 어떤 사람이 지나가다 가르쳐줬어요!"

소운의 심장이 쿵 내려앉았다.

"그 사람, 어디로 갔느냐?"

"저쪽으로요!"

소운은 아이가 가리킨 방향을 따라 정처 없이 걸음을 옮겼다. 좁은 골목골목을 지나, 너른 들판을 지나 하선과 풍채가 비슷한 사내만 보아도 달려가 확인하며 여기저기를 찾아 헤맸다. 간절하고 절박한 마음으로 아무리 두리번거리며 보아도 하선의 그림자조차 보이지 않았다. 힘없이 집으로 돌아가던 소운은 갈대밭에 이르러 걸음을 멈추었다. 실낱같은 희망마저 사라진 소운의 눈에서 서럽게 눈물이 쏟아졌다.

그때였다. 갈대밭 사이로 누군가 소운을 향해 다가선 것은. 소운이 기척을 느끼고 뒤를 돌아보았다. 사람의 형상이었다. 햇빛이 눈부셔서 사람은 거뭇하게 보였다. 하지만 소운은 그가 누구인지 알 수 있었다. 그 자리에 선 채 소운은 눈물을 흘리며 말했다.

"이런 꿈을 수도 없이 꾸었습니다. 붙잡으려 다가서면 어느새 사라지는, 참혹하고 비통한 꿈 말입니다. 지금도 꿈이라면 더는 다가서지 않을 것이니 그저 거기 계시기만 하십시오. 보게만 해주십시오."

"꿈이 아니오."

하선의 목소리가 울렸다. 그토록 듣고 싶었던, 그토록 그리웠던 목소리가 들리자 소운은 말문이 막혀 멍하니 서 있었다.

"나 역시 그대에게 오기 위해 내내 꿈속을 걸었소. 그대를 보기 위해 차라리 깨지 말기를 바라는 그런 꿈을……"

소운은 그제야 꿈이 아니구나, 정말 하선이구나 하는 마음에 눈물이 북받쳤다.

"어찌 이제 오셨습니까!"

하선이 다가서며 말했다.

"미안하오. 바람처럼 달려오고 싶었는데……. 내 걸음이 너무 더디었구려."

그 순간, 소운이 먼저 달려가 하선의 품에 털썩 안겼다. 그러지 않고서는 믿을 수 없었다. 그러지 않으면 하선이 또 사라질 것 같았다. 하선은 그런 소운을 벅찬 마음으로 꽉 끌어안았다.

궁을 떠나던 그날, 차라리 숨이 끊어지는 것이 더 낫겠다 싶을 정도로 큰 고통 속에 놓인 하선의 귀에 소운의 목소리가 들려왔다. 피를 흘리고 쓰러져 있는 장무영이 흐릿하게 보였다.

— 전하, 제게 오세요! 어서 오세요!

하선은 있는 힘을 그러모아 기어서 그 자리를 모면하고 정신을 잃었다.

그렇게 며칠 밤을 찬 이슬 맞으며 겨우 버틴 하선은 산나물과 약초를 캐며 화전을 일구며 사는, 말 못하는 노인에게 구조되어 목숨을 구명하게 되었다.

가족을 변란에 모두 잃고 산속에 굴피 집을 짓고 혼자 외롭게 살던 노인은 하선을 구조하여 상처가 낫는 데 큰 도움을 주었다. 무엇보다 말을 못하고 세상사에 어둡기에 하선의 사연을 알고 싶어 하거나 묻지 않았다.

하선이 제대로 걷고 뛰고 운신하는 데만 여러 달이 걸렸다. 봄, 여름, 가을이 지나고 눈 내리는 겨울이 올 때까지 하선은 상처가 더쳐 죽을 고비를 여러 번 넘겼지만 한 번도 소운을 잊은 적이 없었다.

자다가도 벌떡 일어나 당장이라도 달려가고 싶은 마음은 굴뚝같았지만, 혹시나 자신을 죽이려 했던 자들이 소운까지 해하려들면 어쩌나 하는 두려움에 억지로 마음을 누르고 또 눌렀다. 그리움에 사무쳐 잠을 이루지 못하고 전전반측으로 새우는 날들이 수도 없이 흘러간 후에야 비로소 소운을 만나러 갈 수 있게 되었다.

부상을 당하고 노인과 함께 살게 된 지 일 년이 조금 지났을 때부터 하선은 소운의 행방을 조금씩 수소문하기 시작했다. 노인과 함께 캔 약초를 팔러 장터에 나가 새 임금의 소식과 붕어했다는 선왕의 소식 그리고 선왕의 비인 소운의 소식을 묻고 다녔다. 하지만 소운이 애영과 함께 살고 있는 곳을 수소문하는 일은 생각보다 쉽지 않았다.

아마도 하선의 변고를 알게 된 기성군이 소운의 안전을 도모하기 위해 소운의 신분을 감추고 거처를 깊숙이 숨긴 것이 분명했다. 고마운 일이었지만 하선으로서는 또 다른 난제가 생긴 셈이었다.

그렇게 소운을 찾아 조선 팔도를 헤맨 끝에 비로소 하선은 소운을 만나게 되었다. 꿈에서도 서로를 잊은 적 없고, 날이 갈수록 연모의 정이 깊어져 그리워만 하는 것으로는 참을 수 없을 정도가 되었을 때, 비로소 하선과 소운은 다시 만나게 되었다. 먼 길을 돌아 서로에게로 돌아온 정인은 이제 다시 헤어질 일이 없을 것이었다.

다음과 같은 장식 기호가 페이지 상단 중앙에 있음:

❁

"저를 부르시지요! 제가 달려가면 되었을 것을!"

소운이 눈물 어린 목소리로 말했다.

"오래 기다리게 하여 미안하오."

하선 역시 눈물을 흘리며 말했다.

온 세상을 헤맨 끝에 하나로 얽혀든 회화나무같이 운명처럼 재회한 하선과 소운이었다. 두 사람은 눈물 어린 미소로 서로를 바라보았다.

"때로는 헤매시더라도, 에움길로 더디 오셔도, 언젠가는 제게 오실 줄 알았습니다."

"그리워만 하며 사는 것은 더 이상 아니 할 것이오. 이제 그 무엇도 우리를 갈라놓지 못할 것이니."

하선은 소운에게 손을 내밀었다. 소운은 그리웠던 하선의 손을 꼭 잡았다.

끝이 보이지 않는 굽이진 길을 오래 걷게 될 터였다. 비바람이 불고 거센 눈보라가 몰아칠 때도 있겠지만 두 사람은 두려울 것이 없었다. 각기 뿌리를 내려 서 있던 회화나무 두 그루가 오랜 세월 서로를 향해 가지를 뻗다가 종국엔 한 몸이 되었듯이 하선은 소운에게, 소운은 하선에게 마음을 기대어 한 몸으로 살아갈 것이기에.

평생 그리워하다 죽는다 해도, 그대를 알게 된 것으로 난 행복하오.

하선이 소운에게 선물로 주었던 이 글귀는 시청자분들께 전하고 싶었던 제 마음입니다.

드라마 공모전에 당선되어 작가의 길로 들어선 후 오랜 시간 동안 오롯이 제 이야기를 할 기회를 기다려왔습니다. 지름길이라 여겼던 길이 한없이 굽이진 길이라는 것을 알게 되고도 무너지지 않고 버틸 수 있었던 건 제 이야기에 귀를 기울여줄 누군가 때문이었습니다.

그 희망이 헛되지 않았음을 알게 해주신 여러분들께 고맙다는 말씀을 드리고 싶습니다.

드라마를 소설로 내자는 제안을 받고는 조금 망설였습니다. 소설을 먼저 쓴 것이 아니라 드라마가 끝난 후 대본을 토대로 각색하는 것이라 더 무엇을 말할 수 있을까 고민이 됐습니다. 대본을 통해, 드라마를 통해 이미 충분히 제가 하고 싶은 이야기를 했다고 생각했기 때문입니다. 하여 이 소설이 드라마에서 하지 못한 이야기를 담고 있는 것은 아니라는 점을 말씀드립니다. 드라마라는 장르에서는 굳이 설명할 필요가 없어 보여드리지 않았지만 각 인물들이 품고 있던 내적인 갈등과 이력들을 소설이라는 장르를 통해 새롭게 보여드리고 싶어 용기를 냈습니다.

이번이 마지막인 것처럼 쓰자는 마음으로 달려왔지만 끝나고 나니 욕심이 납니다. 또 다른 마지막이 저를 기다리고 있으리란 희망으로, 다음에는 더 잘하겠습니다.

김선덕